她很像一本书，封面深沉精致，却上了一把厚重、仿佛打不开的锁，拒人望而却步。选择去读其他书，言昭却感兴趣地在旁边等着，直到那书时不时地掉出来一些零散的碎页，他捡起来，读得越发沉迷，内心的渴望也越来越重。

唯雾

迟音

唯雾 著

江苏凤凰文艺出版社
JIANGSU PHOENIX LITERATURE AND
ART PUBLISHING

Daily Planner
言昭&沈辞音的日计划

Date: _____

| M | T | W | T | F | S | S |

☀ ☁ ⛅ 🌧 ❄

重要事项

我的意思是，
我们再也不分开了。

今日目标

辞音

总 结

那双眼睛，连同那日的雨，

就此在他心上留下一道湿漉漉的痕迹，

干涸不了。

原来她是沈辞音。

宁川中学

STUDENT CARD

姓名　言昭
NAME

高二（16）班

宁川中学

STUDENT CARD

姓名　沈辞音
NAME

班级　高二（4）班
CLASS

WORK PERMIT

SHEN CIYIN

Shen Ciyin

Name：沈辞音

Company：VH集团

Position：市场部员工

YAN ZHAO

Yan Zhao

Name：言昭

Company：言氏集团

Position：CEO

他真的等了很久，等她愿意爱他，等她朝他迈出这最后的一步。

但幸好，他等到了。

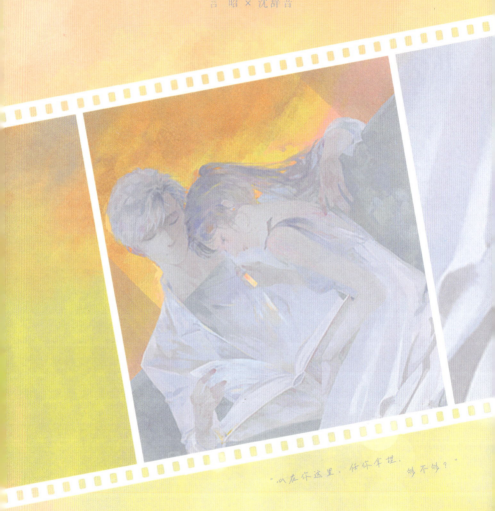

CHI YIN
：
言 昭 × 沈辞音

"以在你这里，任你牵挂，够不够？"

Chapter 01
水中泡影

周六傍晚，马路上车流如织。

沈辞音坐在出租车后座上，低头回复着手机里的消息。

窗外斑斓的灯光映在玻璃上，也照在她白皙的侧脸上，零星光斑缓慢移动到她的指尖，同时投下一片微微晃动的阴影。

出租车在漫长的等待之后重新起步，只是还没开出几米远，又再次停了下来。打字的手停下，沈辞音抬头看向前方。

左转弯的车辆排起了长长的队列，一次绿灯的时间显然不足以让所有车辆都顺利通过，出租车卡在这条长龙中间，等待着信号灯下一次变色。司机师傅从车内后视镜注意到她的眼神，解释说："这个路口平时就这么堵，市中心嘛，更别提还是周六晚上，高峰期。"

沈辞音轻轻点头表示明白，望向窗外，问："这是什么路？"

"北春路。"

十分熟悉的名字，可是眼前的景象与记忆里的截然不同。昔日低矮的居民楼不复存在，如今购物中心辉煌的霓虹标识在夜色里闪闪发光。沈辞音问："我记得这里原来是个小区，拆掉了吗？"

司机师傅撑着方向盘，咧嘴笑："姑娘，这购物中心建了都有四五年了，你好久没回宁川了吧？北春路这块政府重新规划过了，早变成商业区了。"

他的普通话中带着点儿宁川的口音，沈辞音虽然不会说宁川话，但听着并不吃力，反倒有种微妙的亲切感。

她是很久没回来了，久到曾经熟悉的城市对她而言已经全然陌生，里面承载的回忆仿佛也成了水中泡影。

她看向窗外，没再说话。

出租车驶离拥堵的路段，又开过几个路口，最后稳稳地停在一家酒店面前。沈辞音扫码付款，向司机师傅礼貌道谢，随后往金碧辉煌的大门方向走去。

"音音姐。"一个短发女孩站在路边四处张望，看见她后，匆匆跑上前，"你终于来了。"

沈辞音："抱歉，路上堵了一会儿，你可以先进去的。"

"我不敢。"小盛吐了吐舌头，"我最怕这种人多的场合了，得有个人陪着我才安心。"

小盛本名盛倩，是部门安排给沈辞音的实习生，目前大三在读。事实上，沈辞音不是很明白上司 Freda 的这个举动，明明她一周前才入职，对工作事务还不熟悉，拿什么教实习生？可盛倩本人似乎并不在意这一点，沈辞音做什么工作她都在一边学，拿着本子记。看见 PPT 翻页，她急忙喊："等一下，等一下。"

沈辞音将 PPT 翻回去："没记住？"

"没有。"盛倩戳了戳本子，"音音姐你不会都记住了吧？"

"嗯。"

盛倩倒吸一口凉气："不愧是高考状元，京大本硕。"

沈辞音侧头："你知道我是哪个学校毕业的？"

"你入职之前大家就讨论过你了，一开始我还以为你简历上的照片是修过的，看了真人之后才发现，照片反而没你本人美。"

VH 员工很多，可像沈辞音这种仅凭一张漂亮的脸就给人留下深刻印象的少之又少。

沈辞音没说什么，只是点了点屏幕："快记。"

对沈辞音来说，这次的工作调动更应该被称为转岗。之前她一直在 VH 的京市分部工作，今年年初，集团内部组织架构调整，上司点名问她愿不愿意转岗到宁川总部。新岗位的薪水和职级都提升了一个台阶，这样十足的诱惑她当然不可能拒绝，而且不管是在宁川还是京市工作，对她来说都没什么区别。

办转岗手续和交接工作持续了一个多月，她终于在上周踏上了回宁川的飞机，回到了这个阔别九年的城市。

两个人往电梯方向走去，盛倩问："音音姐，我想在五一假期和同学去京市玩，你在那儿待了这么久，有没有什么推荐的餐厅呀？"

沈辞音按下电梯键："有一些我常去的，回去整理一下发给你。"

两个人边聊着边走到了包间门口，厚重的大门半掩着，里面隐约传出谈笑声。她们推门而入，包间内的声音像是被按下了暂停键，目光瞬间集聚而来。

今晚的部门聚会是为了欢迎沈辞音而举办，因此她打扮得稍微认真了点儿，乌黑的长发顺着肩头垂落，长裙束身，漂亮的身体线条被轻巧地勾勒出来。灯光垂落，白皙的脸颊衬着浅色的唇釉，清淡如雾，真是令人惊艳的美。

迎着众人的目光，沈辞音率先道歉："路上堵了会儿车，不好意思。"

"没事，没等很久，快坐吧。"

两个人找了空位置坐下，静音一般的包间又恢复嘈杂。

迟晓莹问："你们刚刚聊什么呢？什么股权，什么董事？"

"你不知道吗？"部门内资历最老的胡立回道，"小道消息都传疯了，最多下周就要宣布。"

迟晓莹问："宣布什么？"

胡立刻意停顿了一下，神神秘秘地说："我们公司要被收购了，前段时间公司架构调整就是因为这个。"

"我以为都是传着玩的，公司也没遇到什么经营危机，为什么要卖？"

"据说有老板一掷千金，开出了 Jeffery 无法拒绝的价格。"

Jeffery 是 VH 的创始人，也是现任 CEO。

迟晓莹狐疑："你怎么知道这么多？"

胡立啧了一声："你爱信不信。"

盛倩凑过来悄悄问："哪个老板这么有钱？"

沈辞音也不知道，只能回："有钱的人很多。"

只是，有实力收购他们公司的，应该算是有钱人中的有钱人。

饭局在众人的推杯换盏中结束，胡立喊着"今朝有酒今朝醉"，拽上众人去酒吧继续第二场。

沈辞音有点儿不想去，但又不好扫了众人的兴，只能一同前往。

夜晚的宁川灯红酒绿，饭店附近就有一条很热闹的街，那里酒吧、KTV 随处可见。胡立提议喝酒，地点却是常泡吧的迟晓莹选择的。迟晓莹挂了电话，转头说："问过了，还有位置，我们直接去就行。"

这家酒吧叫作 *Last Universe*（最后的宇宙），占据了整条街最好的地段，招牌很大，却并不花里胡哨，白色的英文花体字镶嵌在纯黑的底色上，远看倒像是高档西餐厅，没有半分酒吧的颓靡之感。

"这老板看起来不会做生意，这外观哪儿像酒吧？说是天文馆我都信。"

迟晓莹一边走，一边解释："听说这家店是老板开着玩的，老板不在乎赚不赚钱，不过你看，门口停的全是豪车。"

胡立问："你不会坑我们吧，在这儿开一瓶酒付不起钱怎么办？"

迟晓莹哼笑："好说，你留下来洗盘子抵债就成，洗一百年大概能还清。"

胡立反驳："就我洗？你怎么也得和我一起拖地。"

众人嘻嘻哈哈地进了门，立刻有服务生引导着大家落座。酒吧的环境出乎意料地好，挑高的穹顶、大理石的瓷砖，吧台后是一整面墙的酒柜，就连大厅内普通卡座的沙发都是名牌货。远处的舞台上，驻唱乐队演奏着乐曲，迷离的灯光从每个人的脸上掠过，印下深深浅浅的色彩，变幻莫测。

两杯酒一下肚，酒桌气氛瞬间活跃起来，哄笑声不断。沈辞音坐在最边上，找借口说自己不会，没有参与游戏，只是专注地看着台上的乐队。

坐在她身边的盛倩突然说："音音姐，我想去趟厕所。"

沈辞音颔首，起身给她让路。

乐队一曲演奏结束，短暂的休息之后又开始表演，沈辞音抽空看了一眼时间，意识到盛倩去厕所快二十分钟了都没回来。

卡座内一群人喝酒喝得热火朝天，其他人没注意到盛倩久久未归，沈辞音本想打个电话，想了想又将手机放回去，和迟晓莹说："小盛去厕所还没回来，我去看看。"

迟晓莹没听清她说了什么，含糊地点了点头。

沈辞音顺着指示牌往洗手间的方向走去，在半路上看见盛倩和一个陌生男人拉扯。

盛倩喊："你放开我！"

男人呸了一口："你拿我当猴耍呢？装什么贞洁烈女？"

盛倩急得快哭出来，无奈周边音乐声震天响，加上酒吧里男男女女拉扯太过常见，她的挣扎根本闹不出多大动静。

沈辞音走上前："怎么了？"

"音音姐！"盛倩又惊又喜，转而语无伦次地哭诉，"他要我陪他喝酒，可我不认识他！"

男人双眼盯着沈辞音这个"不速之客"，警告道："你知道我是谁吗？别多管闲事。"

这种戏码在酒吧里几乎每天都会上演，总有人仗着喝醉了横行霸道。沈辞音没理会，牵着盛倩就要走，同时掏出了手机。

谁料男人侧跨一步挡住去路，将她的手机抢走，浑身散发出的酒气令人作呕："去哪儿啊？"

盛倩慌张地躲在沈辞音背后，沈辞音直视他："你到底想怎么样？这里可是公众场合。"

男人咧嘴一笑："我不想怎么样，就想和这个小妹妹喝喝酒。"

他探身，动作轻浮地去挑盛倩的下巴，盛倩害怕地躲闪，被逼出应激反应，啪地给了男人一巴掌。

男人愣住，显然是没料到自己会被打。脸颊上鲜艳的红印浮起，他摸了摸，慢半拍地反应过来，随即怒不可遏。他抓着酒瓶，狠狠地往旁边的桌上砸去，清脆的玻璃破裂声响起，碎片四溅，酒液喷涌而出。

音乐停了，众人都往这里看过来。

男人往地上啐了一口口水，恶狠狠地说："你算什么货色，敢打我？"

沈辞音躲得及时，没被碎片伤到，却不可避免地被溅了一身酒，裙子上印出一大块深色的印记。

男人将破碎的酒瓶缺口对准她们两个人："我看上你，是给你脸，你知道吗？"

他挥舞着锋利的酒瓶示威，像只发疯的野狗。四周有人想上前解围，但又被那武器逼退了。

"这样吧，给你们两条路。"他一只脚踩上桌子，扬起下巴，"要么她识趣点儿，跪下来给我磕头就算完事，要么……"

他眯起眼睛，这才有闲心借着灯光打量着沈辞音。

在酒吧这个地方，沈辞音这一身打扮远远算不上诱惑，甚至有点儿朴素过了头。但她的五官明艳动人，漂亮的眼睛被酒吧令人昏聩的灯光笼罩着，染上几分迷离妩媚的色彩，足够让人移不开眼。

男人露出恶劣的笑容："你这身材长相也不错嘛，既然这么爱替姐妹出头——"

啪！突兀的酒杯碎裂声再次响起，这次是从二楼传来的。在场的人都被吓了一跳，所有人的目光不自觉地向声源处看了过去。

二楼栏杆边站了一个男人，个子很高，肩宽腿长。他穿着黑色衬衫，扣子松散，领口随意地向外翻折，脸隐在昏暗的灯光里，影影绰绰的，看不清楚。

"抱歉，手滑。"那个男人的声音清冽好听，嘴上说着"抱歉"，语气却听不出一点儿歉意。

他插着口袋，脚尖将碎片往旁边踢了踢，对着一楼的人漫不经心地开口："你继续。"

突如其来的小插曲，让在场的人都晃了神，面前的醉汉也不例外。他扭头看向二楼，有一瞬的错愕，早已聚集的保安抓住时机，趁他分神，冲过来夺下他手里的酒瓶，将人迅速制服。

男人反应过来，大喊大叫地挣扎，现场乱成一锅粥。胡立他们从人群中挤了出来，焦急地问："没事吧？"

盛倩心有余悸，还在哽咽："对不起……我也不知道会发生这种事。"

同事纷纷上前安慰，只有迟晓莹脸色复杂，犹豫道："你们这次不太走运，我刚刚听周围人议论说，那个男的家里很有背景，平时在这里嚣张惯了，很少有人敢惹他。"

"什么背景？"

迟晓莹答："姓徐，徐氏制药听说过吧？那人是他家的小儿子，之前有传闻他和谁闹矛盾，回头就把人打了，最后用钱摆平了。"

盛倩吓得脸色惨白。胡立连忙打断："行了，行了，咱们现在是法治社会，有事找警察，你别在这儿吓小盛。"

迟晓莹急道："我这不是关心她们吗？早知道不该带你们来这里的。"

周围乱糟糟一片，沈辞音没听进去多少，心里始终隐隐有种预感。她抬头再次向二楼看去，替她们解围的男人还站在那里，居高临下地观看着这场闹剧，目光若有似无地和她的眼神交会。

空气有些闷，交错的灯光像是潜水艇的探照灯光，一束束地掠过他挺拔的身影，亮起又黯淡，那张英俊的脸在光影里明灭，那双眉眼她曾经熟悉得不能再熟悉。果然是他。

沈辞音倒是想过，回到宁川，她有概率和言昭重逢，但没料到一切来得这么猝不及防。过了九年，那张饱受上天眷顾的脸依旧没什么变化，只是褪去了几分少年张扬的意气，转而被成熟锐利填补。

散漫的、含笑的……她曾见过那双漆黑眼睛里太多生动的情绪，而如今，他只是站在那里，脸上没什么表情，他淡淡地垂眼看过来，似乎对眼前的一切都漠不关心。楼上楼下，隔着这遥遥距离，两个人沉默地对视，仿佛隔着万水千山。

沈辞音回神一向快，率先收回了视线，跟着众人往卡座的方向走去。

盛倩往二楼看去，栏杆边已经空无一人，忍不住问："音音姐……刚刚二楼那个人，你认识吗？"

沈辞音拿包的手轻轻一顿："不认识。"

过去了这么久，往事也没有重提的必要。

经理赶过来连声道歉，和他们协调补偿方案。沈辞音在四周翻找了一圈，没看见手机，这才想起刚刚手机被那个男人夺了过去。

她折返，事发的那块场地已经被清理干净，一个陌生的年轻男人正站在那儿，面色不善地对保安呵斥："你们这样以后谁还敢来我们酒吧？"

保安垂头，噤若寒蝉，沈辞音走过去，轻声开口："打扰一下。"

男人回头。

"我的手机刚刚被那个人抢走了，可能他丢在了什么地方，请问你们看见了吗？"

路敬宣看向眼前人，刚刚他在言昭身边围观全程，这姑娘着实冷静，让他印象深刻。他挥了挥手，让保安散掉，转头叫来服务员："这位小姐的手机掉这儿了，你们打扫的时候捡到了吗？"

服务员回道："捡到了，您稍等。"

服务员离开去取手机，只剩路敬宣和沈辞音两个人，路敬宣的目光落到她的裙子上，柔软的布料被酒浇湿了一大片，那块区域自然干后凝结成不规则的深色痕迹，看起来十分碍眼。他指了指裙子，问道："需要帮忙吗？"

沈辞音低头看了一眼，说："不用。"

"行。"

服务员送来手机，沈辞音道谢后，转身离开。

路敬宣在原地接了个电话，转身走到一楼的角落。醉酒闹事的人如烂泥一样躺在地上，神志不清，他走过去，嫌弃地用脚尖拨了拨对方："净给我添堵。"

这酒吧老板真难当，不仅要顾及生意，还得顾着徐家人的面子。

路敬宣问服务员："给徐家打电话了吗？"

"打过了老板，人家马上就来。"

"嗯。"

路敬宣余光瞥见言昭走过来，便问他："要走了？"

"马上。"言昭又往前走了几步，脚下传来一种略奇怪的触感，他扭头问，"我是不是踩到人了？"

地上的男人痛苦地吸气："言昭你……"

言昭慢悠悠地收回脚，一只手插在兜里，另一只手"不小心"碰倒了旁边桌上的一瓶酒，酒瓶倒在桌边，酒液顺着桌沿往下滴。

仍躺在地上的男人全身上下被酒液浸湿，被呛得不断咳嗽，狼狈不堪。言昭充耳不闻，举起空瓶，对着光看了一眼，轻啧："这酒用来浇你，可惜了。"

沈辞音到家时已经快十二点了，手指摸索到客厅墙壁上的开关，按下，天花板上的灯亮起。她正准备弯腰换鞋，眼前突然闪烁了两下。

她停下动作，抬头看，灯好端端地亮着，仿佛刚刚的闪烁只是错觉。身体上的疲累让她无心去管，她将脏裙子脱下丢进衣篓，匆匆洗了澡，吹干头发后躺在了床上。

耳畔很静，屋内一片黑暗，她闭上眼，今天发生的事情在脑海里一一掠过，最后只剩下酒吧里那短短几秒的、光线迷离下的对视。

她不由得想起，和言昭最后一次见面，是在她高考的那一天。

彼时，两个人已经闹翻许久，陷入冷战，沈辞音忙着最后冲刺，言昭也不怎么来学校，见面次数少之又少。

高考最后一门考试结束后，她顺着人潮走出考场大门，心里卸下一块沉重的石头。头顶烈日炎炎，耳畔蝉鸣声不绝地响，四周飘浮着热浪，就连呼吸都变得湿热黏腻。

沈江等在门口，看见她的表情一如既往地平静，不似其他学生喜悦都写在脸上。他以为她考得不好，蹙了蹙眉，但也没指责什么，只说："不管怎么说，考成什么样就是什么样了，也不是非要考京市的大学……"

沈辞音没搭话，沉默地跟着他往车的方向走。

身边突然传来一阵女生们情绪激动的声音，她转头看去，狭窄的路对面，站着一个熟悉的身影。

因为个子高，言昭在人群中十分显眼。他穿着一件黑色 T 恤，姿态松散地半靠在一辆车边，一只手拿着手机贴在耳边，时不时散漫地应两声。他的头发稍微剃短了点儿，五官的优势更加突显，在来往的人群中，他帅得有点儿不太真实。他似乎早就看见她，目光一路追随，就像是等她看过来的这一刻。

沈江还在沈辞音耳旁唠叨。言昭没动，只是隔着马路看着她的表情，忽然笑了，挂了电话，而后无声地开口。他说得很慢很清晰，她得以看清那个口型是在说什么。他说："恭喜。"

沈江以为她考得不好，可只有言昭知道，她如果考砸了，表情并不会这么平静，这反而是她胸有成竹的表现。

言昭在提前祝贺她，恭喜她如愿以偿。

后来，沈辞音拿了那一年宁川市的高考状元，而一个月后，言昭飞往 M 国 B 市。那句"恭喜"，是两个人之间最后的对话。

周一，公司早上十点上班，沈辞音提前十五分钟到了办公室，去茶水间接了杯热咖啡，拆开在楼下顺路买的三明治，坐在工位上慢慢地吃。

盛倩来得风风火火："音音姐，你猜我刚在楼下看见谁了？"

她神采奕奕，显然是将周六晚上的不愉快彻底抛在了脑后，自我调整能力让人极其佩服。

沈辞音咬着三明治的一角，含糊道："Jeffery。"

盛倩睁大了眼睛："你怎么知道？"

沈辞音指了指不远处的办公室："我来的时候 Freda 刚走，说是陪 Jeffery 去公司门口接人。"

盛倩在沈辞音身边的工位坐下，摇头叹息："今天的排场可真大，总裁和高管亲自去接，不知道是哪位大人物大驾光临。"

路过的隔壁部门同事插了一句："我听说是新老板呢。"

"新老板？这么快就来了吗？"

"是呀，反正今天会正式公布收购的消息。"

十点整，意料之中的一场风暴席卷了整座 VH 大厦。

一封致全体职工的邮件送达公司所有员工的工作邮箱，与此同时，各大财经新闻头条都刊登上相同的内容：

言氏控股宣布完成对 VH 集团的收购，正式进军科技领域。

沈辞音望着邮件，愣了一下，脑海里瞬间浮现言昭的脸，他在不久前接手言氏控股早已是尽人皆知的事实。有钱人中的有钱人……她早该想到这个可能性的。但不管怎么说，这也太巧了吧？

一石激起千层浪，办公室里的人无一例外都在讨论这个大新闻，讨论内容五花八门——

"言氏可真有钱，说收购就收购。"

"我看看，CEO 言昭……天哪，这么年轻的吗？"

"我的关注点是——他是不是帅得有点儿过分了？"

"大家都是同龄人，怎么差距就这么大呢……人家年纪轻轻就已经管理这么庞大的公司了，而我还在打工。"

"呜呜，下辈子我要投个好胎。"

…………

艳羡声和赞叹声此起彼伏，有人甚至开始搜索言昭的履历。

除了那张令人过目难忘的脸，言昭无疑有着漂亮的履历。他本硕毕业于 M 国名校，在校期间曾在某巨头公司实习，回国后接手家族企业，短短几年内就将集团的海外市场份额翻了一番，用成绩证明他的能力并不是花拳绣腿……围绕在他身上的光环数不胜数。

手边的咖啡见了底，沈辞音正准备起身去倒水，突然收到 Freda 的消息：我桌上有份材料，麻烦你把它送到顶楼会议室来。

能在顶楼会议室开的会都很重要，沈辞音不敢怠慢，连忙取了材料送上去。

会议室的门紧闭，她轻轻拧开把手，有条不紊的汇报声从门缝里传了出来。汇报人周围安静得落针可闻，会议桌边坐满了人，正中间主位的人最显眼，几乎一眼就能注意到。

和那晚沈辞音在酒吧对他模模糊糊的一瞥不同，现在室内的灯光足够亮，将男人的身形照得清晰。

言昭穿着一身西装，往后靠着椅背，长腿随意交叠，一只手臂搭在桌子上，袖口微微松开，腕上是深色调的表，骨节分明的手里握着一支笔，他边听着汇报边无聊地转动那支笔。

沈辞音微微弯腰，试图降低存在感，快速地朝 Freda 走去。

言昭听见动静，玩笔的手微顿，侧头扫过来一眼，恰巧和沈辞音的目光撞上。周围的空气好像又静了几分，沈辞音呼吸微滞，有种被抓包的不自然感。

汇报人看见言昭的眼神移走，移走的时间还似乎有点儿久，便也跟着停了下来，问道："言总？"

言昭这才收回视线，朝他微笑："没事，你继续，不用在意我。"

沈辞音将文件递给 Freda，Freda 严肃地点头，转而说："你别走了，把会议听完。"

刚准备离开的沈辞音："好的。"

会议结束时，凝滞的空气总算有些许松动。Freda 合上电脑，并没离开，而是对着沈辞音说："和我来。"

沈辞音跟着她，一路走到前方，言昭的位子被人群层层包围，像被一张密不透风的网包裹住。

Freda 介绍："Jeffery，这是我上次和你说的沈辞音。"

Jeffery 笑道：“原来是你，Freda 点名向我要你，你也知道她快移民了，你将会是她这个位置未来的人选，她很看好你，你好好努力。”

沈辞音应下，刚好有人从她身边走过，肩膀轻擦，带来一阵很清淡的气息。

“正好介绍一下。言总，辞音是我们 VH 优秀的青年员工，别看工作没多久，但业务能力非常好。”

言昭顿住步伐，目光落在沈辞音胸口的工牌上，垂眸，语调缓慢地念出她的名字：“沈，辞，音。”

咬字清晰，像是在确认，又像是在重温。

沈辞音伸出手，将该有的礼节做好：“言总，您好。”

言昭抬手，两个人的掌心贴合，温热的指腹蹭着沈辞音的手背，指尖轻轻下压，不轻不重地同她交握了片刻：“很高兴见到你。”

不是“认识”，而是“见到”，简单的词背后仿佛还蕴藏着另一层含义。

沈辞音抬眸，对上他的视线，微笑着礼尚往来：“我也很高兴见到言总。”

他笑了一声：“是吗？那挺不错。”

九年后正儿八经地重逢，在众目睽睽下以无比官方的寒暄结束。两个人之间的氛围只冷了一瞬，便有其他人拥上来和言昭搭话。沈辞音越退越远，眼见也没什么其他事，转身出了会议室，只是她的手心还残留着他微热的余温。

沈辞音回到工位，周围人如潮水一样围上来。

“辞音你刚刚去了顶楼？怎么样，怎么样，言昭是不是特别好看？”

沈辞音诚实回答：“还可以。”

“我听早上接待他的行政说他很高，起码有一米八五，你感觉有吗？”

“有的。”言昭高中的时候就有一米八七了。

“啧，你们能不能问点儿别的有用的信息？辞音，这次会裁员吗？”

沈辞音回想了一下会议内容：“不会，好像高管层都不怎么变。”

胡立欢呼："好了，这下大家可以放心了。"

办公室恢复生机，大家嘻嘻哈哈地回到工位，沈辞音的电脑上传来消息提示，是 Freda 发来了消息：下个月的科技大会交给你负责，下周一交策划案初稿给我。科技大会言总也会参加，做好预案。

沈辞音停顿了会儿，回复：收到。

那天以后，沈辞音没再见过言昭。她埋头处理工作，渐渐地将重逢这件事抛到脑后。反正过去这么久了，他大概不记得她了，也不会想和她有什么交集。他们维持这种状态，最好不过。

转眼间又是一个周末，沈辞音是被楼上的装修声吵醒的。电钻刺耳的声音尖锐激烈，伴随着墙体被凿开的共振抖动，仿佛在发生一场噪音地震。她翻来覆去，试图用被子蒙住头的方式抵抗，却无果。她伸手去够床头柜上的手机，按亮手机屏幕，屏幕上显示早上九点二十五分。

算了，该起了。

房间内窗帘紧闭，一丝光也透不进来。她打了个哈欠，踩上拖鞋，睡眼惺忪地往厕所走去。

一番洗漱过后，楼上的电钻声终于停了，沈辞音换了衣服，拉开窗帘，光线一拥而入。

宁川这两天一直下雨，即使出太阳，天空也是阴沉沉的。初春的温暖似乎就在这雨中一点点被消磨殆尽，只剩下点儿徒劳的尾巴。

沈辞音正望着窗外，门铃声响起。她刚打开门，站在门口的方芮珈就开始气喘吁吁地抱怨："你租的什么房子？居然连电梯都没有，我很久都没爬过这么高的楼梯了！"

沈辞音租的房子在市中心的老小区，年岁已久，楼栋灰色的外墙墙皮已有不少剥落，上面爬满绿色的藤蔓。单元门是老式的密码铁门，裹着重重的锈迹，开合的时候吱呀作响。

沈辞音替她拿拖鞋："宁川租房什么价格你又不是不知道，想住得离公司近点儿只能这样。"

方芮珈说："瑞林路那边一水的公寓，在那儿和人合租的话价格也差不多呀。"

沈辞音摇头："不想和人合租，一个人省心点儿。"

刚毕业那会儿她尝试过合租，但紧接着发现问题太多，遇到人品好的室友还行，遇到不好的只能自认倒霉。她每天工作已经很辛苦了，并不想回家以后还得面临烦心事。

方芮珈将猫箱放在茶几上，在客厅里逛了一圈，四处打量："外面看起来破破旧旧的，里面装修得倒挺好。回来半个月了，感觉怎么样？"

沈辞音答："还不错。"

沈辞音要去厨房给她倒水，方芮珈摆了摆手示意不用。她转头看见卧室角落里，一个黑色小提琴包孤零零地靠在墙边，顶端还贴着一张褪色发旧的贴纸。

方芮珈问道："你还在拉琴吗？"

沈辞音摇头："但是已经习惯去哪里都带着了。"

"我记得本科那会儿，你在院庆上表演小提琴，拉得特别好，大家后来都叫你小提琴女神，你还十分嫌弃。怎么样，女神现在还有几分功力？"

方芮珈是沈辞音的大学室友，毕业后沈辞音留在京市，方芮珈则前往宁川工作，两个人就此异地，但微信常有联系。这次沈辞音回宁川，方芮珈是最高兴的那个，毕竟大学寝室里的其他两个人都已在天南海北，只有她们俩还残存着最后的联系。

"本科的时候拉过那一次后，我就没再碰过。"沈辞音说，语气里无半分遗憾，"早退功了。"

小猫在猫箱里发出细细的叫声，像是催促。方芮珈看了一眼手表，不再闲聊："我们出发吧？"

"你先下楼，我拿个包就来。"

今天方芮珈找沈辞音陪她送小猫去医院体检，两个人顺便叙叙旧。这本来是方芮珈上司的小猫，但上司临时有事走不开，医院都已经预约好了，于是只能拜托方芮珈帮忙。

沈辞音走到楼下，望见一辆灰色的轿车，问道："你买车了？"

"借的，带姐妹兜兜风，今天你想去哪儿就去哪儿。"

沈辞音笑道："那今天就跟着方小姐混了。"

两个人到了宠物医院，被告知要稍等一会儿，于是她们就在大厅的长椅上坐下。

天气暖洋洋的，阳光从落地窗外洒进来，落在肩头，映出一片灿灿的金黄色。沈辞音拿出手机，指尖悬停在屏幕前，还没解锁，视线里突然冒出一大团白色的毛茸茸生物，围着旁边的盆栽嗅来嗅去。

"这萨摩耶好可爱。"方芮珈惊喜道，"好想摸一摸。"

护士从里间探头叫人："巧克力——巧克力的家长在吗？"

"来了，来了。"一个女孩急匆匆地从外面跑进来，手里攥着空荡荡的狗绳，扭头催促身后的人，"你快点儿！"

女孩长得很漂亮，身材高挑，踩着长靴，斜挎一个小包，光看外表就知道价格不菲。

"巧克力——"她呼唤着，目光在大厅里扫视一圈，扭头朝沈辞音这边看了过来。

女孩的眼睛很漂亮，有点儿像一个人。沈辞音的脑海里无端地冒出了这个想法，但具体像谁，她又想不出来。

女孩走过来将萨摩耶抱起来："怕来医院也不行，今天你必须得体检。"她抱着狗，往门外又看了一眼，见人还没来，便不再等待，径直往医院里面走去。

沈辞音顺着她的视线往外看，只见一个身材高挑的年轻男人站在车边，正将车钥匙塞进口袋，随后不紧不慢地迈着步子朝医院的方向走来。他穿了件卫衣，鼻梁上架着墨镜，阳光投在金属镜框边缘，反射出细碎闪烁的光。

和那天在会议室里见到的西装革履的他完全不同，今天换了私服的言昭，举手投足间都有一股散漫大少爷的风范。

言昭推门进来了。

方芮珈接了个电话，神色变得复杂，她指着角落里两个大箱子对沈辞音说："我领导让我们帮忙把这个带回去。"

　　两个人走过去，试着抬起箱子。

　　"不行，不行。"方芮珈甩着手说，"抬不动，再找个人帮忙。"

　　今天宠物医院里的人不多，方芮珈巡视一圈，目光锁定在大厅另一边的言昭身上："脸长得这么好看，心地应该也挺善良吧？"

　　沈辞音急道："你别叫他——"

　　然而晚了。

　　"帅哥！"方芮珈热情地冲着言昭喊，"能不能帮个忙？"

　　大厅里人很少，方芮珈的声音显得无比洪亮，言昭抬头，率先看见了一旁的沈辞音。沈辞音抿唇，有些尴尬地移开视线，假装不认识，更不想去看他脸上的表情。过了几秒，她看着脚边的盆栽，听见脚步声慢慢靠近，直到头顶响起他清越的声音："什么忙？"

　　方芮珈说："这箱子有点儿沉，能不能帮我们搬到车上去？车子就在门口。"

　　"可以。"他将墨镜折起挂在领口，答应得干脆，"带路吧。"

　　沈辞音和方芮珈两个人都抬不起来的箱子，言昭却抬得轻松。方芮珈打开后备厢，嘴里不停道谢："谢谢，谢谢。帅哥帮大忙了。"

　　沈辞音也跟着补了一句："谢谢你。"

　　言昭将后备厢合上："这语气，听着好像有点儿不情愿。"

　　方芮珈不明所以，连忙打圆场："不好意思啊，我这朋友就这个性格，和谁都这样，不是故意的。"

　　沈辞音说："我非常情愿，你不要曲解我的意思。"

　　方芮珈："……"

　　怎么突然就杠上了？

　　"是吗？"言昭挑眉，"那上次说见到我很高兴，也是情愿的了？"

　　"那不一样，那是客套话。"

　　方芮珈插不进两个人你来我往的对话，这才意识到了不对，轻轻咳了一声，试探着问："你们……认识？"

言昭只微笑，没说话，将这个问题的回答权交给沈辞音。

沈辞音停顿了一会儿，开口道："高中同学。"

言昭轻嗤一声。

三个人折返回医院内，方芮珈拎着猫箱去找医生，沈辞音转身去了厕所。

沈辞音从女厕所出来，走到水池前，用完洗手液，微微弯腰，打开水龙头，手伸上前，水流顺着掌心滑落，冲刷掉指缝的泡沫。她关了水，刚想直起身，身后传来熟悉的声音："我都不知道，我在你心里，原来只是普通的高中同学？"

这里只有他们两个人，他的声音浅浅回荡，震出几分意味不明的余韵。

沈辞音走过去："某种意义上来说，我没有说错。"

言昭就站在门口，她低头想绕过去，他却不让，磨得沈辞音没了办法，抬头看他。他比她高了一个头，身形上天然地具有优势。

他逼近，她下意识后退，却没料到身后就是一个置物架，正对着她的后脑勺。沈辞音对身后毫无所知，眼看就要撞上去，言昭眼疾手快，拉住她的手腕往自己的方向扯，同时另一只手护在她的脑后。言昭的手背重重地磕在架子上，发出一声沉闷的响声。

嘭！沈辞音吓了一跳，侧头想去看他的手有没有事，却被他捏住下巴，迫使她转过脸重新看着他。他说："别动。"

他的五指修长有力，指腹冰凉地贴合着她的肌肤。

言昭低头，用只有两个人能听见的音量，一字一句轻慢地说："需要我帮你回忆一下吗？"

洗手间内很静，静得可以听见两个人交错的呼吸声无节奏地起起伏伏，仿若混乱的心跳声。沈辞音稳着心神回复道："现在提这个有什么意义吗？毕竟过去那么多年了。"

"过去的事情，你就能当没发生过吗？"言昭轻嗤，低声念出她熟悉的称呼，"沈辞音同学？"

他几乎完全将她笼罩在怀里，气息铺天盖地将她裹挟。

她抬头，毫不退缩地看着他："难道你想在这里和我叙旧吗？"

言昭垂眸紧紧盯着她，两个人保持着这个姿势，距离极近，鼻尖仿佛下一秒就要碰上。就在这时，他口袋里的手机响了。他直起身，那股紧张暧昧的气息随着他的退开而消散。

言昭掏出手机接听，沈辞音垂头，这才发现他还握着她的手腕。他的掌心温暖，肌肤紧贴着她的腕骨，仿佛掌握住了她跳动的脉搏。

和普通的高中同学不一样，他们曾无话不谈，哪怕分别已久，再次见面也让他们的所有肢体接触都变得微妙起来。熟睡的记忆被催长滋生，一些正常的试探性触碰，都仿佛沾染上了令人心尖发颤的意味。

沈辞音从他掌心里抽回手，言昭没说什么，只是同样收回手，对着电话那边的人开口："等着，我马上过来。"

言蓁坐进车里，刚系好安全带，扭头看见言昭扶着方向盘的右手背青了一片，惊道："你手怎么了？和人打架了？"

"没事。"言昭不想多说，"都弄好了？"

"嗯。"

巧克力趴在后座上，状态蔫蔫的。

轿车起步，言昭注意到言蓁一直在往后视镜看，问道："你在看什么？"

"我在想，刚刚在医院看到的那个漂亮姐姐，好像有点儿眼熟。"

"你又没见过。"

"你怎么知道我说的是谁？"

"你还能说谁？"

两个人像打哑谜一样有来有回，言蓁率先放弃纠缠："反正我有点儿印象。"她认真地想了想，从脑海里抓住了什么，"是不是你从 M 国飞回来——"

刺啦——言昭突然踩下刹车，言蓁的身体猛然前倾。她被吓了一跳，怒道："言昭！"

他漫不经心地仰了仰下巴："红灯。"

话题被打断，言蓁也不想再提。她从包里拿出手机，没好气地说："对了，妈让我转告你，说让你有空去和那个……那个黄小姐吃个饭认识一下。"

"没空。"

言蓁翻了一下微信："哦，我记错了，是张小姐。"

"没空。"

他很敷衍，言蓁不满："你连人都没搞清楚就拒绝？"

"有什么区别？"

"我不管你，你自己和妈说。"

言昭瞥了她一眼："言蓁，你是哪边的？"

"妈也是着急，谁让你这么大岁数了还单身。"

"我岁数很大吗？"

言蓁故意揶揄他："可大了，都和我们年轻人有代沟了。"

言昭把手搭在方向盘上，指尖慢悠悠地敲："原来二十七岁就老了，有代沟了？我记住了，回去就转告陈淮序。"

言蓁反应过来："哥！"

沈辞音和方芮珈将小猫送回去之后，来到市中心的一家火锅店。由于是周末晚上，店里座无虚席。

沈辞音明明不怎么能吃辣，每次却一定要吃红汤锅，旁边配一小碗清水，实在辣得受不了就用水涮一下，没过一会儿，水上漂浮起薄薄的红油。

方芮珈拧开可乐，接过她的杯子往里倒，问道："下午在宠物医院遇见的那位帅哥，不仅是你的高中同学那么简单吧？"

谁跟关系普通的老同学见面氛围是那样的？

沈辞音答："我跟他……高中时关系还可以。"

方芮珈露出一个了然的眼神。

沈辞音叹气："抱歉，当时没和你说实话，是因为我觉得在那种场合下，说了反而很尴尬。"

"能理解。"方芮珈露出一个"我懂"的眼神。

火锅的热气蒸腾，熏得人脸上都出了一层薄汗。沈辞音皮肤白皙，脸颊浅浅地透出一层红晕，店内暖黄的灯光落下来，更衬得她肌肤如玉般细腻，五官明艳动人。

方芮珈叹息："不过这下我也能明白你大学时为什么拒绝那些追求者了。遇见过一个这么优质的，再看那些不如他的肯定会有心理落差。"

沈辞音抽了张纸巾擦了擦鼻尖的汗，有些无奈："也不是，我没想那么多，单纯对他们没感觉而已。"

"那你考虑跟那位帅哥在一起吗？"

沈辞音说："想什么呢？这都过去多少年了。"

时间是抹平一切情感的利器。两个人在分别的这九年里对彼此一无所知，也许在这段时间里，他早已迈入数个情感阶段，在自己的人生轨迹上顺利地行进着，不会再踏入她的生活领域。长久的未知带来的陌生感是一种隔阂，想要靠残存的记忆去寻回曾经，几乎不可能。

沈辞音十分理智，理智到她可以坚决贯彻她认为正确的准则，哪怕这和她的欲望相违背。当初母亲逼她练小提琴是这样，和言昭失去联系也是这样。

方芮珈托着腮，晃了晃手指："我看未必，爱情的美妙之处就在于它的不可控性，万一呢？"

沈辞音反问："那你找你前男友先试试看？"

方芮珈脸色变了，像提起什么仇人："我坚决不会和他复合。"

晚餐结束，方芮珈将车还了回去，两个人沿着马路散步消食。

初春的天气，到晚上还有些凉。路上车水马龙，街边霓虹灯牌一个接着一个，汇成一片热闹繁华的景象。

她们走过一段还算寂静的区域，前方突然热闹起来，宽敞的学校大门出现在眼前。教学楼里还有几间屋子仍旧亮着灯，远远望去，像是海面上的灯塔。

方芮珈抬头，辨认校门上的字："宁川中学，哎，你是在这儿上的高中吧，这学校怎么样？"

沈辞音看着熟悉的校门，这才发现自己居然连什么时候走到了学校附近都不清楚。她环视一圈，很多店铺都已经不是记忆中的招牌了。她真的很久没回来了。

沈辞音回答："这是我母校，是宁川市最好的高中。"

也是承载了她对宁川所有回忆的地方。

在沈辞音的记忆中，离开南城的那天是个晴天……

"准备走了吗？高铁几点的？别迟了。"

"两点，来得及。"

"好，好，过去了一定要照顾好辞音，你就算生意再忙也不能疏忽她，这两年是高中的关键时刻，孩子的营养一定要跟得上。"老人的声音颤了一下，"就算……就算你有新的想法，你也要记得，辞音是你的女儿，是文素给你生的女儿。"

男人的声音有一丝不耐烦，但还是压了下去："放心吧，妈，你都说了多少遍了，辞音身上流着我的血，我能不管她吗？"

卧室的门半掩着，客厅里的对话断断续续地从门缝钻进卧室里。十七岁的沈辞音站在门后，沉默地听着他们的对话，突然伸手将门拉开。

沈江注意到动静，转头看过来："东西都收好了？"

话音刚落，他看到她身后背着的小提琴包，眉头一皱："这你也要带过去？高中学习压力这么大，你没时间拉琴的。"

沈辞音没说话，只是将行李从卧室内拖出来，然后重重地将卧室门摔上，眼看沈江又要生气，外婆连忙打圆场："带着就带着吧，毕竟这是她妈妈留给她的东西。"

沈江蹙起眉看了沈辞音一眼，最终妥协道："走吧，车在下面等着。"

行李箱的滚轮在地板上滚动，沈辞音走到门口，扭头看了一眼客厅。黑白照片里的女人微笑着，她的眼眶忽地湿了，但又不想让外婆看出来，只能咬牙硬生生地忍住。她背过身，跟着沈江匆匆下了楼梯。

车驶离小区时，沈江嘱咐道："宁川是大城市，我们小地方的教育水平不能与之相比，你中途转过去，很多东西都要重新适应，明白吗？"

沈辞音眯着眼迎着窗外的阳光，一言不发。

没得到回应，沈江冷哼："你妈到底是怎么把你教出这种性格的？"

沈辞音心里本就埋着一团火，火苗因他这话燃得更旺，沈辞音冷冷道："怪她有什么用？你不是我爸吗，你在我的教育里出过一分力吗？"

沈江怒道："你怎么和我说话呢，我在外面做生意养你们俩很轻松吗？你学琴、学舞哪一样不是我出的钱，你妈妈那点儿工资管什么用？你现在来怪我不教育你？"

沈辞音坐直身体，直视他的眼睛，黑眸凛冽："你养我们两个人？妈妈怎么出的事你不知道？"

沈江睁大眼睛，仿佛突然被戳了哑穴，那股气势瞬间泄了大半。

"我只有一个要求。"她不愿再多争论，靠回椅背，平静地说，"到了那边，我绝对不和你们住一起。"

就这样，沈辞音离开了她生活了十七年的南城，来到宁川——一个对她而言陌生又崭新的城市。

沈江费了很大的力气把她转到宁川中学，虽然他嘴上不说什么，但沈辞音知道，自己这个好面子的父亲，内心里对她的高考成绩有很大的期待。但她努力学习，为的可不是沈江，而是她自己。

沈辞音至今还记得第一次遇到言昭时的场景。

那时候她刚转来宁川中学半个月，对周围的一切都还不熟悉，班级里的同学早已形成自己的圈子，想要打破边界再融入，需要耗费很大的热情和积极性。可她偏偏不是那种擅长社交的人，想要和她建立起亲密关系，那对方势必是主动的那个。所以，即使入学半个月了，沈辞音仍旧独来独往。

一天课后，沈辞音去上厕所，隐约听见外面女生的议论声。

"今天的篮球赛你去看吗？"

"几班对几班？"

"八班对十六班。"

"十六班？言昭上场吗？"

"好像不去，听说他伤刚好。"

"啊。"女孩发出失望的声音，瞬间变得兴致缺缺，"他不去那有什么看头？"

"八班不也有帅哥？去嘛，去嘛，就当陪我。"

两个人的声音逐渐远去变小，沈辞音从隔间出来，洗了手，转身回了教室。

下午，体育课被用来办篮球赛，教室里几乎空了，沈辞音不感兴趣，抽了张卷子匆匆做完，批改时发现红笔没水，自己也没红笔芯了，于是下楼前往小卖部。

操场上人声鼎沸，小卖部里只有零零散散的几个学生。沈辞音在货架上挑挑选选，买了红笔芯，又顺带买了点儿其他的东西。

门口走进来几个男生，拉开冰柜买水，他们谈话的声音断断续续地传到她的耳朵里。

"你真不上场啊？"

"不上。"回答的男生声音意外地好听，带着点儿漫不经心的味道。

"八班这次来势汹汹，要找你复仇，你不应？"

那个男生依旧是不在乎的语气："想找我复仇的人多了，没空。"

沈辞音找了一圈，没找到自己最喜欢的口味的薯片，抬头，发现货架最上方还有几袋存货。她踮脚去够，试了几次都没成功，指尖离货架最上面一层还有一点儿距离。扫视一圈，四周也没有可供垫脚的东西。这让沈辞音有些泄气，刚想放弃，身边突然站过来一个人，裹着很清冽的气息。

她低头，先看到一截白皙的手腕，手上抓着一罐可乐，修长的手指抵着拉环。往上是线条分明的手臂肌肉，不夸张，却有力量感，没入宽松的短袖校服袖里。

言昭偏头看过来，眼里没什么温度："要这个？"

沈辞音不喜欢麻烦别人，更别说是陌生人："谢谢，我自己来就可以了。"

言昭听从，往后退开半步，可人也没走，就倚在那儿，一动不动地看着她。

沈辞音仿佛被他的眼神架在火上烤，扭头问："你为什么不走？"

他语调懒洋洋的："单纯很好奇，想看看你这个身高是怎么够得到的。"

沈辞音想说她有一米六八，可一转头，发现男生比她还高了一个头，他站在货架之间狭窄的过道里，将光源几乎都挡住了。

她自己已经试过，根本不可能够到，要是在一个陌生人面前跳来跳去也够丢面子的，干脆放弃："我不需要了。"

她转身要走，耳旁却传来一声很轻的笑声。言昭直起身，将那包薯片拿下来，放在她手上，又笑了一声："有什么好倔的？"

回忆与眼前的场景渐渐融合，沈辞音回神，方芮珈正在不远处的小摊前朝她招手："炸串，吃吗？"

沈辞音走过去，挑了几串，点开微信正准备付款，聊天列表顶端出现了一个陌生的头像，是言昭的。她点进去，界面上显示：**你已添加了 Y.，现在可以开始聊天了。**

她在高中毕业后就换了手机，换了号码，过往加过的联系人全部丢失，她至今都没有把加过的人全部加回来，包括言昭。她跟言昭一直失联到今天下午。

下午在宠物医院时，言昭转头要走，沈辞音说："谢谢。"

他停住脚步，回头。

"你的手，"她看着他白皙的手背上触目惊心的青紫，刚刚那一下磕得肯定不轻，"最好涂点儿药。"她条件反射般补充道，"我可以付医药费。"

说完她才意识到自己的话不对，按这些年和人打交道的习惯，有人帮她，她都会尽力还回去，哪怕在经济上牺牲一点儿，不欠人情是最好的。可她忘了，言昭这种人，最不缺的就是钱，这种行为无异于班门弄斧。

如她所料，两个人之间果然冷场。

沈辞音刚想开口转移话题，就听见他回："怎么付？"

她没想到会是这个答案，有点儿惊讶，但还是顺着回答："你告诉我多少钱，我扫你微信或者支付宝。"

言昭似笑非笑："我得去看医生才知道多少钱，但我现在要走。"

言下之意就是现在没法把这事解决。

沈辞音顿了一下，说："那加个微信吧，多少钱你到时候和我说一声，我转你，或者我给你留个电话号码——"

言昭掏出手机，言简意赅："码。"

他看起来很赶时间，沈辞音也没多想，将微信可供加好友的二维码给他扫，他低头操作了一会儿："行了。"

谁能想到，分别这么久以后，他们居然是在这种情况下重新加回了微信。沈辞音还是觉得应该解释一下："我高考后就换了手机和号码，现在这个不是之前的。"

"我知道。"

"你换过吗？"

言昭低头，让人看不清眼里的情绪："没有。"

此时夜很凉，沈辞音拿手机付了款，言昭一直没有发来微信消息，估计是根本没去买药，又或者是改变主意，不再需要她报销。她将手机塞回口袋，和方芮珈坐在路边，两个人慢慢地把炸串吃完，然后坐地铁回家。

老旧的小区路灯光线昏暗，沈辞音到家用钥匙开了门，进门按下灯的开关，客厅的亮光瞬间驱散黑暗。她倒在沙发上，抬头望着天花板发呆，隐约感觉到室内光线闪烁，眼前黑了一下，又重新亮起。

这次异常的时间比上次要长，这让她确定，是灯泡坏了，估计是入住前就有问题，房东没和她交代。

她坐起身，想了想又倒回去。算了，暂时凑合一下，有空再修。

半夜，沈辞音睡得正香，突然腹痛难忍，头也晕晕沉沉的，情况不太对劲，于是她在被窝里给自己量了个体温，39.2℃。

她感觉身体像是被摆在火上炙烤，每寸肌肤都滚烫得要命，喉咙呼出沉沉的热气，血管里的血液噼里啪啦地烧着，要沸腾一般。

她跑了几趟厕所都没用，猜测应该是晚上吃的炸串出了问题。

她打开床头灯，摸出手机，头晕眼花地给方芮珈发消息。

Yinnn：*你有肚子痛、发烧的症状吗？我怀疑可能是晚上吃的炸串不干净。*

没等到回复，她猜测方芮珈可能没事，于是起身裹了件外套，脸色苍白地打车去医院挂急诊。

夜晚的医院输液大厅里十分安静，成排的椅子上零零散散地坐着人。大多数病人都有人陪着，只有她是孤零零的一个人。

点滴安静无声，冰凉的药液流淌进血管里，沈辞音靠在坚硬的椅背上，发了会儿呆，晕得快要睡着了。

她的座位靠近大厅门口，外面来往的人走动的声音她都能听得很清楚。这是她特意选的位子，足够吵闹，让她不会轻易睡着，以免药水滴完了自己注意不到，导致血液回流。她独自生活久了，生活经验都变得丰富许多。

手机铃声突然响起，惊扰了在大厅内休息的人。周围责怪的目光扫过来，沈辞音吓了一跳，连忙接听电话，心想半夜三点谁会打电话给她。

"你好。"

"在哪儿？"言昭的声音带着点儿哑，有点儿含糊不清。

她怔了一下，不明所以："什么？"

"不是肚子疼、发烧？去医院了吗？"

那头传来窸窸窣窣穿衣服的声音，沈辞音蹙眉问："你怎么知道？"

"你发了微信给我，才看到。"电话那头，走动声响起，接着是金属清脆的碰撞声，是拿车钥匙的声音，"在哪儿？"

发微信？沈辞音看了一眼手机，这才发现刚刚打算发给方芮珈的消息，因为身体难受一时没看清，她居然发到了和言昭的对话框里。

她微信上本就没什么热络聊天的人，这几天她和方芮珈频繁联系，已经习惯了一点进去第一个就是方芮珈的对话框，没想到加了言昭，他变成了最新联络的人，他的对话框稳稳地躺在最上面的位置，被她错点到了。

救命，这下闹大乌龙了。

"抱歉，是我发错了。"她尴尬地解释，"想发给朋友的，但没看清——"

"在哪儿？"言昭没管这些，问了第三遍。

沈辞音感觉自己的呼吸都带着热气，口腔干涩地回答："我已经没事了，我朋友在照顾我。"

可四周座位空空荡荡，哪儿还有别人？

言昭按下电梯按钮，轻描淡写道："沈辞音，这么多年了，你还是不擅长撒谎。"

扎着针头的手搭在冰凉的座椅扶手上，纤细的指尖慢慢蜷起，沈辞音有种被看穿的不甘情绪，咬牙说："我在医院。"说完就挂断了电话。

宁川的医院这么多，言昭怎么可能一个个找？

沈辞音放下手机，护士替其他座位上的人换了吊瓶，离开时经过沈辞音的座位，抬头看了一眼瓶身的标签，问道："你只有一个人吗？"

"是。"

"你还有一瓶药，注意不能睡着哦，及时叫我们来给你换。"

"好，谢谢。"

护士离开，大厅又恢复寂静。沈辞音将外套裹紧了些，戴上耳机，打算看会儿视频帮助自己清醒。可睡意哪里有这么容易抵抗，她困得不行，视线逐渐变得模糊。头重得仿佛有千斤，脖子都快要支撑不住，头就这么直直地往下沉。沈辞音在某一刻惊醒，猛然抬头，耳机不小心脱落，咕噜噜地滚到一边的过道上。

行，这下彻底醒了。她犹豫着要怎么捡耳机，视线里出现了一双男人的修长的腿。对方弯腰，伸手将耳机拾起，走到她面前。

沈辞音正要抬头感谢，对方微凉的肌肤就贴上了她的太阳穴。

言昭站在她的面前，手背轻轻碰了碰她的额头试体温："还在烧？"

沈辞音简直怀疑自己的眼睛，张了张唇，没说出什么话，慢半拍地问："你怎么在这儿？"

言昭在她身旁坐下："我为什么不能在这儿？"

医院的座椅很轻，沈辞音身边的空位随着他的落座轻轻沉了一下，陡然产生了一种踏实感。她说："我没事，挂完点滴就能走了。"

言昭问："身体什么问题？"

"急性肠胃炎。"她后悔吃炸串了，不该高估自己肠胃的脆弱程度。

言昭转头，看见她脸色苍白、精神不佳的状态。她的嘴唇也微微干裂，他抬手用拇指轻轻抹了一下。唇瓣被指腹碰触，仿佛有电流蔓延，沈辞音蹙眉，开口时声音因为状态不好有点儿哑："你做什么？"

言昭没答，只是直起身："等着。"

两分钟后，他端来一杯热水，沈辞音看着，说不出拒绝的话，因为她想喝水很久了："谢谢。"

干燥的唇瓣接触到了水，简直像重获新生一般。她一口气喝了半杯水，清了清喉咙，问他："你怎么知道是这儿的？"

才二十分钟就找到了，速度快得有点儿离谱。

"用了一点儿方法。"言昭往后靠在椅背上，姿态散漫，挑眉看她，"要听吗？"

"不了。"听了也没什么用处。

沈辞音将目光转移到他的手背上："你怎么还没去看？"

"没空。"

"正好在医院，你去挂个急诊，开点儿药。"

"沈辞音，"言昭戳穿她，"你就这么急着想和我两清？"

沈辞音不愿欠人人情，因为那会让她产生亏欠感，尤其对象是言昭，她自己都分不清自己是想早点儿还清人情，还是有残存的关心混在里面。

吊瓶里的药水一滴滴下坠，言昭安静地坐在她身边，没有离开的意思。

"言昭，我们谈谈吧。"

"嗯？"他懒散地掀了掀眼皮。

"虽然以前我们关系很好，但那都是过去了，现在，我觉得我们两个还是要说开。"

那种黏黏糊糊、藕断丝连的感觉，对她来说太不受控了，她不喜欢。

沈辞音困倦地说："等医药费的事情解决了，我们可以互删微信。你收购了我们公司，以后肯定还会见面，但我们可以约好，互不——"

对面窝在椅子上打瞌睡的大妈睁开眼："小姑娘，快凌晨四点了，有什么悄悄话和男朋友回家再讲啊，阿姨年纪大了，不比你们年轻人，需要休息。"

沈辞音话音一滞，她难得羞窘，连忙道："对不起。"甚至忘了反驳他们俩的关系。

言昭笑了一声，伸手将她的头按在自己的肩上，对着阿姨开口："抱歉，我们会注意的。"

他出门时随手套了件冲锋衣，布料冰凉光滑，她发烫的脸颊贴上去，意外有种难以言喻的舒适感。

言昭没松开手，始终按着她的头，掌心贴在她的脸颊上。沈辞音挣扎了一下，没挣开，又不敢闹大动静，小声问道："你干吗替我道歉？"

"我不在这儿，你能说这么多话？"

"也是。"沈辞音因为发烧反应变得迟钝，眼皮沉重，"怪你。"

"嗯，怪我。"言昭抬腕，掌心覆上她的眼睛，替她遮住光源，轻轻压低声音，"好了，睡吧。"

Chapter 02
微妙的关系

"辞音，辞音，快醒醒！"

沈辞音从深梦中被叫醒，迷迷糊糊地睁眼，大脑一片空白。方芮珈正蹲在她座位前，面露忧色："一晚没见你居然进医院了，真的吓我一跳。"

沈辞音摸了摸额头，烧已经退了，她有些茫然地问："现在几点？"

"早上六点半。"

"嗯。"沈辞音揉了揉眼睛，深呼吸几口气，逐渐清醒过来。她感觉身体状态良好，昨晚发烧时那种混沌疲惫的感觉一扫而空，精神恢复了许多。

沈辞音扭头，右侧的座位已经空了，她这才反应过来："芮珈，你怎么来了？"

方芮珈应该不知道她生病了才对。

"有人用你的手机给我打电话，大早上的我还以为谁恶作剧。"方芮珈站起身，"肯定是炸串的问题，昨晚我回去也拉肚子了，但没你这么严重。不过我说，你也太不拿我当朋友了吧，都到医院来了还不告诉我？"

"不想麻烦你。"

沈辞音坐起身，身上盖着的黑色冲锋衣滑落下来，方芮珈把衣服拎起来看了一眼："这是谁的？"

还没等沈辞音回答，方芮珈下了结论："给我打电话的那个男人的？"

沈辞音含糊道："昨晚……请了个护工。"

如果让方芮珈知道是言昭陪了她一夜，她能被方芮珈念叨死。

"真的？"方芮珈半信半疑，"人走了，衣服也不要了？"

"应该是吧。"

"那我扔了？"

"扔吧。"大不了再赔言昭一件新的好了。

方芮珈摸着衣服手感很好，忍不住翻到商标，搜索了对应的品牌，看着手机屏幕上同款的价格沉默了半晌才转身："沈辞音，你知道这件外套多少钱吗？"

沈辞音正在收拾东西："不知道。"

方芮珈将手机屏幕展示给她看，面无表情地说："八万多。"

沈辞音："……"

"老实交代，那个男人是谁？哪个护工穿八万多的外套？！"

清晨，宁川国际机场。休息室里，等候飞机起飞的同时，助理庄凌正一项项地和言昭汇报这次出差的行程安排。言昭疲倦地靠在沙发里，膝盖上放着一台平板电脑，一只手支着脑袋，另一只手在屏幕上滑动。

庄凌察言观色："言总，您看起来很累，昨晚没休息好吗？"

"不用管我，你继续。"

"好。"庄凌将安排说完，小心翼翼地开口，"其实还有一件事。"

"嗯？"

庄凌略显犹豫："富芯那边……说业务只和言董谈。"

言董，即言惠，言昭的母亲，执掌公司二十多年，几年前才将言氏彻底交给言昭管理。庄凌口中的富芯，其实是和言家沾了那么一点儿关系的远房亲戚的公司，近些年靠着言家的恩惠起了势，就开始真把自己当一回事，对年纪轻轻就上任的言昭压根不放在眼里。

其实原话说得更难听，但庄凌没敢直接复述，话里话外摆明了是他们对言昭不服气，明里暗里想给他一个下马威，挫一挫他的锐气。

言昭活动了一下有些僵硬的左肩，眼皮都没抬："不谈？那就划掉，不去了。"

庄凌："好……啊？不去了？"

"让他们搞清楚立场，是他们需要言氏，不是言氏需要他们。这点都认不清，搭理他们是浪费我的时间。"言昭兴致缺缺，"我不想和这种人做生意。"

"明白。"庄凌记下言昭的回复，准备反馈给富芯。

提醒登机的广播声响起，言昭看了一眼手机，没有新消息，又塞回口袋里，站起身："走吧。"

之后的几天，沈辞音的生活风平浪静。

那天她出院后，想了想还是给言昭发了一条微信说"谢谢"，两个多小时后，他才回复：**不客气**。

在那之后，两个人之间的对话框便彻底冷了下来，没人再开口说话。

言昭的微信头像颜色很暗，让人看不清是什么东西。沈辞音把它点开放大，才发现是一张照片，窗外天色昏暗，雪下得很大，窗玻璃起了雾气，他就这么隔着玻璃十分随意地拍了一张，甚至镜头都是模糊的。

她看不懂他想表达什么。

办公室里，部门会议刚结束。

盛倩兴致高涨："音音姐，那个策划案 Freda 过了，这是不是意味着我们下个月能出差了？"

"你很喜欢出差？"

"去其他城市总比一直待在公司要好，你说我要不要做个旅游攻略？"

胡立滑着身下的椅子："我劝你别想得太美好，换个地方吃盒饭而已，哪里有空去玩？"

"不是吧，"盛倩苦了脸，"难得去一趟 C 市。"

沈辞音拿起手边的水杯喝了一口水，盯着电脑，继续优化策划案的细节。

前台工作人员的讯息在这时发来：你好，前台有人找。

沈辞音疑惑地问：找我？

前台工作人员答：是的。

沈辞音回复：有说是谁吗？

前台工作人员说：对方只说姓徐。

姓徐？她在脑海里搜索了半天，对这个姓的人没什么印象。难道是客户？算了，去看看再说。

她从桌子上拿起工牌戴上，将手机揣进口袋，坐电梯到达大厅。

沈辞音去了前台："你好，我是沈辞音，请问是谁找我？"

前台小姐姐手指向不远处："那边第二桌，两位黑衣服男士。"

"谢谢。"沈辞音道了谢，远远地看着那两个人的背影，什么也看不出来，心中疑虑重重。

VH 大厦的大厅里人来人往，沈辞音走近，其中一个男人显然有点儿焦躁不安，听见脚步声，他猛地回头，将沈辞音吓得往后退了一步。

居然是他？那天在酒吧骚扰她们的那个男人！

沈辞音脑海里瞬间想起迟晓莹说过这个男人睚眦必报的事情。他们该不会打算在她公司闹事吧？她瞬间紧张起来，握紧了口袋里的手机，准备随时报警。

看出了沈辞音的惊讶，坐在一旁的另一个男人匆忙站起身，温和地开口："沈小姐您别怕，我们不是来找碴儿的。"他递出名片，"您好，我是徐度徐总的秘书，上次在酒吧，徐总的弟弟对您多有得罪，这次我们是来赔礼的。"

沈辞音见这位秘书斯文得体，想来也不会是这个男人找来的打手，于是将信将疑地在他们对面坐下。

秘书问："喝点儿什么吗？"

"不用了，我还要回去上班，我们尽快聊完。"

秘书点了点头，拍了拍身边男人的肩膀，示意他可以开始了。

上次闹事的男人自见到沈辞音就一言不发，紧紧咬着牙，表情不甘但又无能为力，他几次三番开口都失败了，秘书善意地提醒："请尽快。"

男人眼睛一闭，骂了一句脏话，随后说："对不起。"他几乎是从牙缝里挤出来一句，"我不知道你是言昭的女……"

"人"字淹没在他紧抿的唇间，他继续说："这次是我踢到铁板，我认了，以后不敢了。"

秘书补充："您对这份道歉是否满意？"

沈辞音问："你只应该向我道歉吗？"

男人脸色一变："你什么意思？"

秘书提醒："注意语气。"

沈辞音打了个电话给盛倩："小盛，你来一下一楼大厅。"

两分钟之后，盛倩蹦蹦跳跳地过来了："音音姐，怎么了？你要请我喝咖啡吗？"

她满脸的笑容在看清对面人的脸后霎时间消失得无影无踪。

沈辞音牵住她颤抖的手，拉着她在身边坐下，跟对面的男人说："也向她道歉。"

男人怒拍桌子站起来："你别得寸进尺！"

沈辞音又看向秘书，秘书扶了扶眼镜，点了点头："确实，这位小姐也是受害者。"

"你……你们玩我……"男人气得声音颤抖，但是没办法，重重地坐下来，对着盛倩咬牙说，"对不起。"

沈辞音问："你以后还会骚扰她吗？"

"你当训狗呢？"男人被秘书扫了一眼，烦躁地抓头，大声嚷嚷，"不会，不会！"

"道歉会"结束，男人像是受了莫大的屈辱，扭头就走。

秘书微笑着对沈辞音说："抱歉，因为言总说不希望通过任何私人渠道打扰您，所以我们只能采取这种方式。徐总和言总的关系向来不错，这次言总亲自致电徐总，希望我们的处理方式能让您满意。"

道别秘书后，沈辞音和盛倩站在原地，盛倩还有点儿晕乎乎的："我不是在做梦吧？他居然向我道歉了？上次听说他会报复人以后，我好几天晚上都睡不好觉。"

沈辞音安慰她："没事了。"

盛倩呜呜地哭出来，语无伦次："他为什么能向我们道歉？徐总是谁？言总又是谁？"

沈辞音避重就轻地答："先上去吧，妆都要哭花了。"

看着盛倩的背影消失在眼前，沈辞音往前走了两步，犹豫半天，掏出手机给言昭发了一条微信：谢谢。

五分钟后，言昭回复了一个问号。

她打字解释：今天徐家的人来找我道歉了。

那头安静了几分钟，沈辞音以为他要说什么"那就好"，又或是"哦"，没想到言昭只发来了两个字：爽吗？

像是在问她，心里积郁的那股不甘终于得到了发泄，仗势欺人的人在她面前也低下了头颅，灰溜溜地承认错误，爽吗？

出了一口恶气，怎么可能不爽？沈辞音没有正面回复，只是又发了一句：谢谢。

她开心过后，那股不安的感觉却再度漫上来。这样她就又欠他一个人情，必须得还回去。

言昭问：沈小姐只有嘴上说得好听？

纵观他们俩短短的聊天记录，沈辞音已经发了三次"谢谢"。

沈辞音本想反问"那你想怎么样"，后来又觉得这个口气似乎不太礼貌，她手指在屏幕上悬了半天，慢慢打字：你什么时候有空？我请你吃个饭，地点你定。

再买个礼物送给他是不是比较好？她看着电梯里不断跳动的数字，很轻地叹了一口气。

周五傍晚，临近下班，办公室内的气氛有些浮躁。

沈辞音刚发完一封工作邮件，手机铃声响起，她低头看了一眼来电人，熄掉电脑屏幕，起身往外走去。

"喂？"

"沈小姐您好，我是言总的助理。"庄凌的语气十分礼貌，"您下班了吗？我安排车过来接您？"

沈辞音拒绝："不用，我直接坐地铁过去就可以。"

恰好有同事下班，从她身边走过，同她打招呼。沈辞音淡笑着挥了挥手回应对方，继续对着手机说："真不用来接，我会准时到的。"

庄凌见劝说无果，只好应下："好的。"

沈辞音离开 VH 大厦时，天色还没全暗，她照着地址来到一家高档餐厅门前。她回宁川不久，对这里的餐厅还不是很熟，所以言昭发给她餐厅名字的时候，她特意搜索了一下，结果被餐厅的人均价格吓了一跳。他宰她，还真是不留情面。也不对，他的日常消费应该就是这个水准，总不能让她请他吃路边摊吧？

服务员站在门口迎接，微笑着问她有没有预约，随后将她一路带至座位旁。言昭早已到了，西装革履地坐在桌旁，正侧头看着窗外的夜景。听见动静，他转过头，目光投来，沈辞音没来由地感到一股不自在。

她走上前，将手里的袋子放在他面前："这是谢礼。"

言昭略感意外："送我的？"

"对，但我财力有限，送的东西怕是入不了言总的眼。"

沈辞音可买不起八万多的外套送他。

他微笑："那可不一定。"

服务员送来菜单，言昭让沈辞音点菜，沈辞音低头翻阅，耳畔的钢琴声缓缓流淌，不自然感漫了上来。

两个人之间的氛围十分奇怪，他们不是情人，不是朋友，却面对面地坐着吃饭，和周围的气氛格格不入。那种介于陌生人和熟人之间的微妙关系，令他们好像也找不到什么话题可聊。

见沈辞音的目光始终停留在酒水页，服务员善意地提醒："您可以尝尝我们的酒。"

她这才回过神，抬头用目光询问言昭，他言简意赅："开车了。"

那就只有她能喝了。

沈辞音选了一杯看起来卖相不错的果酒："就这个吧。"反正这顿饭自己注定要花不少钱，倒不如自己也吃点儿好的。

服务员重复了一遍酒的名称："您确定点这杯吗？"

言昭也轻轻挑眉。

沈辞音问道："怎么了？"

他懒散地笑了笑："没事。"

沈辞音没多想，合上菜单："嗯，还有刚刚点的那些菜，先点这么多。"

服务员离开，只剩他们两个人，原本还算融洽的气氛瞬间凝固。

餐桌两端的人，谁也没先开口，像是在进行着一场无声的博弈。

沈辞音轻咳了一声打破沉默，说出提前准备好的话："今晚请你吃饭，主要是为了感谢你对我的帮……"

言昭垂眸，也不知道在没在听，指尖垂在桌上，有一搭没一搭地敲。

直到她停下，他才淡淡道："没了？"

"没了。"

"说完了就吃饭。"他抬头示意，"你的酒来了。"

整场饭局进行得不太顺利，两个人似乎都缺乏食欲，对话也寥寥。这顿饭结束的时候，沈辞音去买单，却被告知这单记言昭账上，根本不用她买。

她争论无果，只好去找言昭："说好我请客的，你怎么能不让我付钱？"

街边灯火辉煌，言昭站在车边，侧头问："你付完了，然后呢？"

沈辞音有些糊涂地道："什么？"

"付完了，就彻底和我两清，礼物也是为了这个准备的吧？"

沈辞音问："两清不好吗？"

"你觉得很好吗？"

"你别和我绕。"她觉得头有点儿晕，"现在的问题是，今晚，说好了是我请客的，你也答应了，结果还是你付的钱。"

言昭嗯了一声，慢悠悠地反问道："然后？"

"我不付这个钱，那我欠你的人情还是没还清啊，这顿饭吃了有什么意义呢？"

言昭要被她气笑了："在你眼里，吃这顿饭除了还人情，就一点儿其他意义也没有？"

沈辞音摇头："我的意思是——"

言昭拉开副驾驶座的门，打断了她："人情还不清，那就继续欠着。上车。"

沈辞音站在原地，被他的动作打乱思绪："不用你送，我坐地铁回去。"

她一贯冷静的脸上难得有了点儿情绪，唇瓣微抿，不怎么高兴地看着他。

言昭说："坐地铁的人不差你一个，上车。"

沈辞音一边被他塞进副驾驶座，一边抵抗："你的副驾驶座难道就差我一个吗？"

"是啊。"言昭关上车门，转身绕向驾驶座，开玩笑般地说，"就差你一个。"

轿车在路上疾驰，夜晚有点儿凉，言昭没开车窗，车内温度适宜，沈辞音却感觉到不同寻常的闷热。舌尖还残留着果酒的余味，酒精带来的眩晕感逐渐从颈后攀上来，席卷她的大脑。

汽车平稳地行驶，眼前的景象却因小幅度地晃动而模糊，她闭眼缓了几秒，意识到这是酒的后劲上来了。那么一小杯看起来平平无奇的果酒，居然后劲这么大吗？

车在沈辞音家楼下停下，楼栋门口的路灯散发着昏暗的光，冷冷清清地落在风挡玻璃上。沈辞音解开安全带，言昭问："不请我上去坐坐？"

"很晚了，不太合适。"她极力掩饰自己的状态，下车，弯腰和他道别，"谢谢你，再见。"

她关上车门，突然又想起什么，折回来敲了敲车窗："你等我一下，你的外套在我这儿，我拿来还给你。"

她都佩服自己，以现在的状态还能记住这件事。

言昭坐在车上，用手支着脑袋，问道："你住几楼？"

"四楼。"

"嗯，那就辛苦你多跑几趟。"

沈辞音像是被这话戳中了痛点，面露犹豫："我把外套给你从楼上扔下来吧。"

她是真的醉了，说话都不讲逻辑了。

"算了，你和我上去拿。"她低头在包里翻找钥匙，"我不想爬楼。"

言昭游刃有余地回应："不太好吧？"

"什么？"

他把她说过的原话返还给她："很晚了，不太合适。"

沈辞音有点儿迷糊："我又不会对你做什么。"

"说的也是。"言昭心情颇好地下车，"走吧。"

楼道的声控灯随着两个人上楼的步伐被一层层地点亮，又一层层地熄灭。

沈辞音站在家门口用钥匙开门，头晕晕的，有些无力地责怪言昭："你知道喝了那个酒会醉，对不对？你为什么不提醒我？"

"你自己点的，我以为你喝过。"他站在她身后，"谁能想到你酒量这么差？"

她知道这事也怪不到他头上，闷闷地应了一声。

"下次没见过的酒，不要随便乱点。"他说。

"我从来不乱喝酒。"

门被打开，她打开客厅灯，光线涌了出来。

言昭轻笑："哦，所以是因为今晚有我在，你才敢乱点？"

沈辞音蹙眉："你说什么呢？我怎么可能……"

他向前迈步，踏入门内。大门砰的一声，在他们身后合上。

言昭踏进沈辞音的家。

房子不大，结构简单，他站在门口就能将一切尽收眼底。刚才在楼下，他借着夜色打量着周边环境，只觉得这小区老旧，走进来一看，却意外地发现室内装修不错，屋子十分整洁。难怪沈辞音愿意住。

沈辞音将包扔在玄关柜上，踩着拖鞋往屋内走，步子还没迈出去，天花板上的灯不合时宜地闪烁了一次。她愣住，回头看了言昭一眼，解释道："灯泡有点儿问题，我一直没时间换。"

客厅里摆着一张米白色的双人沙发，言昭走过去坐下，侧头看了看旁边放着的小熊抱枕、随手搭放的薄毯，还有茶几上的眼镜、发绳、存着各种小物件的收纳盒……一件又一件，满是她的生活痕迹。

沈辞音从卧室里提着装衣服的袋子出来，抬眼看见言昭坐在沙发上，手里把玩着她的发绳，问了一句："你要喝水吗？"

客人来家里，还是应该好好招待一下。

他随意道："都行。"

"但是热水要烧。"沈辞音怕他等得久，"我给你拿瓶饮料吧。"

她刚转身，还没辨认清楚厨房的方向，头顶的灯泡又开始闪，将她的脚步钉在了原地。这一次闪烁并没有轻易平息，室内明明灭灭了好几秒，刺的一声，是十分细微的灯丝断裂声，灯彻底灭了，客厅陷入一片黑暗。

倒霉，好倒霉。

沈辞音又晕又苦恼，她在修灯这件事情上犯了拖延症，总觉得灯只是偶尔闪一下，能用就没问题，没想到日积月累，灯泡丝终于断掉了，还是在今晚这个不合适的时机。她深呼吸了一口气，问道："言昭，你没事吧？"

黑暗里传来言昭的笑："我能有什么事？"

"嗯。"因为酒精，沈辞音有点儿站不稳，但还是勉强支撑住，"你别动，我找一下手机，开手电筒……"

客厅漆黑，只有窗户那里漏进来些许月光，朦朦胧胧地照亮一小片地方。沈辞音想不起来自己的手机放在哪儿了，慢吞吞地摸索了半天，一无所获，直到膝盖碰到沙发，她才想起言昭可以帮忙。

"言昭，你带手机了吗？"

"带了。"

"你可以帮忙开一下手电筒吗？谢——"

"不可以。"

沈辞音怀疑自己的耳朵听错了："你说什么？"

"我说，不——可——以。"言昭慢悠悠地重复，"但是你想要，可以自己来拿。"

他坐在沙发上，姿态悠闲，连手指头都不愿意动一下。

沈辞音觉得这人真麻烦，叹气道："在哪儿？"

"西装口袋里。"

她在双人沙发另一侧坐下，小心翼翼地摸到他的衣角，极力避免和他肢体接触："左边还是右边？"

"左边。"

她迷糊了一会儿："左边是哪边？"

言昭笑："醉成这样了？"

她抿唇，不肯承认，半跪在沙发上，探身绕过他的身体。手指在西装外套上摸索，寻找口袋的入口。

言昭的声音在她头顶响起："错了，这是右边。"

"右边吗？"沈辞音困惑地和他较真起来，"这明明是左边。"

"你的左边，是我的右边。"

她不信邪似的，看了看自己的手，又抓起言昭的手，似乎真的在分辨是左还是右。

言昭的手被她攥着，他垂眸叫她："沈辞音。"

"嗯？"她抬头，差点儿碰到他的下巴。沈辞音这才意识到两个人现在的姿势有多暧昧。

四周一片漆黑，视觉受限，也因此使得其他感官格外灵敏。沈辞音仿佛听见很强劲的心跳声，不知道是自己的，还是他的。她借着月光去看他的轮廓，也不知道看出了什么，松开了手。

言昭反握着她的手，将她扯了回来："看得清吗？要不要再近点儿？"

"很近了。"她晕沉着，"还要怎么近……"

言昭没说话，扣住她的后脑勺，低头吻了下来。

沈辞音脸颊微热，酒精让她失去冷静思考的能力，黑暗里呼吸声和心跳声被放大无数倍，接吻所产生的奇妙舒适感一点点麻痹她的神经，激起一阵令人酥麻的电流感，在身体里游走。

"言……言昭！"沈辞音用了点儿力推开他，唇上早就被亲出嫣红的光泽。

她气息不稳，急于找个借口结束这场沉沦："你就不怕我有男朋友？"

言昭挑眉，不以为意："有也可以啊，正好叫他过来，让他在旁边看着。"

他的语气带了点儿恶劣，让沈辞音瞬间想起九年前的他。

言昭平时态度散漫，看起来好像对什么都不怎么上心的样子，但实际上他是一个目的性十分强，且很强势的人。他想要什么，就一定要得到。这么多年过去了，二十七岁的他也许性格更加成熟，但骨子里的东西是改不了的，他还是他。

沈辞音没有男朋友，当然叫不来人，她偏头不理，但又被他扯回去。

"你这样跪着不累吗？"言昭指了指自己的腿，"坐上来。"

这是还要继续的意思。她迟钝地慢了半拍，就被言昭抱住，属于他的气息铺天盖地地席卷而来。两个人的呼吸灼热滚烫，心在黑暗里肆无忌惮地怦怦乱跳，像是海浪淹没了所有的理智。

窗外夜色澄明，月亮远远地悬在天边，被游走的云短暂蔽住，很快又散出光亮。客厅内仍旧被黑暗笼罩，却盈着不同寻常的气息。

沈辞音喉咙发干，说："想喝水。"她声音都哑了，"难受。"

"渴了？"

"嗯。"

言昭将人放开："我去给你拿。"

他点亮手机，走到厨房，打开厨房灯，厨房瞬间亮堂了，厨房灯投出来的光线将客厅也照得微亮起来。

言昭看了看水壶，果然如沈辞音所说，家里没有热水，也不能指望冰箱里的可乐，那会越喝越渴。他挽起袖子，干脆接水烧了一壶。

电源接通，水汽在密闭空间里滚动，壶身发出沉闷的响声。等待水开的间隙，言昭倚在厨房门边，手插着兜，黑眸一动不动地注视着沈辞音。

沈辞音倒在沙发上，因为习惯了黑暗，突如其来的光线让她很不适应，她蹙眉转身，将脸埋进抱枕里，黑发在身后如瀑布般散开。

热水壶喧嚣到顶后归于沉寂，他将水倒到杯子里放凉了会儿，然后端着杯子出来，走到沙发前叫她："喝水。"

沈辞音被叫醒，迷迷糊糊地用手撑着身体坐起来，仰头咕嘟咕嘟喝完水，舔了舔唇，将杯子递还给他，醉了还不忘说："谢谢。"

言昭接过杯子，沈辞音就像被抽了骨头一样，软绵绵地倒下去。

"沈辞音。"他蹲在沙发边，捏她耳朵。

她昏睡，一点儿反应也没有。

"行。"他掐她脸颊，站起身，"以后有你好受的。"

沈辞音一觉醒来，屋内一片漆黑。她的睡眠很浅，因此选择的窗帘遮光性强，窗帘拉上时往往让人分不清白天和黑夜。她看了一眼时间后从床上坐起来，掀开被子，梦游般走到厕所开始洗漱，抬头望见镜子里的自己，颈侧依稀有星星点点的红痕。

沈辞音有很轻微的近视，但度数很浅，几乎不影响生活，除非需要高强度用眼时，才会戴框架或者隐形眼镜。

她以为是自己眼花了，于是凑近镜子，侧身歪头，这下，她清晰地看见脖子上的痕迹，深浅不一，是吻痕。她手一抖，牙刷啪地掉在了水池内。

不是在做梦。

沈辞音摸了摸自己的嘴唇，上面好像还残留着言昭唇瓣的温度。她零零散散地拾起昨晚碎片般的朦胧回忆——

言昭送她到楼下，然后被她邀请上楼，紧接着两个人不知道怎么吻在了一起，最后，她彻底睡死过去……

沈辞音后悔地捂住了脸。

救命，喝酒误事！这算什么？前面吃饭的时候她还和他信誓旦旦地说要两清，再不纠缠，结果转头就邀请人回家，还欲拒还迎地亲近到了那种程度。就算是喝酒，也不该失控到这个地步。她觉得自己十分丢脸，之后她要怎么面对言昭？

临近中午，言昭踏进台球厅。

路敬宣坐在台球桌边，吹了个口哨："哟，你今天看起来心情不错啊，怎么，又赚了多大一笔啊？"

"是还不错。"言昭提起一根台球杆，嘴角微微扬起，语气悠闲，"十分有兴致让你刷新连败纪录。"

"你就吹，"路敬宣冷笑，"我苦练了一个月，这次绝不输给你。"

言昭侧头："陈淮序呢？"

路敬宣答："他不来，说忙。"

言昭轻轻喷了一声。

"我觉得陈淮序最近不对劲。"路敬宣告状道，"我已经叫不动他了，最近几次怎么喊他都不出来，一问就是有事，他工作能有那么忙吗？"

"谁知道呢？谈恋爱了吧。"言昭俯身，瞄准不远处的球，动作利落地出杆，准确无误地击中，球径直地滚进袋子里。

"得了吧，他能交女朋友？你家小祖宗可是曾经和我放过狠话，陈淮序要是谈恋爱，她绝对去给他搅和没了，誓要拯救人家女孩于水火之中。"

言昭抹了抹巧粉："她的话你也信？听听就得了。"

微信的提示音突然连续响起。

言昭靠在台球桌边，从口袋里掏出手机看了一眼。

Yinnn：不好意思，昨晚喝多了，可能发生了一些不愉快的事情，不是我本意，希望不会给你造成困扰。

Yinnn：不过你也乘人之危，我们算是扯平了。

Yinnn：饭钱已转账，请你收下。

不愉快的事情？不是她本意？乘人之危他承认，扯平又是什么算法？

言昭回了个问号过去。

消息刚发出，一个红点跳了出来，屏幕上显示：Yinnn 开启了朋友验证，你还不是他（她）朋友。请先发送朋友验证请求，对方验证通过后，才能聊天。

行，沈辞音居然把他微信好友删了？！

沈辞音发完微信，又倒回了床上，休憩般地闭上眼睛。

她想起多年前的事。

那时言昭带她参加一个聚会，说是认识一下他的朋友。聚会地点在一栋别墅里，门口停着各式各样她不认识的跑车，一大帮生面孔带着探究的目光从头到尾打量着她，像是审视一个外来者。

那是一个很无趣的聚会，有着很多令人不快的目光，但沈辞音没计较，那天她心情特别好，因为早上刚出了期末成绩，她考了年级第一。

南城作为一个小城市，那里的教育资源、竞争激烈程度和宁川的根本没法比，两个地方的教科书内容以及考试规则都不太一样。沈辞音在学期初刚转来时不适应了很久，第一次月考就遭受了沉重的打击，向来习惯当年级第一的她，居然考了接近五十名的名次。

事实上这个成绩在高手如云的宁川中学里已经非常了不起了，尤其她情况特殊。但沈辞音在学习上有一股执念，不爱找借口，喜欢和自己较劲。自那以后，她给自己制定了非常魔鬼的学习计划，凭借着强大的行动力，最终在期末考试中如愿以偿。

心情好，表现自然也更外露一些，沈辞音和言昭那些朋友玩游戏，她本身就聪明，学习能力强，上手非常快，胜率不低。

"可以啊，第一次玩就这么厉害。"

"没我们言昭上场的机会了。"

言昭心情显然很好，随口道："她赢了就是我赢了。"

他懒散地靠在沙发上，长腿屈起，手臂搭在沙发上。

言昭问她："寒假有什么计划吗？"

沈辞音回头："要做作业，顺便预习下学期的内容。"

他接着问："不是问学习，有没有想好去哪儿玩？"

沈辞音想了想，摇了摇头。她在宁川没什么朋友，沈江肯定也顾不上她。

言昭问："我们家今年会去 N 国待一段时间，你要不要一起？"

沈辞音一愣，拒绝道："不太合适。"

言昭嗯了一声，也没强求："也是。"

沈辞音去厕所洗了一把脸，出来后没再到人群中心凑热闹，而是找了个偏僻的角落坐下，吹着窗边的风。

言昭在屋内转了一圈才找到她，外面天色昏暗，沈辞音主动说："今天有点儿晚了，你一定要把我平安送回家。"

"当然。"言昭在她身边坐下，"你今天看起来很高兴，喜欢这种聚会？"

她看着远处灯光明亮、人声鼎沸的地方，轻轻摇了摇头："不是很喜欢，这些人我都不太认识。"她顿了顿，"但是今天我知道我期末考试考了第一。"

所以特别开心。

"有多开心？比出来玩还开心？"

"当然。"

言昭的嘴角也慢慢扬起："那你要是高考拿状元，岂不是更开心？"

"绝对会很开心。"沈辞音诚实地点头，"最高级别的。"

"行，我一定见证。"他承诺她，"到时候，我第一个恭喜你。"

四月，VH集团的重头戏来临，是要参加即将在C市举办的国际科技大会。这次科技峰会属于最前沿的技术交流大会，参会者是来自世界各地的科技公司，这个峰会是一个绝佳的宣传及展示机会。同时，大会上有科技论坛交流，会有各界大佬前来分享，而VH总裁Jeffery也在受邀之列。

前段时间收购一事传得沸沸扬扬，外界不免会对VH产生怀疑，认为是不是公司经营出了危机，又或者是走入发展困境。对VH来说，正好可以利用这个机会，破除外界的质疑。

沈辞音作为这次活动的VH总负责人，正在前往C市的飞机上打瞌睡。

盛倩坐在沈辞音的身旁，靠着舷窗摆造型自拍，举着手机咔嚓咔嚓，一口气拍了数十张。她美滋滋地欣赏了一遍成品，随后将手机递过来问沈辞音："音音姐，你觉得哪张好看？"

沈辞音勉强清醒了一点儿，仔细看了会儿："第一张和第三张吧，光线比较好。"

"好，就这两张，下飞机就发。"盛倩随口提道，"不过，音音姐，我怎么从来没看见你发过朋友圈？我朋友圈那些美女经常发自拍照，特别养眼，你比她们还漂亮呢，应该多发一发。"

沈辞音不感兴趣："还是算了，不太喜欢把我的生活公布给别人看。"

盛倩说："你的戒备感也太强了……我不行，我分享欲特别重，一天能发好几条朋友圈。"

盛倩话多又密，沈辞音越过盛倩的肩头往窗外看去，透蓝的海面一望无际。

海边，她也好久没来了。

她们下飞机时，C 市的天阴沉沉的，像是随时要下雨。两个人从机场打车到了酒店，被豪华气派的酒店大堂镇住了。

"不愧是五星级酒店……"盛倩的声音里有着压抑不住的兴奋，"我还从来没住过这么好的酒店呢。"

本来员工出差是有住宿报销额度的，但这次比较凑巧，VH 和这家酒店曾经有过合作，因此酒店给了折扣价，双人间的价格正好在报销范围之内。

大厅内安静空旷，正中央摆着一架钢琴，一位穿着西服的演奏者正在不急不缓地弹琴，流畅抒情的音乐缓缓流淌，如温水一般漫过人的耳朵，让人浸润在舒适的氛围里。由于办入住的人比较多，大堂柜台前排起长龙，两个人耗费了一番时间，终于成功地拿到了房卡。

天空灰蒙蒙的，从她们所在楼层的窗户望下去，恰好能看见会展中心的建筑轮廓。盛倩感到新奇得不行，一边参观，一边夸张地感叹。沈辞音将电脑拿了出来，摆在桌上，提醒道："要干活了。"

"好哦，来了。"盛倩嘴上抱怨，但还是老老实实地坐下，"我再和 Jeffery 的秘书对一下明天的论坛流程。"

一旦工作起来就好像没完没了，窗外天色渐暗，沈辞音看了一眼时间："晚上出去吃吗？"

"不了。"盛倩趴在桌上，"能点外卖吗？"

于是两个人在手机上下了单，盛倩去沙发上休息。半个小时后电话响起，电话那头说酒店不提供送上门服务，沈辞音只能下楼去取外卖。

C 市地处南方，气温比宁川的要高，沈辞音从宁川穿过来的外套从下飞机起就没派上过用场，她只穿了一条连衣裙就下了楼。

电梯内玻璃镜面反射出她的脸，脸色因为连日的工作显得有点儿憔悴，不过好在这场大会结束后就没有什么重要工作，她可以短暂地喘息一会儿。

叮——电梯到达。

沈辞音抬脚走出去，刚转过墙角，恰巧迎面走来两个人。

已近夜晚，外面似乎下着不小的雨，其中一人提着一把黑色的伞，伞尖垂下，伞面上满是雨滴。走在前面的男人的肩膀也被雨淋湿了，但他似乎毫不介意，侧着头和身边人说话，没注意到这里。

对方又走近了一点儿，沈辞音的近视度数允许她看清了来人的脸，也是在这时，提着伞的庄凌也看见了她。因为那天和言昭的聚餐，沈辞音和庄凌有过一面之缘，知道他是言昭的助理，餐厅也是他帮忙订的。既然是庄凌，那么走在前面的男人毫无意外是——

正在嘱咐庄凌的言昭注意到他的视线，轻轻转过头，那双黑沉的眸子再度撞进了沈辞音的眼里，双方的眼神在空中十分短暂地交会了一秒。从那日删除好友以后，两个人没有再联系，好像就这样在茫茫人海中彻底失联，但也不过一周多的时间，他们又在 C 市的酒店重新遇见。

空气仿佛在瞬间凝滞。

庄凌此刻犹犹豫豫，不知道该不该打招呼。按理说，他并不需要处理这种场合，因为言昭的异性关系十分简单，没人能让言昭上心，直接无视即可。可是除了言蓁，言昭就只和面前这一个女人单独吃过饭。就算庄凌再迟钝，也知道她对言昭来说是十分特殊的。做助理的本职要求他会察言观色，但现在看来，他们吃了一顿饭后，关系好像变得更尴尬了。

言昭说："继续。"

庄凌立刻反应过来："哦，好，这次来出席的还有……"

沈辞音脚步停顿片刻，她只当没看见，加快了脚步，同言昭擦肩而过，径直走向大厅的外卖柜，像是逃避一般。

外面的雨下得很大，发出哗啦啦的声响，她很快找到外卖，提着袋子原路折返，没再遇见他们。

盛倩看见外卖，两眼放光地扑了上来，沈辞音在电脑前坐下，屏幕幽幽的光笼着她的脸庞，她问："明天那些座位都确认好了吗？"

"都确认好了。"盛倩吃着东西，含糊不清地说，"Jeffery，还有研发总监 Zack 的座位我全都确认好了，今天他们去现场踩过点，就连言总的位子我都和言氏那边对接过了，你就放一万个心吧！"

"好，辛苦了，我们今天早点儿休息。"

沈辞音吃了点儿外卖，和盛倩一起收拾了一下，两个人依次洗漱后就很快躺下了。睡前，沈辞音沉沉地想：希望明天不要出什么差错。

第二天，沈辞音早早地起了床，和盛倩一起去酒店顶层的餐厅吃早餐。沈辞音没什么胃口，只草草地嚼了几片面包，喝了一杯豆浆，盛倩痛心地直呼她太亏，根本没把房费吃回本。

早上七点半，距离开展还有两个半小时，会展中心却已经来了不少人，各家公司的工作人员都在自己的展台前做着最后的布置。

沈辞音逛了一圈，最后来到 VH 的展位前。她回想了一下刚刚在其他展位看见的缺点，告诉同事立刻一一改进，力求最好的展示效果。

等一切准备妥当，她松了一口气，比了一个"OK"的手势。

十点，展会正式开始，观众陆续入场，有客户，也有普通群众，乌泱泱的人群在场内涌动，展台前瞬间挤满了人。沈辞音站在一旁看了一会儿，觉得进展顺利，没什么大问题，便返回了场内准备的临时办公室。

下午，科技峰会论坛正式召开，嘉宾陆续入场入座。

沈辞音走到 Jeffery 身边，将资料递给他，最后和他复述了一遍上场的流程，以及上午展台的大致情况。

她今天穿了一身黑色西装，长发简单地束在脑后，显出职业女性的干脆利落。Jeffery 旁边坐着的不知道是哪家公司的老总，眯起眼睛盯了沈辞音许久，笑着说："这么漂亮，Jeffery 你们是不是专招美女员工啊？"

Jeffery 听出他的言下之意，冷哼："人家京大本硕，工作能力比外貌更出众。"

沈辞音礼貌微笑，心里却反感这令人恶心的目光，转身匆匆离开。

会议厅内铺着长毯，零碎地散着五颜六色的彩带碎屑，她没走几步，迎面遇到一位刚入场的嘉宾，周围人声沸腾，那人来头似乎不小。

她抬眼看去。

第二次了。与昨晚不同，言昭今天一身西装，矜贵得体，平时那股漫不经心的劲也收了起来，脸上没了笑容，唇线平直。他被一群人簇拥着，身边的闪光灯就没停过。沈辞音站在几步之外，身体侧了侧，让他们先过。

　　没一会儿，场内灯光暗了下来，主持人走上台，话筒发出刺啦刺啦的电流声，回响在空旷的场内。

　　前排的每张座椅上都贴了人名，是专属座位，沈辞音级别不够，只能坐在最后几排的空位上，但她又嫌前方人挡着，视野不好，于是干脆站起来走到后方，同媒体人员一起站着，背靠着墙壁，将整个场子尽收眼底。

　　台上主持人喋喋不休，沈辞音略感无聊地抱臂听着，饥饿感忽地泛上来。

　　"沈辞音？"一道惊喜的声音响起。

　　沈辞音转头看去，一个略显熟悉的面庞出现在眼前，对方和她同样穿着西装，胸前挂着的却是绿色工作牌。绿色是媒体方的标志。

　　"真的是你！我刚刚在那边站着，发现有个特别漂亮的美女，一开始我还不太敢认呢。"她指了指自己的脸，期待道，"还记得我吗？"

　　沈辞音记性向来不错，略一思索便想起了她，微微笑了笑："郭菡，好久不见。"

　　听沈辞音准确说出自己的名字，郭菡很高兴："真的好久了，咱们高中毕业以后就没再见过了吧？听说你现在在VH？厉害呀，大公司不好进的，不愧是高才生。"

　　郭菡是沈辞音高中时的前桌，虽然算不上交心的朋友，但她人很好，两个人关系还算融洽。

　　"你呢？"沈辞音问她，"你现在怎么样？"

　　"当了媒体人。"郭菡亮出自己的胸牌，"在C市一家电视台。"

　　两个人站在会场后方，就这么靠着墙壁随意地聊天，回忆高中那些往事。

　　"你知道吧，言昭就坐在最前面的座位上，身家不知道多少亿了。

同是高中同学，差距就是这么大。"郭菡感叹了一句，立马反应过来，"不好意思，我突然提起他，你……不介意吧？"

"没事。"沈辞音手指绕着胸牌的挂绳，一圈圈缠起，又松开，"都是过去的事了。"

"那就好。"郭菡松懈下来，应和道，"也是，都过去这么多年了，大家早都有自己的新生活了。"

正前方的舞台打光很亮，所有灯光集中在舞台上，后排一片昏暗，她们就站在阴影里。

"你说，过了这么久，他还能记得我们这些老同学吗？"郭菡开了个玩笑，"说不定他还记得你，对你念念不忘呢。"

沈辞音很沉静地看着舞台："不会的。"

说实话，如果不是再遇言昭，她自己内心那点儿悸动都快被磨没了，更何况是什么都唾手可得的他。没有人会在这样长久的等待中仍记着一个人，还对这个人有爱意，又或者说，理智让沈辞音不相信这种事会发生在她自己头上。

"唉。"郭菡语气遗憾，"其实我当年还是挺看好你们的，觉得你们毕业后肯定会在一起。"

郭菡依旧记得，那天下午的第一节课，正好是体育课。

自由活动时间，沈辞音不爱待在操场，想走，言昭他们班正好和她们是同一节体育课，别人喊言昭打球他也不去了，就跟着她回了教室。

回去之后，沈辞音趴在桌子上睡觉，黑框眼镜被折起放在一边，脸颊压在手臂上，后脑勺对着走廊边的窗户。

言昭坐在她身边，侧着身体，桌下放不下长腿，他就把腿随意地伸到过道上，左手支在脑侧，手肘抵着她的课本，垂眸看着她睡觉。他不做别的，也不觉得无聊。空荡荡的教室只有他们两个人，没人说话，特别安静。窗外的风吹进来，将校服拂起一角，午后阳光越过他的肩头洒进来，桌面上金灿灿的一片。

沈辞音似乎是被光线扰到了，蹙眉揉了揉眼睛。

言昭看着，忽然笑了，抬手替她挡光。

郭菡那时候刚准备冲进教室，抬头看见这一幕，硬生生止住了步伐。

郭菡回过神："不说这些啦，能再遇见也不容易，今晚结束后去喝一杯？我知道还有几个人在 C 市工作，我都叫上，放心，你肯定都认识。"

沈辞音沉吟，刚想拒绝，就被郭菡看穿："吃了这顿可能就没下次了，你别拒绝啊，我会哭的。"

"好吧，但我得先回酒店换衣服。"沈辞音今天穿的西装怎么看都不太适合直接去酒吧，"你发地址给我，我打车过去吧。"

熬过漫长的下午，工作终于结束，沈辞音和盛倩打了招呼，没和同事一起聚餐，回酒店换了身衣服。

出门时，天空下起了雨，出租车直接停在了酒店门口，倒是省去了打伞。她来到酒吧，郭菡他们早就等着了，一眼看过去，果然都是熟悉的面孔，沈辞音一一打了招呼，怀旧感油然而生。

大家坐下，一边喝酒，一边回忆往昔，不知谁提议玩游戏，立刻有人拿了一副扑克牌，气氛又变得热闹了些。

沈辞音对动脑的游戏向来擅长，几轮下来就没输过，酒杯始终只盛了浅浅的一点儿酒，她解渴用。

坐在她对面的孙凡手机屏亮起，他低头看了一眼，噌地起身："我出去接个人啊，你们等我五分钟。"

游戏暂停，众人窝在卡座里聊天，直到孙凡领着一个年轻男人走过来。那人身穿黑衬衫、黑色长裤，领口不规则地微敞，随性又散漫。

"我天，老孙你没吹牛啊？真把我们言哥请来了？"

"天啊，言总，来，来，来，请，请，请。"

"今晚这局可不是普通局了啊，言总一来，这酒都得开最好的。"

在座的男生几乎都和言昭一起打过篮球，高中时言昭看着有架子，人缘却不错。

沈辞音从迷离的灯光里抬起头，看了言昭一眼。言昭的目光扫过她的脸颊，他将手机塞进口袋，笑道："开吧，今晚全算我的。"

"言哥真牛！"

"服务员拿酒水单！"

言昭走到桌边，卡座里，只剩沈辞音旁边还有个空位。

郭菡连忙喊道："孙凡你赶紧坐辞音旁边来，把你那个位子让给言昭。"

在场的人都知道言昭和沈辞音那点儿事，十分贴心地想将两个人分开，避免他们见面尴尬。

"哦，哦，哦。"孙凡急忙起身，"这就来，言哥你坐我的位子。"

"没关系。"言昭抬起长腿，在沈辞音身边坐下，"我坐这儿就行。"

沈辞音身侧柔软的沙发陷下去，照过来的光线也被旁边的身躯遮挡了，熟悉好闻的气息若有似无地飘来，萦在她的鼻尖。

两个人坐得近，他的肩膀和她挨着，布料轻微摩擦，沈辞音觉得不太适应，往郭菡那边挪了挪。言昭侧眸，看过来一眼。

"言哥来了，这游戏怎么办？"

言昭向后懒散地陷进沙发里："你们玩你们的，我不扫兴。"

"行，我们游戏继续，玩完这局再带你啊。"

由于身旁突然多了一个言昭，他的存在感让人难以忽视，无形的压力向沈辞音袭来，游戏继续，她捏着扑克牌，突然忘了其他几家是什么牌了。破天荒地，她输了这一局。

孙凡问："真心话还是大冒险？"

沈辞音答："大冒险。"

似乎是惊讶于她直接选了大冒险，孙凡愣了一下，沈辞音问道："怎么了？"

"没事，没事。"孙凡把手机递过来，"点一下，随便抽一个。"

沈辞音照做，屏幕出现亮光，一场动画之后，浮现几个字：**给离你最近的异性喂一整杯酒。**

离她最近的异性，那不就是言昭？

在场的其他人也感觉到了些许尴尬，孙凡犹豫着问："不然……换一个？"

沈辞音不想因为自己破坏规则："愿赌服输，没有不遵守规则的道理。"

有人已经将装满酒的杯子递了过来，沈辞音端起杯子，大方地递给一旁的言昭："能请你把这杯酒喝了吗？"

言昭靠在沙发上笑："如果我说不想喝，怎么办？"

气氛更尴尬了一些，孙凡挠了挠头发，又插不进话。

沈辞音收回手："你不想喝，我不勉强你。"

她总是放弃得如此轻易，连一句好话都不会说。

言昭收了笑容，握住她要撤离的手，仰头将酒一饮而尽。喝完，他将空杯推到桌面中央展示，目光仍旧盯着沈辞音，问道："可以了吗？"

她点头："谢谢。"

言昭嗤笑："你只会这一句。"

"你还想我说什么？"沈辞音不明白为什么只要她道谢他就不开心，只好想了个办法，"待会儿要是你输了，我可以替你喝一杯。"

他语气轻飘飘的："哦，然后再喝醉一次？"

言昭的目光投过来，落在沈辞音的唇上。酒吧光线偏暗又迷离，她在他的视线之下，心照不宣地想起那晚在她家时的暧昧。

沈辞音急忙转过身，不再看他："我酒量没那么差。"

言昭意味不明地笑："那是最好。"

游戏又进行了不少轮，沈辞音中途因大意输掉了一局，却不肯再选真心话大冒险，而是将杯子推出去："倒酒吧。"

有人拿着啤酒瓶，将一整杯满上，白色的浮沫翻涌，黄澄澄的液体折射着迷离的灯光，气泡咕噜咕噜往上翻。

喝酒到现在，气氛松动许多，有人拿着酒杯跑来问言昭商业上的事情，言昭的注意力不在这里了，沈辞音的压力瞬间消失不见。她正要伸手去拿酒杯，从右边探过来一只漂亮的手，掌心朝下，随意地盖住了杯口，不准她喝。

沈辞音扭头去看，身旁的言昭还在和另一边的人有一搭没一搭地聊着天，姿态慵懒，仿佛从没注意到这边，那只手好像也只是随意放着。

沈辞音握住杯子底部，轻轻用力，想要夺回杯子，言昭没让，手腕轻压施力，修长的手指扣着杯沿，将酒杯轻松地带到了自己面前。

酒吧灯光昏暗，桌面上的酒杯、酒瓶摆放得乱七八糟，没有人注意到他这个极其自然的动作，自然得就像是拿自己的酒杯一样。

言昭仍在和人聊天，唇边挂着他惯例的散漫笑容，他随后顺手将她的杯子拿起来，仰头将一整杯酒一饮而尽。他喝完，指尖慢慢摩挲着玻璃杯身，他和身边人结束了对话，将空的酒杯又递了回来。

沈辞音没接："你喝过了。"

差点儿忘了，她的杯子，她也喝过的，言昭就这么拿过去喝了，好像也并不介意。

可来不及多想，有人起身说道："时间差不多了，咱们最后碰一杯，喝一口，就结束了。"

孙凡起身给每人斟一点儿酒，轮到沈辞音，他想也没想，直接倒在她面前的杯子里，递还给她，沈辞音接也不是不接也不是，被众人看着，她只能硬着头皮拿起了杯子。

"来！干杯！"

她转着杯口，不知道该从哪儿下嘴，侧头看见周围人早已喝完，于是心一横，也仰头将那点儿酒一饮而尽。应该没有碰到言昭刚刚喝过的地方吧。

她转头，发现言昭侧头看着她。视线匆匆交会，她连忙躲开。

大家走出酒吧时，已经十二点半了，外面下大雨，众人协商着怎么回去。

"辞音你住哪个酒店？"

沈辞音看着打车软件上显示前面还有八十七个人在排队，答道："樾汀。"

"樾汀和我家是反方向，不然我顺路带你了。"

"言哥住哪里啊？怎么回去？"

"樾汀，我车来了。"言昭轻仰下巴，示意路边停着的那辆黑色轿车，低头看向沈辞音，"走吧。"

她抬头："你带我？"

"难道你要等八十七个人以后再打车？"

时间确实已经很晚，还下这么大的雨，言昭和她住一个酒店，带一下她也没什么问题，如果不领情反而显得她扭捏。

沈辞音说："谢谢。"

两个人上了车，一左一右地坐在后座两侧，谁也没有说话。

从酒吧开始，今晚的氛围一直很奇怪。两个人之间如沈辞音所愿保持着一种很礼貌客气的关系，除了那杯酒，言昭从头到尾没有做出任何逾矩的行为，哪怕他们一直坐在一起。沈辞音满意于这种现状，觉得是自己发的那最后几条微信起了效果，可又不明白到底是哪里不对劲。

汽车行进，模糊的雨雾中，酒店大楼隐约可见。

沉默了一路，言昭突然开口："不用开到门口，靠边。"

司机照做，将车开到一边，发动机熄火，车内忽然安静了下来。离酒店大门还有几步路，沈辞音猜测他可能是为了避嫌，毕竟两个人这么晚同乘一辆车回来，好像也不合适。她礼貌道："今晚谢谢你捎我，那我先走了，再见。"

没等言昭回复，她拉开车门，挟着雨丝的凉风瞬间灌入，将车内的沉闷搅散了几分。沈辞音弯腰，刚准备迈腿，身后压过来一个人，一只手揽住她的腰，另一只手勾住车门把手往回拉。

啪！车门在她面前重重关上，发出剧烈的声响，沈辞音的心也跟着猛跳了一下。言昭在她身后，保持着搂住她的姿势，仍旧没对她说话，只是用很平静的声音嘱咐司机："到这儿就行了，你下车。"

"好的言总。"司机连后视镜都不敢看一眼，匆忙解开安全带，拎着伞钻出车门，消失在雨幕之中。

车厢内再度寂静下来，只有不远处酒店大门的明亮灯光模糊地从前风挡玻璃照进来，将前座照亮一小片，后排仍旧是一片黑暗，且十分安静。

沈辞音回头，细软的头发擦过他的脸颊，他们之间的距离如此之近，他的呼吸就在咫尺之间。

"言昭，你……"

话音未落，言昭掰过她的脸颊，另一只手将她的腰固定住，低头吻了下来。

车窗紧闭，杂乱的雨滴毫无章法地打在外层玻璃上，被紧密隔绝，只渗进模模糊糊的声音，像是快要烧开前的水，闷钝、急促。车厢内的空气凝滞，也仿佛跟着被煮沸一般，温度节节攀升。

言昭俯身，将沈辞音压在车门边，掌心托着她的后脑勺，低头用力吻她。

如果说那晚是沈辞音喝多了，她的记忆还有点儿模糊，那么此时此刻，她真真切切地感受到了言昭的温度，还有他垂落在她鼻尖的喘息。很真实，真实得令她有些心慌。

沈辞音扭头想躲，却被压制得动弹不得，双手推他，也只是徒劳无功。言昭如果认真起来，她那点儿力气，根本没办法和他抗衡。沈辞音用手指揪着他的衬衫，用力拉扯，却推拒不开，只能在嘴上反抗，毫不留情地用力咬他，在与他的撕咬中隐约尝到了一点儿血腥味，不知道是谁的。

生涩的味道弥漫开，言昭终于退离，舌尖前抵，舔了舔唇上的伤口，轻轻啧了一声，一副毫不在乎的表情。

沈辞音终于得空喘息，新鲜的空气猛然涌入口腔，燥热的舌尖尝到了冰凉的味道。她用力将他推得更远了点儿，偏头捂住嘴唇，平息了会儿，冷声质问道："你酒喝多了吗？你在做什么？"

言昭轻飘飘地反问："我喝没喝多你不清楚？"

除了今晚帮她喝的那两杯酒，言昭几乎没喝过其他酒，他不想喝，就没人敢往他杯子里倒。而那点儿啤酒，又怎么可能让他醉？

狭小黑暗的空间里，言昭那双好看的眼睛沉沉地直视着她，平日里一贯扬起的嘴角此刻也垂了下来。他面无表情，散发着陌生的气场。

他今晚不开心，为什么？是因为上次她一言不发就删了他的微信，损了他的面子？又或许是……她时隔九年重新出现在他面前，让他想起了曾经被她无情地断绝来往的不堪过去？

一项项的可能性在脑海里掠过，沈辞音不想再费力探究，转过身去想要下车，尽快逃离这个地方："你喝醉了，我今天不和你计较，我要走了。"

她的手指再度触碰到车门把手，还没施力，身后响起他冰凉的嗓音："沈辞音，你以为我今晚为什么来？你真觉得单靠他们，能叫得动我？"

她的手指渐渐收紧，却仍旧镇定："你爱来不来，与我无关。"

"你在躲什么？"

"我没有。"

"你没有？"言昭嗤笑一声，身体再度前倾，靠向她的耳边，"那为什么删我微信？你看见我了也故意装不认识我、躲着我，甚至绕着我走。就连坐我旁边，你还恨不得离我十米远。知道的，以为我们是两清，不知道的，还以为我们是仇人。"

耳畔的气息若有似无，在逼仄的空间内更添几分压迫感，沈辞音仿佛感受到一种闷热的窒息感，让她心口高悬："我不是刻意躲你，是因为当时的场合并不合适，我认为我们需要避嫌。"

"是吗？"言昭抬手撑在车窗玻璃上，将她困进自己臂弯之间，低下头，贴近她的脸颊，直直看进那双写满防备的漂亮眼睛里，"那现在呢？现在的场合合适吗？"

车外的雨如瀑布般倾倒，水珠砸在窗户上，溅起破碎的水花，水花滚落，在玻璃上拖出一道道长水痕，光怪陆离，扭曲了朝外窥探的视线。

寂静的车内，黑暗将一切吞噬，没人开口说话，心跳声被混在好似遥远又沉闷的窗外雨声之中。

沈辞音被迫迎上他带有侵略性的视线，清楚地感知到言昭的脸就悬停在她的眼前，他漆黑的眸一动不动地看着她，他只要低头就能碰到她的嘴唇。她的胸口缓慢起伏，双手垂在身侧，指尖不安地用力，几乎要陷进身下的真皮座椅里。

"你可不可以先不要离我这么近，我们……"她深吸一口气，正要接着开口，轰鸣的发动机声从不远处传来，陡然刺破宁静。

从前方的风挡玻璃看出去，涟涟雨幕里，一辆轿车正准备在离他们最近的路口转弯，车前灯大亮，被汹涌的大雨晕染成模糊的色块。而他们这辆车，隐在路边的黑暗里，屏息着等待对方经过。

对方车头在路口扭转的一瞬间，两束强烈的光扫过来，像是强力的探照灯，将车厢内照亮一大片。沈辞音被突如其来的光线分了神，下意识转头去看，可脸颊还没完全侧过去，略带冰凉的掌心就贴了上来，挟着力度，迫使她转回来，重新面对着他。

沈辞音蹙眉，刚要出声，言昭突然低下头，吻住她的唇，封住了她要说出口的话语。

就在他吻上来的那一秒，对面车辆转弯了，车灯彻底转走，车厢内再度陷入黑暗。只有很轻的呼吸声。随着亲吻声交错在一起，像是零星的火花，等待随时点燃一场大火，一切回归原点。

放在包里的手机突然响起，沈辞音回神，急忙推开他去找手机，平复了一下呼吸才接起电话。

是盛倩的电话："音音姐，快一点了，你还没回来，没事吧？"

沈辞音竭力克制着自己的声音："没事，我马上就回来了。"

"哦，好。"盛倩打了个哈欠，并未察觉到异样，"你没事就行，我好困哦，不等你了，我先睡了。"

"好，晚安。"

挂了电话，沈辞音弯腰将撒落一地的东西一一拾进包里，随后坐起身。裙角还在言昭的腿下压着，她用了点儿力拽了出来。做完这一切，她才抬头去看言昭。

他面无表情，声音很冷："你走吧。"

Chapter 03

想见你

　　沈辞音几乎快记不清自己是怎么回到酒店的。

　　酒店的走廊静幽幽的，她一声不吭地快步疾走，直到看见自己的房间号，紧绷的身体才陡然放松下来。言昭最后到底没敢对她怎么样，要是再多过分一步，沈辞音的巴掌绝对会呼到他的脸上。

　　被打是小事，关系僵化甚至变得更恶劣才是得不偿失的事情。言昭很清楚，他了解她。他知道她的底线，也十分擅长在她能容忍的范围内得寸进尺，直到得到他最想要的。比如今晚的情况。

　　沈辞音突然很不满，不满自己怎么九年过去又那么轻易地和言昭搅在一起，心里筑起的墙壁再一次被他试图打破。她觉得自己已经做得足够好了，尽量避着他，努力不和他产生交集。可他步步逼近，搅得她生活不再平静。他到底想要做什么？

　　沈辞音刷房卡进了门，屋内一片黑暗，过道的感应灯朦胧地亮起，在她脚畔笼出一片虚虚的人影。

　　盛倩已经睡下了，沈辞音轻手轻脚地拿衣服，去浴室简单地冲洗。她洗完关了水，穿好衣服出来，放在床头的手机亮着屏，恰好有一条微信消息进来。

　　Y.：晚安。

　　是言昭的消息。

　　是，她最后还是又加上他的微信了。她看着对话框，思考了很久，没有回复，设置了第二天的闹钟，然后钻上床睡觉，任由那条消息孤零零地停留在那里。她脑子里太混乱了，需要好好休息缓一缓。

时间再次倒退回九年前。

沈辞音和言昭的第二次见面，是在那场篮球赛后的一个星期。

上午某节课间，沈辞音拿着卷子去英语老师办公室问问题。

英语老师同时带三个班，两个理科班和一个文科班，为了方便，办公室就设在了理科班多的那层，沈辞音去找她要往上爬一层楼梯。

老师办公室大概是学生最不愿意来的地方，沈辞音踏入的时候，偌大的房间只有零零散散的几个学生。她走到英语老师桌前，第一眼看见的是一个男生，他拖过来一张凳子坐在旁边的空位上，低头写着什么东西。

他背对着她，垂着头，宽阔的肩膀撑起校服松散的肩线，手臂上微微显出肌肉，用力握笔时青筋薄薄显现。

她只看了一眼就收回视线，低头问老师问题，老师进行了一番耐心的解释后，问道："这样你明白了吗？"

沈辞音点头："谢谢老师。"

"没事，以后有不懂的就来问。"英语老师朝沈辞音温柔地微笑，显然很喜欢这个好学的转学生，突然，她想起什么，"对了，你顺路把你们班的练习册带回去发掉，省得我再叫课代表来跑一趟。"

她指向一旁高高摞着的练习册，思索片刻，向沈辞音身后喊："言昭，这练习册有点儿重，一个女孩子可能搬不动，你正好帮个忙，送到楼下四班去。"

被叫到的男生站起身，将笔扔在一边，拿着纸走过来递给英语老师，她看了一眼，点头满意道："行了，你走吧。"

言昭站在沈辞音的身边，他的个子很高，让她生起一种微妙的压迫感。

沈辞音问："我拿一半？"

"不用。"他将整摞练习册轻松抱起，"走吧。"

言昭抱着练习册，目光忽地在沈辞音的脸上停留了几秒。

她被他盯得有些不解："怎么了吗？"

"原来你戴眼镜。"言昭低头，轻轻扬眉，"第一次见。"

沈辞音有轻度近视，但只在上课时看黑板才戴眼镜，平时一般会摘掉，刚刚下课后她来得急，忘了取下，谁知正好撞见言昭。

漂亮明艳的一张脸上多了一副黑框镜，镜片的遮挡将那双眼给人带来的冷淡感减轻了几分，多了些钝感，反倒显出和往常不同的可爱。

沈辞音抿唇，完全忘了探究他自然而然的熟稔语气，反问道："有什么问题？"

言昭抬脚，脚尖勾着虚掩的门，又利落地把门拉开，回答道："当然没有。"

课间时分，走廊上全是来往的学生。

虽然沈辞音转学过来不久，只和言昭见了两面，但她是知道他的。

校园风云人物，永远是班级里探讨的重点。早操时班级里一大群人往操场上走，偶尔有一群女生远远地看见言昭在另一侧，就会互相推挤手肘，挤眉弄眼地提示："哎，哎，哎，我看见言昭了。"

沈辞音在这个时候，往往会跟着抬眼看过去，在涌动的人头中望见一张出色的侧脸。她还没见到他的正脸，就已经先知道他的存在。

对于这种焦点人物，沈辞音并不想和他产生过多的交集，否则自己也会成为被探讨的一员，成为别人的谈资。

所以当两个人从办公室出来后，周围人声嘈杂，沈辞音两手空空，刻意地落在言昭身后半个身位，慢吞吞地保持着和他不一致的步伐。

他突然停住："你身体不舒服吗？"

她没反应过来："嗯？"

"我看你走得很慢，比我搬着东西还慢。"

他话里有话，沈辞音略显尴尬，两三步匆匆上前，和他并肩，垂下头："刚刚……在想点儿事。"

言昭笑了一声，体贴地没有拆穿她，提醒道："待会儿再想，要下楼梯了。"

从办公室到四班，短短的一段路，沈辞音从没觉得如此漫长，身侧不断有好奇探究的目光看来，让她如芒在背。这种视线，她和言昭各自单独走的时候绝对招不来，只是在他们俩一起走时，关注度就被成倍放大。

言昭表现得很坦然，步伐不紧不慢，甚至遇上熟人时他还能随口回应招呼，完全看不出被探究的视线困扰的样子。

沈辞音随口问："你刚刚在写什么？"

言昭懒洋洋地胡扯道："罚抄。"

"哦。"

没等来她的质疑，言昭挑眉："你不问为什么？"

"没什么好问的。"教室近在咫尺，沈辞音只是随口扯个话题缓解尴尬而已，对他到底干的什么并不关心。

言昭兴趣来了："猜猜？"

沈辞音想了想："开学的摸底考没考好？"

宁川中学有个惯例，每次年级统一考试后，都会在教学楼大门旁的墙壁上贴上成绩排名，排名榜取文理各前五十名。沈辞音刚来时就看过这个榜，大致了解了她的竞争对手，印象中言昭这个名字，确实没有出现在榜上。他的成绩既然不是顶尖的，那么很有可能属于不太好的那种，沈辞音觉得自己的推理还是有逻辑的。

言昭低头笑："是啊，我的成绩是挺差的，沈辞音同学能不能传授点儿学习方法给我？"

这个问题，沈辞音在南城被问过无数次。

"学习方法因人而异，我的方法对你不一定有用处，找到适合自己的节奏才是最好的。"她平静地回答完，才觉得哪里不对，惊讶地抬起头，"你知道我的名字？"

他们才见第二面，沈辞音也从没和他说过。

"到了。"言昭并未正面回答问题，抬头示意四班已到，沈辞音跟着他踏进教室，看他将沉重的练习册放在讲台上。

班里还剩不少人，三三两两地聚在一起聊天，看见陌生的人出现在教室里，一个个瞬间来了好奇的劲。

"走了。"依旧是简短的两个字，言昭从沈辞音肩侧走过，用只有两个人能听见的音量，低声同她说，"拜拜。"

擦肩而过的瞬间，他的手背无意间擦过她的，沈辞音慢半拍地意识过来，扭头去看，他已经走远，仿佛刚刚的一瞬只是一个错觉。

这个小插曲引来了一些同学们对沈辞音和言昭的猜测。一直到下午，沈辞音躁动不安的前桌郭菡终于鼓起勇气回头，成为第一个敢向她问情况的人。郭菡小心翼翼地问沈辞音："你认识言昭？我看你们好像很熟的样子。"

沈辞音摇头："只是杨老师让他帮忙搬练习册而已。"她的笔尖在纸上顿了顿，她将心底的疑惑问出口，"他成绩不好吗？他说杨老师叫他去办公室罚抄。"

郭菡说："你被他骗了！他英语很牛的，肯定又是杨老师让他去写英语作文了。"

"可我看榜上没他的名字。"

"那是因为他暑假的时候去国外滑雪受伤了，根本没参加考试，不然妥妥前三名。"

沈辞音垂眸："哦。"

这人喜欢骗人，不正经，她下次还是离远点儿。

自那次和言昭有了实质性的交集之后，沈辞音觉得自己遇见他的次数似乎越来越多了。有时候是在课间的走廊里，有时候是在上学时校门口的人潮中，她好像时不时地就能看见他，隔着或近或远的距离。她也不知道是心理作祟，还是单纯地因为他很惹眼。

宁川中学附近有个乒乓球馆，老板很好说话，学生在双休日常去那里打球。

周六下午，郭菡因为不小心错带了沈辞音的作业卷子回家，就给沈辞音发消息，问能不能在乒乓球馆见面。沈辞音应允，坐公交车过来了，第一次踏进这个属于宁川中学学生"领地"的地方。

老板叼着烟，在手机上玩斗地主，听见动静，头也不抬："今天满了。"

"我来找人。"

"哦，你去吧。"

沈辞音还是第一次来这儿。乒乓球球桌整齐地排开，被不同人团团围住。设施不算崭新，地板和墙壁上清晰可见磨损的痕迹，深深浅浅，斑驳发黄，看上去有点儿年头了。

沈辞音发消息给郭菡，郭菡说自己去拿试卷，沈辞音就在一边等着。她抬眼往周围看，一张桌子周围的男男女女，都是班级里的同学，熟悉的面孔。里面有几对她还算友好，但显然够不上朋友的程度。

在她转来之前，他们已经天然地形成自己的小团体，想要融入成为其中的一员，必然要花更多的精力和心思，更何况她性格被动。她收回视线，垂眼看着自己的脚尖，感受到一种无形的隔阂感。

"快，快，快，你们看，那个美女是谁？有没有人认识？"

"哪个？穿短裙、腿很长的那个？有点儿眼生。"

"赶紧的，谁上去问问，要个联系方式。"

言昭正低头看手机，听见议论声，懒懒地掀起眼皮，往那边不经意地扫了一眼。沈辞音正从另一个女孩手里接过什么东西，侧身放进包里，随后两个人道别，她转身向外走去。

言昭思考片刻，跟身边的人说："你们继续，我走了。"

"什么，言昭你今天是来摆造型的？还没打就要走？"

"给你们发挥的机会。"言昭已经迈出脚步，"走了。"

沈辞音走着路，不知道在想些什么，步伐慢吞吞的，心不在焉，连服务员端着茶水迎面靠近也没注意到。眼看要撞上，言昭三两步上前，拉过她的手腕，将她扯过来护在身后，服务员没刹住脚步，身体失衡，那杯茶水被打翻，泼了言昭一身，将他的 T 恤浸染出大片深色的水渍。

沈辞音如梦初醒，着急地查看他的衣服："你没事吧？"

服务员也慌了，要上前，被言昭止住："没事，你去忙你的。"

沈辞音拉着言昭去了更衣室，递给他纸巾，替他擦拭，吸着衣服上的水，连连道歉："对不起，是我没看路，今天谢谢你。"

她低着头，白皙的后颈在灯光下被蒙上一层柔美的光晕，弧度漂亮，随着肌理延伸，一路没入衣领里。

言昭有些嫌弃地看着自己湿了一大片的衣服，穿着湿黏黏的，极其难受。他双手反剪抓住衣角，沈辞音惊讶："你要脱掉？"

"湿衣服我还穿着？"

"但……你总不能就这样出去吧？"

更衣室门口传来人声，越来越近，沈辞音吓了一跳，害怕言昭真的就这么在这里脱衣服。这里大多是同学，要是被人撞见，到时候跳进黄河也洗不清。她也不多想，拽着他胡乱地进了更衣室的隔间里。

她利落地把门反锁，咔嗒的落锁声让她悬着的心落了下来，紧接着，她意识到了一个问题——她只要把他关进去就好了，怎么把自己也锁进来了？

这里的更衣室很简陋，是男女共用的。

没时间给她补救的机会，门外响起脚步声，陌生的男生哼着歌走进隔壁的隔间，外面还有其他人在说话，笑声隔着门板传来。

隔间空间狭小，沈辞音缓缓抬头，对上言昭的眼神，用口型无声地和他说："对不起。"

言昭没听清，低下头。

沈辞音转过身，脸颊对着门板，用手机打字给他看：对不起。

言昭抬手，也开始顺着她的内容打字。

沈辞音虽然背对着他，看不见他的脸，但她举着手机，能看到他的手指在她的手机屏幕上轻点，骨节分明，指尖灵活地游走。

屏幕上光标闪烁，字一个接一个地跳出来，她侧头等着，直到他收回手，才凑近去看。他接着打的一句话是：换句话说，耳朵要听起茧了。

沈辞音打着字，站得有些累了，空间狭小，她想换一个姿势站都不方便。他们头顶上的冷光幽幽的，照得狭小的隔间更显冰凉。隔壁的动静窸窸窣窣地响，沈辞音屏住呼吸，她的头仍旧低着，只留给他一个后脑勺，她看起来沉着冷静，心跳却越来越快。

言昭明知故问地笑："怎么了？"

沈辞音还没回答，陌生男生的声音透过隔板传来："隔壁有人啊！这么久都没动静，突然出声吓死我了……不过，我刚刚好像听见女生的声音了？"

"抱歉啊。"言昭虽然是回复隔壁的人，却一直低头，垂眸盯着沈辞音，语调懒散，"我在和女生打电话。"

沈辞音闭上眼睛，紧紧抿唇，只当什么都没听见。

隔壁男生抱怨："打电话就大大方方地打呗，还这么久没动静，吓死人了……"他骂骂咧咧地走了。

沈辞音转过身，指了指言昭的衣服："怎么办？不然现在去买一件新的换上？我来的时候看见附近有个商场。"

"也行。"

"那就麻烦你在这儿等我，我尽快回来。"她想了想，"你对衣服有什么要求吗？"

"没有，你随便。"言昭拿出手机，"加个微信，我先转钱给你。"

两个人加上微信后，言昭随手点了几下手机屏幕，沈辞音的手机响起提示音。

她看着屏幕上的数字，简直怀疑自己的眼睛，半晌后，才迟疑地开口："你……是不是多打了个零？买件T恤，要不了这么多钱。"

"给你充足的预算还不好吗？"言昭伸手打开隔间的门锁，将她推出去，"想买什么买什么，不够再和我说。"

沈辞音动作很快，二十分钟后就回来了。

言昭看都没看，直接将她买来的衣服套上，两个人走出了更衣室。

沈辞音将他落下的湿衣服递给他："你的衣服，别忘了。"

他喷了一声："扔了吧。"

"只是湿了而已，回去洗一下就好了。"

"不要，不缺这一件，懒得拿回去了。"

沈辞音有点儿摸清言昭的性格了，不再多说，将衣服卷起来丢进了垃圾桶里。

　　他们走出乒乓球馆时，夕阳远远地坠在天边，晕出一片灿烂的橘黄。

　　"晚上吃什么？"言昭微抬下巴，示意不远处的商场，"去那里？有你喜欢的餐厅吗？"

　　沈辞音摇头："我一个人的话，一般不在商场里吃。"

　　"都行。"言昭低头，摆弄着手机发了条消息，随后收起手机放进口袋，"你带路，我和你一起。"

　　他居然要和自己一起吃饭，沈辞音有些惊讶："我吃的东西，你不会喜欢的。"

　　"还没吃，你怎么知道我不喜欢？"

　　沈辞音："行吧。"

　　沈辞音带着他来到一家面馆，面馆不大，桌椅有点儿破旧，但环境很整洁。

　　"我有时候不知道吃什么就来这儿，老板正好也是南城人，面的口味和我家里那边的比较像。"沈辞音摸不清言昭的心情，还是有点儿忐忑，"如果你不想吃……"

　　"饿了，你给我点吧，我什么都吃。"

　　沈辞音点了两碗牛肉面，问他："吃香菜吗？"

　　"不吃。"

　　"老板，有一碗不要香菜。"

　　他明明刚刚还说自己什么都吃……

　　面很快就被端上来，言昭慢条斯理地拆开一次性筷子，从汤碗里挑起几根面条，正要往嘴里送，发现沈辞音正一动不动地看着他。他问："怎么了？"

　　"没……我就是想知道你对这碗面的反应。"

　　言昭放下筷子："沈辞音，你到底为什么这么谨慎？"

因为害怕亏欠别人，所以不喜欢让别人帮忙；因为害怕自己让别人不舒心，努力察言观色，很显然，做这种事对她来说很辛苦，她也不擅长，于是干脆避免人际来往，就像将自己固定在笼子里。

"没有。"沈辞音低下头，声音闷在喉咙里，"吃吧，面要冷了。"

墙上时钟的指针慢慢地转，门外的天色也由傍晚的昏暗变成彻底的黑暗。

沈辞音想了想，还是决定好心地劝告视金钱如粪土的言昭："我觉得你还是要有点儿警惕心理，不要随便给不太熟的人转账，还一口气转那么多钱。今天还好你遇到的是我，不然那么多钱别人也许就不退给你了。"

言昭姿态懒散地问："我们不熟？"

"也只见了三面而已。"沈辞音算了一下，"今天是第三面。"

言昭慢慢地嗯了一声，似乎是在思索，随后尾音含笑："你确定只有三面吗？"

沈辞音迟钝了一秒，很快反应过来他是什么意思。原来这段时间的频繁相遇，不是她的错觉，他也看见她了。尽管那几次他们都没说过话，但彼此都心照不宣。

吃完面后，沈辞音起身去厕所，言昭放在桌上的手机疯狂振动，他拿起手机，用手指滑开锁屏，低头看了一眼。

言蓁：你居然不回家吃饭？背着我去什么地方玩了？怎么能不带我？

言蓁年纪小，正处于被父母严格管教的时期，对言昭这种所谓"已经长大了"而被允许拥有的自由向往得不得了。

言昭：不带小学生出门。

言蓁：你烦不烦！说了多少次，九月份我就已经上初一了！

言昭：有区别？

言蓁：等着，回来揍你。

言昭：你揍我？还不如偷偷往我书包上贴你的粉色公主贴纸杀伤力大。

言昭：忙，不回了。

言蓁：言昭！哥哥最好了，给我偷偷带点儿烧烤回来！我好馋，呜呜，妈妈不让我点外卖！

手机被新消息疯狂轰炸，剩下的言昭没再看，把手机调了静音。

沈辞音回到座位："我刚刚想去买单，老板说你付过钱了，我把饭钱转你吧？"

"不用算这么清楚，下次你请我也一样。"

沈辞音还想再坚持，但想到言昭的性格，觉得坚持也没用，只能应了下来："好，那下次我再请你。"

两个人离开面馆。初秋的夜晚有些凉，街旁路灯亮起，灯光星星点点的。

言昭侧头问："你家住哪儿？"

"城湾。"

因为沈辞音不愿和沈江住一起，来宁川以后，沈江就给她在城湾单独租了个房子，请了个阿姨每天定点上门做饭和打扫卫生，其余时间，家里只有她一个人。

"离这儿挺近，你一般怎么回家？"

"坐公交车。"

"好。"

沈辞音看他没有要和她分别的意思，问道："你不回家吗？"

"送你。"言昭言简意赅，"天黑了。"

沈辞音下意识拒绝："不用，我自己回去就行。"

这条路线她走过很多遍，早已熟悉。

言昭问："你觉得我能让你一个人回去？"

沈辞音只好说："谢谢你。"

言昭的家庭教育一定很好，沈辞音想。

夜风习习，两个人下了公交车，在街上沉默地并肩走着，爬上一座天桥。他们走到天桥中心，沈辞音顿住脚步，突然说："每次放学，我都会经过这座天桥，有时候天气很好，在这里能很清楚地看见月亮。"

言昭站在她身边，也跟着抬头，远处的大楼顶上，正好有一轮圆月悬着，脚下是川流不息的车辆，灯光涌动，仿佛汇成一条星河。

凉风吹过，将沈辞音的发丝轻轻拂动，她说："然后我会在这里站一会儿，耳机里放着英语听力。"

"这个时候还听英语听力？"

"嗯，其实听不太清，因为这里很吵，但我很喜欢。"

"你很喜欢吵闹？"看起来不太像。

"也不是。"她摇了摇头，"因为下了这座天桥，就到我家了，家里特别安静。"

以前有妈妈，现在只有她，家里安静得令人窒息。

"谢谢你今天送我。"沈辞音往对面指了指，"那里就是我家小区，门口有保安，很安全的，时间不早了，你也快回去吧。"

她将发丝挽到耳后，朝他挥手："再见。"

言昭看着她，原本想说的话在舌尖停滞，他想了想还是没说出口，只朝着她笑："嗯，周一见。"

一觉醒来，C市连续下了几天的雨终于停了。

今天是展会第二天，没有什么重要活动，也不需要操心很多东西，沈辞音乐得清闲，摸鱼了一整天，终于等到傍晚闭展时分。

她昨晚因为和郭菡他们的聚会缺席了同事聚餐，今晚同事们说什么也不让她再推辞，众人分批坐着几辆车，从会展中心启程前往餐厅。

C市在海边，最出名的就是海景。车辆驶上沿海公路，傍晚时分的晚霞浓烈，天际与海岸线远远相接，色彩碰撞如油画一般美。

他们订的餐厅是一家非常有名的海鲜大排档，据说口味地道、食材新鲜，缺点就是离得太远，从会展中心坐车需要接近三十分钟才到。

他们到时还没到饭点，大排档门口空地上的圆桌周围就已经坐满了人，脚边有成堆的啤酒瓶，欢呼喝彩声此起彼伏，气氛嘈杂又热烈。

众人踩着楼梯上了二楼，进了包间，刚刚坐下，一问，菜都点过了，有需要可以随时加，盛倩这才反应过来："什么情况？"

有人吐槽："你们什么都不知道就跟着来了啊？"

沈辞音拆着碗筷的塑料膜，同样一脸迷茫。

这次 VH 集团来 C 市出差的人很多，各个部门的都有，负责不同的岗位，但互相之间不太熟，消息不流通。沈辞音虽说是负责统筹，但不算 Jeffery，她也不是职级最高的，得到的消息不比一般同事多多少。

今晚的聚餐是秘书办那边组织的，说是要叫上这次全部来出差的同事，一个通知另一个，不准漏掉，沈辞音他们就迷迷糊糊地跟着来了，反正有饭吃。

"本来是订不到这家店的位子的，后来言总说今晚他来请，这两天大家工作辛苦，犒劳一下，问我们想吃哪家，大家说想要这家，他神通广大，真的订到了位子。"同事补充，"他和 Jeffery，还有一些其他领导，就在隔壁包间。"

"言总我男神！"

"老板买单，今晚咱们要大吃特吃，别心疼钱，把最贵的海鲜全都上一遍！"

菜很快被一盘盘端了上来，沈辞音不想喝酒，和其他同样不喝酒的同事要了瓶可乐，在一旁安静地吃。

服务员端着托盘前来，俯身问道："椰露来了，有一碗是没有杧果的，请问是哪位不吃杧果？"

热闹的饭桌边静了静。

"我们没谁交代过啊？"

"是不是送错桌了？"

"这椰露里还有杧果吗？"

"谁？有谁不吃杧果？"

众人面面相觑间，沈辞音顿了一下，开口道："没有其他人的话……不好意思，我不吃杧果。"

服务员微笑着将白瓷碗放在她的面前："您慢用。"

盛倩好奇地问："音音姐，你对杧果过敏吗？"

"不是过敏，就是不喜欢。"沈辞音说，"一点点都不想吃。"

大家只当是沈辞音自己和餐厅交代过忌口，注意力又很快转移了。

沈辞音低头，看着碗里的椰露。她根本不知道这家餐厅的椰露里会放枸杞碎，又怎么会和餐厅提前打招呼？这里知道她不吃枸杞的，除了她自己，只有一个人。他居然还记得。

中途，她借口去上厕所，溜出包间透口气。她走出餐厅的大门，言昭正站在屋檐下，望着黑暗，不知道在想些什么。他手臂垂下，指尖还夹着烟，微红的火光一点点闪烁着。

他听见动静，抬眸看来，两个人的视线自然而然地交会。

静了半晌，他问："好吃吗？"

不知道是在问其他菜，还是在问椰露。

沈辞音回："挺好的。"

片刻后，她说："这么久了，你还记得我不吃枸杞。"

言昭按灭烟，语气随意："真不巧，我记性一直很好。"

有人从另一个方向过来，大声叫他。

沈辞音看他直起身体，便不再打扰他，又折回了包间。

大家这一顿饭吃了很久才结束，酒也喝了不少，众人回到酒店时，已经东倒西歪一大片。

沈辞音刚到大厅，隔壁部门的黄总叫住她："小沈，拿点儿感冒药，叫酒店工作人员给言总送上去。"

沈辞音问："感冒药？"

"对，我刚刚听说言总好像感冒了，你记得和前台工作人员说，务必要以我们 VH 的名义送过去。言总能来参加这场活动有多难得你是知道的，这是个好机会，当然要展现出我们的人文关怀。"

黄总混迹职场时间久，讲话弯弯绕绕的，沈辞音倒是听明白了，简单来说，就是趁机去拍马屁。

沈辞音问："言总住哪个房间？"

这话把黄总问住了，他拍了拍头："这……我还真不知道，不然你问一下他的助理？"

沈辞音无奈，幸好还存着庄凌的电话，她打了过去，说明了一下情况。

"沈小姐。"庄凌的语气听起来不太好，有些虚弱，他重重地咳了两声，"言总不太喜欢随便泄露他的房号给别人。"

"我只是让酒店工作人员给他送也不行吗？酒店知道他的入住信息。"

"不行……咳咳……言总不喜欢这种小手段，可能会适得其反。"

听上去庄凌倒是感冒得不轻。

沈辞音想放弃了："好，还是谢谢你。"

"但还有一种情况。如果您去送，应该没问题。"庄凌犹豫了一会儿才开口，"言总和我交代过，您吩咐的事就当成是他吩咐的事情，让我以同等优先级处理。"

沈辞音不说话了，黄总在一旁问："怎么样？"

她又说了几句话，然后挂了和庄凌的电话，朝着黄总开口："都安排好了。"

黄总笑眯眯的："那就好，辛苦你了小沈。"

沈辞音目送着他离开后，点开手机，庄凌刚刚发了一串数字过来。

那就跑一趟吧，就当是那碗椰露的谢礼。

沈辞音来到樾汀酒店顶楼言昭住的套房的门口。房门紧紧闭合，一旁的房间号牌亮着昏黄的小灯，走廊一片寂静，脚下地毯柔软，踩上去一切声息都被悄然淹没。

本来上电梯的时候，她就有点儿后悔了，可是自己答应的事不能反悔。要是他不在房间就好了，她就直接把药丢在门口。沈辞音想着，抬手，轻轻按了一下门铃。

一分钟过后，房门仍旧紧闭，一点儿动静也没有，沈辞音又按了一下门铃，估摸着可能人不在，松了一口气，刚准备转身离开，门忽地被拉开，裹着一阵风，房间里的光线瞬间涌进走廊。

言昭似乎是刚洗完澡，只裹了一件白色浴袍，发梢轻微潮湿，软软地贴在颈侧。他一只手懒散地撑着门框，另一只手拿着手机，显然是在打电话。

感冒了头发都还不吹干吗？

沈辞音没说出口，只是将药盒递了过去，机械地背台词："听说言总感冒了，这是我们总监让我送过来的药，代表 VH 祝您早日康复。"

言昭的手机还贴在耳边，他闻言挑了挑眉："这么关心我？"

话说完，他又对着手机笑了一声："没有，不是在和你说话。"

沈辞音没看他的脸，视线掩饰般地下移，却又看见他松散的浴袍里裸露的胸膛，视线更加无处安放。

言昭接过药盒，低头打量了一眼。

沈辞音收回手："那我先走了。"

她正要转身，手腕突然被攥住，她还没反应过来，就被拽进门内，猛然撞入一个温暖的怀抱。房门在身后合上，鼻尖充盈着清新湿润的气息，她呼吸加重，一时间平复不了。她紧贴着他的胸膛，距离过近，甚至可以清晰地听见他电话那头男人的声音。

"有事，挂了。"言昭将手机按灭，随意地扔在玄关，下一秒，他一只手穿过她的腿弯，将她打横抱起来。

沈辞音猝不及防地重心失衡，下意识地抱住了他的脖子，心悬到嗓子眼："你要干什么？"

"很难猜吗？"言昭难得直白了一回，低头对上她的视线。

沈辞音感到天旋地转，她跌落在柔软的床垫里，刚准备起身，言昭就压了上来。

沈辞音眼前的光亮被遮挡，男人沐浴后的气息铺天盖地地渗进她的呼吸里，他身形高大，完完全全地覆住了她。

他们的体温互相传递，热意一路蔓延到头顶。

沈辞音觉得自己的呼吸不自觉变得沉重起来，像是被闷住，于是用力推他。往常这点儿力气对他来说根本不痛不痒，但意外地，言昭居然缓慢地支起上身，双手撑在她身侧，和她拉开了一点儿距离，垂头看着她。

她先发制人："你没感冒？"

"谁告诉你我感冒的？"

她蹙眉："那他们说——"

"我确实找人要了感冒药，不过那是给庄凌的。"

沈辞音弄清楚了，言昭说要感冒药其实是为了给庄凌，结果被有心之人旁听到，以为是他感冒了，费尽心思想捡个机会博点儿好感，结果马屁拍到了驴腿上。她不由得为这一出乌龙感到哭笑不得，暗暗发誓下次再也不干这种事情，简直丢尽脸面。

言昭看她垂眸抿唇，知道她面上不动声色，心里肯定在骂人，觉得可爱得很，伸手捏她的脸颊。沈辞音侧身躲他的手："我先走了。"

"你真当我在和你开玩笑？"言昭直起身，一条腿跪在床沿，脱掉她的鞋丢在地上，握住她纤细的脚踝，将人直接拖了过来。

沈辞音挣扎："你放开！"

"要我放开，当然可以。"言昭居高临下，"你先回答我的问题，你为什么会来给我送药？"

她不太情愿地回答："我们总监想要讨好你。"

"为什么是你送？"

"因为找不到其他人。"

"一点儿都没有关心我的成分在里面？"

"没有。"

"真遗憾。"言昭并不意外她的回答，"连讨好我的话都不会说，本来我高兴了就会放你走的。"

沈辞音不吃他这套："你觉得我信吗？"

言昭微微笑着："为什么不信？我很好说话的。"

两个人以这样亲密的姿势对峙着，是一个十分危险的信号。沈辞音看着他，开口说："需要我提醒你吗？我们只是上下级关系。"

"然后呢？"他的语调漫不经心。

"我们应该保持距离。"

"谁说的？"言昭的表情似笑非笑。

眼前人的脸与九年前他的模样渐渐重合，沈辞音不可避免地想到以前。

"别发呆了。"言昭看穿她的犹豫，不给她重拾理智的机会，垂眸，手指轻碰她的唇，"有空不如想想待会儿怎么撒娇求饶。"

沈辞音抓住他的手腕，用牙齿咬上去。言昭轻嘶了一声，撤回手，以牙还牙，抓起她的手指也咬了一口。咬完，他握住她的手腕，顺势扣在她身侧，低头凑近她的脸颊，吻住她的唇。

沈辞音躲闪不及，被他彻底侵入。和昨晚的"狂风暴雨"不太一样，今夜的言昭显然很有耐心。沈辞音要动，但是手腕被他扣住，整个人被迫承受着他的吻，快跟不上他的节奏。

不知道言昭原本是不是打算洗完澡就睡觉，房间里的灯光被调得昏暗，一切都是朦朦胧胧的，助长着暧昧气息悄无声息地疯长。像是有雨淋在耳边，让身体也慢慢感受到潮湿。

一阵纠缠过后，沈辞音扭过头去，语气坚决："我不要。"

言昭停下，慢慢抬起头，一动不动地看她。他倒不是真的这么好说话，沈辞音这种软绵绵的口头抵抗近乎无效。只是他看出来，她真的累了。

沈辞音昨晚凌晨才睡下，早上五六点就起床，尽管今天要处理的事务不多，但总归是在外忙碌一天，晚上又去聚餐，一群人喝酒吹牛没完没了，她很迟才回到酒店，还要来送感冒药。

由于始终得不到休息，她的精神状态早就濒临崩溃，和他挣扎几乎抽干了她最后一丝体力。她蜷在床上，顶级套房的床垫柔软舒适，室内灯光昏暗，眼睛半闭不闭，是真的快要睡着了。

言昭还没到这种不讲理的程度。他松了手，沈辞音以为他要来真的，指甲几乎陷进他肉里："不行……"

"不让？"他用掌心握住她的后颈，"那你说点儿好听的。"

沈辞音喉咙干涩，没听清："什么？"

他将她抱紧，侧头贴在她颈侧，嗓音有点儿哑："说点儿好听的，哄哄我。"

他说，哄他。仿佛只要她开了口，他就能和她把九年前的恩怨一笔勾销。他的气息灼热，扑在沈辞音的颈侧，密密麻麻地往她身体里钻，引着什么东西蠢蠢欲动地要破土而出。

沈辞音抿唇，垂眸道："我……"

她犹豫着。

言昭也不失望，起身将浴袍穿好，沈辞音无意间看见他肩膀靠近手臂处有一块印记，和周围肌肤颜色明显不同。可还没等她看清，他就起身，那印记晃得太快，从她眼前转瞬即逝。是疤还是什么别的东西？

沈辞音失去了他的桎梏，沉重的眼皮开始打架，她躺在柔软的床上，就这么睡着了。

昏，困，累。沈辞音猛然惊醒，四周一片黑暗。她连自己什么时候睡过去的都不太记得，可能因为真的太累了，她意外地睡得很好，没有做梦，深眠一场。

一只胳膊从后面环在她的腰上，将她紧紧圈在怀里。她费力地爬起来，看了一眼床头的时钟，凌晨三点。被她的动静影响，言昭也睁开眼睛，但他没完全清醒，声音含糊，压得很低："嗯？"

她轻声说："想上厕所。"

他应了声，不疑有他，困倦地贴过来亲了亲她，随后松开了抱着她的手。

沈辞音趁着言昭不注意，轻手轻脚地从房间里溜出去了。

一切暧昧氛围消散，身体降温，冷风将大脑吹得清醒，她躺回自己床上的时候，所有困倦消失，反而有点儿睡不着。

他们之间的关系，好像越来越不受控了。

次日，沈辞音一行人一大早来到酒店前台退房，准备启程返回宁川。

盛倩推着行李箱走在她身后，无意间瞥见沈辞音后颈处，晃动的衣领下隐约有红痕，被白皙的肌肤衬得十分显眼。

"音音姐，你这里怎么了？"

沈辞音顺着她的目光伸手摸了摸，十分镇定："被蚊子咬了。"

盛倩不疑有他："是哦，我也觉得这里蚊子多，明明还没到夏天呢。"

众人钻进去机场的车里，沈辞音刚扣好安全带，手机响起微信提示音。她点开，是言昭发来的消息。

今天凌晨四点多，沈辞音溜走后不久，言昭估计是很快醒了，发现她人不在，发了一条微信过来。

Y.：？

一个简单的问号，却能让人想象得出他强压着起床气的不快表情。

沈辞音早上起床才看见他发的问号，也顺手回了他一个问号。

Yinnn：？

她明摆着和他揣着明白装糊涂。

言昭没多计较，现在刚发来新消息问她是不是今天走，几点的飞机。

Yinnn：十点，已经出发了。

Y.：嗯，我下午飞 J 市，待一两天就回来。

Y.：很快。

沈辞音的指尖悬停在屏幕上方。她没问，他却主动提，像是在和她报备行程一样。"很快"又是什么意思？说得好像她很期待一样。超出普通交流的暧昧话语，可偏偏又让人挑不出什么错误。

沈辞音回复：哦。

后排传来盛倩好奇的声音："你们这包里装的什么啊？"

同事回："买了点儿 C 市特产，什么鱿鱼丝、榴莲酥的。"

"哇！我也应该买点儿的，带回去给我室友吃。"

"来，尝点儿。"

窸窸窣窣的拆塑料袋声响起，坐在副驾驶位的沈辞音也被塞了一小包特产。

同事问："辞音，你怎么没买点儿特产？带回去给家里人吃也好呀，这个味道还是不错的。"

沈辞音愣了一下，低头回复说："他们不吃这些。"

买了也没什么用，她已经没有家人可以分享了。

临近中午，言昭收拾好，从酒店顶楼下来，遇到同样准备出发的一群高管，免不了一场寒暄。

黄总端详着他的脸色，问道："言总昨晚休息得怎么样？吃药了吗？身体好点儿了没有？"

言昭本来心情不怎么好，谁也不想多搭理，听了这话，给了一个眼神，微微笑道："药效很好，感谢黄总关心。"

黄总大喜过望："好，好，有效果就行。"

飞机飞行了两个多小时，落地 J 市时已近傍晚。

离约定的吃饭时间很近，言昭懒得多跑一趟，没先去酒店入住，而是让司机直接送他去了饭店。

上次因为富芯摆架子，言昭让庄凌取消了业务会谈。起初，对方还当言昭是在开玩笑，不当回事，可后来发现言氏真的在接触其他供应企业，甚至走到了快签合同的流程，瞬间坐不住了，千方百计地要挽回这一单。

这么多年来他们活得这么滋润，全靠亲戚关系抱着言氏这个"铁饭碗"，几乎到了闭着眼就能数钱的地步，心气水涨船高，不思进取，谁也不放在眼里，却从没想过言昭敢这么做，居然真的会选择别人。

由于联系言昭吃了闭门羹，心急之下，他们干脆打电话给了言惠，凭着那点儿旧情痛哭流涕。远在 A 国旅游的言惠女士打了一通电话过来，让言昭注意点儿，事情不要做得太绝。既然言惠开了口，言昭也只好再给他们一次机会。

包间内，服务员替言昭斟了茶水后就退了出去，其他人还没到，他干脆靠在沙发上补觉。比起工作中整天西装革履，他私下里的穿着很是随意，里面是一件 T 恤，外面黑色夹克的拉链拉到顶，抵着下巴，他姿态松散地靠在沙发背上，后仰闭着眼，看着完全不像是来参加谈生意的局。

包间内安安静静，身边突然飘来一股若有似无的香气，将言昭从浅眠中扰醒。他蹙眉，掀起眼皮，瞥见身边一抹纯白的裙角，还有一双涂了鲜红指甲油的手。一个陌生的漂亮女人正坐在他身边，身体微微靠近。

言昭拉开距离，扫了一眼空无其他人的房间，转头再看她，语气有点儿不好："你哪位？"

女人不答，将茶几上的杯子端起来，柔声问："您要喝点儿茶吗？"

言昭瞬间明白了这是怎么回事，似笑非笑道："我不喝茶，你走错房间了。"

他的心情已经很差，但还残留着一点儿绅士风度，给对方一个台阶下。

女人置若罔闻，语气娇柔道："言总，您要不要再休息会儿？我给您捏捏肩。"

言昭给庄凌打了一个电话，庄凌匆匆进来，将人领了出去。

言昭刚接手言氏的时候，生意场上倒是有几个这么做的人，但在他态度鲜明地拒绝了两次之后，就没人敢再用这种小手段。他没想到今天居然还能遇见。

"是富芯那边安排的，"走廊上，庄凌抓紧手机跟言昭说，"说是想讨好您。"

那群上了年纪的"老油条"脑子里整天只有这些东西，想当然地以为言昭也吃这一套，一来就给他这么一个"见面礼"。

庄凌问："言总，还吃饭吗？"

"让他们滚。订机票，今晚回宁川。"

夜色已深，言昭坐在车上，再次接到了言惠的电话。

言惠心里也跟明镜似的，没多管，只说："今晚就回宁川？"

"嗯。"

"你谈的那家企业我也看了一下，从水平来说，和富芯差不多，但是价格要高一点儿。"

"他们有研发实力，产品更新迭代是迟早的事，尽早建立起合作关系是个优势。"言昭说，"富芯不换管理人，未来也就这样了。"

母子俩就着这个话题又讲了两句，言惠问："上次我让蓁蓁转告你请张小姐吃饭，你怎么没答应？"

言昭最头疼她提这个问题，敷衍道："没空。"

"是没空，还是你不想？"

"既没空，也不想。妈，你别操心了。"

"我不操心？言昭，你已经二十七岁了！你那几个表弟都结婚了你知道吗？你但凡给我个明确的态度我都不说什么了。"

"人家结婚关我什么事？"

言惠冷不丁问："你是不是还在惦记她？"

一句话让车厢内瞬间安静下来。

言昭沉默，半晌后才回复："是又怎么样？"

"人家惦记你吗？这么多年，她说不定早就遇到其他人了呢？"

"无所谓。"

言惠冷笑："你在故意和我唱反调呢，还在气我当时拦着你？言昭，当时你什么情况你自己不——"

言昭打断她："妈，能不能别提这个了？机场到了，不说了。"

言惠没理他的催促，问他："她真的就那么好？"

言昭没答，挂掉了电话。

沈辞音哪里都好。要是能更爱他，那就更好了。

从 C 市飞回宁川，沈辞音和同事在机场一起拼车，直接回了家。

屋内还保持着她临走时的原样，她将行李收拾好，顺带打扫了一番房间，消耗了不少体力，才终于清闲下来。

等她洗漱完毕，窗外天色已黑。沈辞音晚上不怎么有胃口，洗了一点儿水果，拆了一包薯片，窝在沙发上，随手点开了一部电影。

电影内容一般般，但意外地有很多音乐元素。有一个片段，钢琴家男主角在台上演奏着钢琴，镜头扫到一旁合奏的女小提琴手，她表情自信投入，动作优雅，仿佛完全沉浸在音乐中。

小提琴……她很久没拉过了。

沈辞音被电影里这匆匆略过的一幕唤醒了一些记忆，她从沙发上爬起来，到客厅的角落里找到已经布满灰尘的琴包，将琴取出来，架到肩上。

她已经很多年没有练习，把乐谱遗忘得七七八八了，凭着肢体记忆拉了两下，未调音的小提琴发出艰涩的声音，喑哑、不成调。她又认真尝试拉了一小段，效果不好，便放弃，将小提琴重新塞回包里。

果然，她还是无法从这件事当中获得快乐。她明明一点儿也不喜欢小提琴，却拉了十年之久。这一切，完全要归到她的母亲靳文素的身上。

靳文素自小就显露出出众的音乐天赋，年纪轻轻就已经成为 D 国一个乐团的首席小提琴家，前途无量。风头正盛时，她回到家乡南城演奏，就是那一次，遇见了当时的活动赞助商沈江。年轻男女互生情愫，干柴烈火，很快便确立了关系，坠入爱河，一发不可收拾。

只是恋爱不久，意外很快来临，靳文素怀孕了。她不愿意要这个孩子，想立即回到 D 国继续音乐事业，沈江苦苦哀求，下跪向她求婚，靳文素被打动，最终心软，选择暂时留在南城，先将孩子生下来。

沈辞音曾在高中时无数次想，如果那时候靳文素没生下她，那也就不必经历后来的痛苦。

有了沈辞音之后，靳文素本可以重回 D 国，但母亲和孩子之间有天然的羁绊，被母性束缚，她根本没办法，也不忍心抛下这么小的女儿。于是她放弃回 D 国的机会，在南城当了一名音乐老师。

也因此，沈辞音从出生起，就背负了靳文素的深切期望。靳文素希望自己的女儿能完成她的梦想，继承她未竟的事业，在世界舞台上发光发热。可事与愿违，沈辞音没继承靳文素的音乐天赋，在音乐方面的能力完全可以说得上平庸。

为了不让妈妈失望，沈辞音每天很努力地练习，手上磨出水泡，疼得想哭，但也不敢告诉靳文素，怕她觉得自己没用，练个琴都娇气得不行。

那时候沈江的生意还没有扩展到宁川，一家三口生活在一起，虽然她拉琴很不开心，但家庭和睦，也过了好几年的幸福日子。

一切的变故，都从沈江决定长驻宁川做生意开始。由于他一个月起码有二十天不在家，靳文素便将全部精力投放在沈辞音身上，可女儿资质平庸，水平始终停滞不前，靳文素内心落差越来越大，她开始后悔放弃事业，后悔和沈江结婚，后悔她所经历的一切，精神状态逐渐变得不好起来。

沈辞音小时候最害怕的就是站在妈妈面前拉琴，因为每次她表演完之后，靳文素都会露出失望的表情，那是她最不想从自己妈妈脸上看到的。她想成为妈妈的骄傲，让妈妈开心，妈妈开心了就会更喜欢她，更爱她，更关注她。

可那时，靳文素只是叹气："辞音，拉琴不仅仅是把每个音都拉对，你要考虑节奏，你要考虑情感。"她说到一半，顿了一下，又说，"不然还是不学了吧。"

"不！妈妈，我会拉好的！"沈辞音着急，"是我练的时间太少，我会再认真练的。"

靳文素没说什么，只摸了摸她的脸颊，转身离去。

在外人看来，沈辞音就是"邻居家的小孩"，被靳文素教育得十分优秀，成绩出色、知书达理。可只有沈辞音自己知道，她是一个背负了妈妈的命运，却永远也无法替妈妈完成梦想的人。

她将一切的源头归结于自己，她是个彻头彻尾的失败者。

后来靳文素去世，沈辞音跟随沈江来到宁川，新找了个课外音乐老师，空闲时偶尔去两趟，老师听她拉完，露出赞赏的表情："你的水平很高啊，基本功特别好，练得很刻苦吧？"

沈辞音摇了摇头："还不够，在我这个年纪的靳文素，已经能完成更难的曲子了。"

老师哈哈大笑："你也喜欢靳文素，看过她的视频学习吗？她不拉琴很久了，人家是天才啦，我们普通人达不到她的水平的，别给自己太大压力。"

　　小提琴是沈辞音痛苦的根源，也是她人生中不可分割的一部分。她看着手中蒙尘的小提琴包，轻轻叹了一口气。

　　她正发着呆，沙发上的手机突然响起。她折回沙发，看了一眼来电人，接起电话："喂？"

　　言昭简短地问："在家？"

　　"嗯。"

　　"我在你家楼下。"

　　沈辞音觉得奇怪："你不是说飞 J 市，要一两天才回来？"

　　难道又在骗她？

　　"行程临时有变，飞机刚落地。"

　　沈辞音看了一眼时间："这么晚了，你不赶紧回家，来我家楼下干什么？"

　　言昭的声音懒洋洋的："司机乱开的。"

　　前排的李师傅："……"

　　沈辞音："……"

　　她叹气："到底有什么事情？"

　　言昭说："我应该不被允许上楼？"

　　沈辞音回："很晚了，不合适。"

　　"你应该也不愿意下楼？"

　　"洗过澡了，穿着睡衣，不方便。"

　　言昭嗯了一声："到窗户边来，我的车在楼下。"

　　沈辞音起身走过去，将窗户拉开，探头看向窗外，将手机贴在耳边："看见你的车了，然后呢？"

　　"看后座，窗户。"

　　"看了。"

　　言昭的手肘搭在车窗沿，手臂自然垂下，贴着车身，指尖还夹着一根烟，那一点儿星火在黑夜里十分亮眼。

"看见我了吗？"

"看见了，你在抽烟。"

"嗯。"

夜风习习，沈辞音趴在窗边，长发被风微微吹拂。视线往下，黑色轿车停着，几乎要与黑夜融为一体。楼上和楼下，两个人握着手机，静静地看着彼此。电话里传来很轻的呼吸声，没人说话，他们就一动不动，始终保持着这个姿势。

"真的不能上楼？"言昭靠在车后座上，从车窗看向四楼那一点儿亮光，"想你。"

沈辞音蹙眉："你喝酒了？"

他笑："没有。"

言昭弹了弹烟灰，又恢复了那股漫不经心的劲："行了，关窗户吧，早点儿睡。"

沈辞音觉得自己像是上了发条的玩偶，被他使唤来使唤去的："你今晚到底有什么事情？"

言昭说："没事，突然想见你而已。"

"为什么一定要确认我看到了你？"

"不能只是我想见你，沈辞音，你也要看向我。"他说，"你眼里要有我，只能有我。"

Chapter 04
习惯性回避

　　司机将言昭送到浮景苑。言家别墅在郊区的半山腰，工作来回不方便，浮景苑是他常住的地方，宁川市知名高档楼盘，大平层，落地窗，正对江景。言昭进门，开灯，幽暗的客厅瞬间被明亮的光线所充盈。他随手脱下外套，丢在沙发上。

　　客厅有个巨大的木质书架，上面堆满了书、望远镜、汽车模型、相机等一切凌乱细碎的、属于言昭日常里的东西。书架上大部分区域都被充实地堆砌，唯独中间有一层看上去是空的，像是心脏被挖了一块，看起来格外突兀。

　　他走过去，那整层空荡荡的木架上只放了一个东西——一个陈旧的、劣质做工的音符挂件。言昭低头看了一眼，手指勾起挂件，轻轻晃了晃，又将它放了回去。

　　他洗完澡，从冰箱里拿了一罐啤酒，一边单手拉开，一边往卧室走。路敬宣的电话在这时打来："你今晚不是回宁川了吗，怎么不来喝酒？"

　　言昭半倚在床边，一条长腿屈起，他仰头喝了一口酒："吵，不想去。"

　　他将通话设置成后台运行，当背景音听着，手指点开微信，点进沈辞音的头像，在那寥寥三四条朋友圈里从上滑到下，再从下滑到上。她不爱发个人动态，所以朋友圈也从不设置可见时间范围，反正这么几年就发了那点儿东西，没什么好遮挡的。

"我打电话给你的时候，一堆女孩眼巴巴地盯着，听说你不来，这局差点儿散掉，你知道吗？"

"哦。"言昭漫不经心，"那就早点儿回家睡觉。"

路敬宣骂了一句，又问他在干吗。

言昭没回，总不能说在看沈辞音的朋友圈，睹物思人？

见电话那头安静下来，路敬宣又想起了什么："说起来，那天在我酒吧，你解围的那个女生……就是陈淮序说的那个'小提琴'？"

"什么小提琴？"

"你高中时不是有一个关系很好的女孩吗？我就好奇那女孩是什么类型，我问陈淮序，他想了半天，就回了我'小提琴'三个字。"

言昭低头，哼笑了一声。

"我问他是不是年纪大了记性不好，高矮胖瘦什么都记不住，就记住了小提琴。你知道他怎么回我的吗？"路敬宣模仿着陈淮序的语气，压低了声音说，"言昭在意的人，我为什么要有深刻印象？"

的确符合陈淮序的作风，对和自己无关的事情冷淡无比。

言昭说："你要向他学习。"

路敬宣一头雾水："学习什么？"

言昭慢悠悠地说："我在意的人，你别太关心。"

出差回来以后，又是一个周末，沈辞音被方芮珈叫出了门。

这回方芮珈依旧开车来接她，只不过开的不是上次那辆找别人借的车，而是她自己家的车。

一上车，沈辞音就听见方芮珈吐槽："我上次和我爸提了一嘴，说想贷款买一辆车，结果他非要说家里的车没人开，可以送来让我开。我家的车多老了啊，我和他吵了半天，他为了证明这车行，和我妈两个人硬是从 C 市开到宁川来，服了。"

沈辞音笑："叔叔挺有趣的。"

"哦，对，这是给你的，走的时候别忘记带走。"方芮珈指了指后

090

座上的袋子，"我妈自己包的饺子，还有一些海特产，别嫌弃。"

"不用了，你自己留着吧。"

"我有，这是特意给你带的。"方芮珈掌着方向盘，"我和我妈提了一句，说你也回宁川工作了，结果她居然还记得你，说我那个漂亮的室友什么都好，就是有点儿瘦，整天不讲话，看着让人心疼，让我带给你，让你多吃点儿。"

沈辞音扑哧笑了："我也没那么可怜吧？"

"我妈母性泛滥，看谁都这样，你别太在意。"

沈辞音抿唇："开玩笑的，替我谢谢阿姨。"

方芮珈今天是拉沈辞音来爬山的，两个人开车到了市郊，把车停在山脚，大清早就往山上走。

正值春天，气候适宜。宁川今天天气特别好，暖洋洋的日光照在身上，空气里弥漫着草木清露的清新气息。来爬山的人很多，她们顺着人潮，花了些时间爬到山顶的观景台，有些气喘吁吁，于是找了一个空石凳坐下。方芮珈从包里拿出水递给沈辞音，又拿了两块饼干，她们边吃边喝休息，慢慢恢复体力。

"哦，对，给我拍个照。"方芮珈突然站起身，"给我妈'汇报工作'，省得她天天念叨我一休息就睡懒觉。"

沈辞音举着手机给她拍了几张，方芮珈凑近欣赏，点评成果："你拍照技术不错嘛。"

"还行。"沈辞音点开相册，展示自己拍的照片，"无聊的时候我就会随手拍一拍，我很喜欢拍天空。早晨，黄昏，下雨，下雪……喜欢天空的渐变色，喜欢氛围感。"

她说着，一张张地滑，很快将相册翻到底。目光触及最后一张照片，手指突然顿住。方芮珈见她这反应，好奇，也跟着看了一眼："这是……你高中的照片？"

是她和言昭穿着校服的一张合照，还是言昭用她的手机拍的。

高中毕业换手机时，她将旧手机的数据全部完整地迁移过来，相册里的照片也跟着转移保存了下来。这些年她换了几个手机，也有手机容量不够的时候，她将旧文件删删减减，却不知道为什么，每次都会选择性地将这张合照跳过去。

"这么久的照片你居然还留着？"

沈辞音低头看着："高中时的照片太少，总要留点儿回忆。"

方芮珈问："你们当时到底为什么闹翻啊？他伤害你了？"

沈辞音摇头："因为一些现实问题，人生规划不同，我觉得我们之间的差距太大了，有些观念不一致，就跟他吵得很厉害。"

然后她对言昭又冷漠又狠心，他们之后就没来往了。

这就是他们之间最麻烦的地方，以至于现在重逢都有种虚幻感。她不知道这种感觉来源于彼此之间的旧情残存，还是单纯的不甘心。

沈辞音看不透言昭的想法，她又是需要对每件事都极其谨慎地确认的性格，在拥有足够的安全感之前，她习惯性地选择回避，来避免自己受到伤害。

两个人很快揭过这个话题，在石凳上又休息了一会儿。太阳逐渐升到头顶，气温骤然升高，脊背微微有汗渗出，方芮珈看了一眼时间，起身道："走吧，下山，去吃好吃的。"

下山时人少了很多，零零散散的。到了山脚，她们坐上方芮珈那辆旧车，设置好导航，准备原路返回市里。

这里的露天停车场是直接在空地上围成的，不比城市里的停车场，路面凹凸不平。轿车颠簸，刚开始还算顺利，可还没开出停车场，车突然不动了。方芮珈数次点火失败，下车查看，气得跺脚："完了，车抛锚了，我就说我爸不靠谱，这破车怎么开！"

沈辞音围着车转了一圈，也找不到什么解决办法："怎么办？叫人来拖车？"

她们的车突然出故障，堵着出口，后面的车被迫跟着停下来，不耐烦地按喇叭，一声比一声急促。

方芮珈在打电话处理，沈辞音往后走去，准备一辆车接一辆车地跟司机解释。她刚走到车窗边，车玻璃先她一步被摇下，一道带着惊喜兴奋的声音响起："我天，真被我遇到了。"

一张有点儿陌生但又不那么陌生的脸出现在沈辞音眼前。对方穿着印花衬衫，戴着耳钉，花花公子似的坐在驾驶座上，摘了墨镜盯着她。

沈辞音说："不好意思，我们的车——"

路敬宣显然没听，兴奋道："你不就是那个……'小提琴'？"

沈辞音："……"

路敬宣说完，两个人都突兀地沉默了一秒。

沈辞音装作没听见，继续好脾气地说出自己的来意："不好意思，我们的车坏了，麻烦您走另一个出口。"

"哦。"路敬宣敷衍过这个话题，倚着车窗问，"你还记得我吗？"

沈辞音顿了一下，答："记得，酒吧老板。"

那是不怎么愉快的一段经历。

方芮珈这时走过来，无奈地晃了晃手机："他们说这里远，过来拖车得加钱。"

沈辞音转头问："加多少？不行的话我替你出。"

"怎么可能要你出钱？我都谈好了，他们待会儿就来拖车。"方芮珈叉腰，"现在的问题是我们俩怎么回去。这边太远，肯定打不到车，我看能不能叫个朋友来接。"

后面的车见这个出口走不通，陆陆续续转去另一边，沈辞音看着路敬宣的车一直一动不动，不由得问："你不走吗？这里暂时不通车。"

路敬宣说："遇到麻烦了？正好我也要回市里，不然我载你们一程？"

方芮珈不太放心，悄悄在沈辞音耳边压低声音道："你认识他？靠谱吗？"

沈辞音其实不算认识他，不过是在酒吧有过一面之缘，知道他和言昭是朋友，除此之外，也没有更多的信息。她犹豫着没说话。这要是在平时她肯定一口回绝，但现下情况特殊，这里离市里远，错过这辆顺风车，还不知道要怎么才能回去。

见她们一脸警惕，路敬宣叹气："要不我给言昭打个电话？你总认识他吧，他能证明我不是坏人。"

"言昭"这两个字在沈辞音这儿类似于免死金牌，虽然两个人感情方面的问题纠纠缠缠说不清楚，但他的人品绝对没话说，交往的朋友也一定不会差到哪儿去。这也是为什么重逢以来，沈辞音从没主动问过他现在有没有女朋友或者暧昧对象。因为她很清楚地知道，他如果有，绝不会来招惹她。

很奇怪，明明她觉得九年过去，人都在变，可又潜意识里认为言昭在这方面始终如一。

沈辞音回答："不用了，我知道你们是朋友。"

她朝方芮珈点头，方芮珈耸肩，双手合十做了一个拜托的手势："感谢，那就拜托帅哥了，把我们带到市里好打车的地方就行。"

拖车来的速度出乎意料地快，两个人目送着车被载走，随后一起坐上路敬宣的车。沈辞音看了看除他以外空荡荡的车厢，问："你是一个人来的？"

"不是，和朋友一起来爬山，他们先走了。"

"你等了我们这么久，不会耽误你吧？"

"小事，早点儿回去也是和他们混在一起，说实话，很无聊。"

车窗旁的景色逐渐开阔，沈辞音将窗户打开一条缝，春日呼啸的风灌入，吹得人心情都舒爽许多。路敬宣很会社交，虽然人看起来吊儿郎当不怎么靠谱，但朋友多、见识广，和方芮珈这种同样外向的人很聊得来，一路上没有想象中的尴尬和沉默，气氛反倒十分融洽。

车辆驶进市区时，路敬宣看了一眼导航："我要去朋友的会所吃饭，你们家住哪儿？先把你们送回去？"

方芮珈连忙道："真不用，已经很麻烦你了，在路边停下，我们自己打车就行。"

路敬宣象征性地邀请了一下："这家会所挺适合休闲的，要去玩一玩吗？"

方芮珈摇头："谢谢你的好意，但这个地方我们消费不起。"

路敬宣心想，沈辞音在这儿，所有账都可以记言昭头上，完全不用担心钱的问题。但他也没勉强："行，会所附近也好打车，待会儿我就把你们捎到门口。"

沈辞音说："今天真的谢谢你。"

"小事一桩，兄弟的朋友就是我的朋友，举手之劳而已。"

车拐弯，驶进会所区域，刚刚停稳、熄火，一个红色的人影比门童还要快，火急火燎地从大门口冲过来："路敬宣！你和我分手就是因为这个女人？！"

后座车门忽地被拉开，沈辞音就坐在门边，还没反应过来，被一股外力猛然拽了出去，越野车底盘高，她脚没踩稳，差点儿摔了一跤。

"你疯了吗？"路敬宣吓了一跳，急急忙忙跳下车，"你赶紧松手！这是言昭女朋友！"

女人紧拽着沈辞音的衣服："你骗我！言昭什么时候交过女朋友？你当我是傻子吗？！"

方芮珈急忙跟着跳下车，将那个女人扯开："你有病吧？抓我朋友干什么？"

一番拉扯后，女人的手被拽开，沈辞音咳嗽了几声，急促地喘息，白皙的脖子上被衣领勒出一道浅浅的印记。

方芮珈挡在沈辞音身前："不分青红皂白污蔑人，你什么素质啊？我朋友要是受伤了怎么办？！"

会所门口围了一群人，都跑来围观，看热闹不嫌事大，议论声越来越大。

"快走，快走。"路敬宣不耐烦地挥手，驱散众人，"看什么呢？"

那个女人一看车上下来两个女生，顿时知道自己猜错了，路敬宣根本不是带着所谓的新女友去爬山约会，只是别人路过他的车，看见他车里有陌生女人，就告诉了她，她因一时头脑发昏而曲解了含义而已。女人瞬间惊慌失措，手都不知道往哪儿摆："对不起啊，对不起，我一时心急……你没事吧？"

沈辞音挥了挥手："没事。"

有旁观的人说："先赶紧扶她进去休息一下吧。"

沈辞音摇了摇头："我没事，没受伤。"

她就是被扯下车而已，身体没那么脆弱。

方芮珈也被吓到了，还惊魂未定的，同意那个女人的说法，劝说沈辞音："你先进去休息一下吧。"

沈辞音拗不过他们，只好往里走。

大门口还剩下路敬宣和那个女人。

"你有完没完？"路敬宣烦躁极了，"你有新欢了还问我为什么分手？"

"那还不是因为你根本不把我当女朋友对待！"

"女朋友这个身份怎么来的你不清楚吗？向我家里施压，非要我屈服，我这不是如你所愿？"

女人哭道："你根本不爱我……"

路敬宣懒得理她："你又有多爱我？你爱我你能找别人吗？"

沈辞音在会所大厅的沙发上坐下，服务员端来热茶，又给了她一条热毛巾。门口看热闹的人也零散地回到会所内，任由路敬宣和前女友继续争吵。

很显然，"言昭女朋友"这五个字比路敬宣这出分手大戏还要让人震惊且感兴趣。沈辞音低头喝着茶，感受到身侧传来的目光压力，只当没看见。她没动静，周围人也不说话。时间一秒秒地流逝，大概五分钟后，终于有人按捺不住，问："那个……你真是言昭女朋友？怎么从来没见过你，你们才谈的？"

沈辞音抿唇道："不是。"

她想了一下，补充道："我们还不是男女朋友。"

话音刚落，四周突然冷了下来。

沈辞音察觉到不对劲，顺着众人的视线回头，话题中心的男主角似乎是刚到，正在她身后不远处站着，脸上没什么表情。

沈辞音看见言昭的脸，想起刚刚的话被他听到，心跳猛然漏了一拍，匆忙将头扭回去，背对着他。气氛十分微妙，众人的目光摇摆不定。

"有什么好看的？"言昭似笑非笑，眼里没有一点儿温度，"你们没自己的事情要做？"

他的话很有分量，他一说完，周围人纷纷散开，目光却还若有似无地看着这边，关注着动静。他没理那些视线，走过来，低头直接问沈辞音："哪儿受伤了？"

"没有。"沈辞音脖子上的红痕也消退了，她指给他看，"就是衣服刚刚被扯坏了一点儿，芮珈给我去买新衣服了，换掉就行。"

言昭伸手过来，沈辞音要躲，没躲开，被他按住肩膀，强硬地抬起下巴。言昭仔细看她颈侧，手指轻轻摸了摸，确认真的没事了，才将手松开。还好人没事，路敬宣给他打电话，丢下一句"沈辞音出事了"就挂了，言昭的心一下就悬到嗓子眼，几乎是一路飙车过来的。结果一来，他就从她嘴里听见他不愿听的那句话。

他的手撤走，沈辞音拢了拢衣领，沉默不语。

言昭退后一步，在原地立了会儿，转身走开。

路敬宣正蹲在会所门口抽烟，被言昭从身后不轻不重地踹了一脚，他没躲，认命地举起双手："这次是我的错，我有责任，你打我，我都没意见。"

言昭问："处理好了？"

"差不多吧。"路敬宣吸了一口烟，"彻底断掉了，烦死。"

路敬宣见言昭不说话，回头："来一根吗？"

言昭转头看了一眼大厅里还在那儿坐着的沈辞音，收回视线，从路敬宣手里接过了烟。

沈辞音心不在焉地看着手机，十分钟后，方芮珈拎着袋子走进会所："快去换吧，要我陪你吗？"

沈辞音接过袋子："不用，你在这儿等我一会儿吧。"

服务员带着她走上二楼，墙壁瓷砖透亮，反射着头顶明亮的光。言昭站在走廊里，半倚着墙壁，听见脚步声，他掀起眼皮，目光先集中到沈辞音身上，再看向她侧前方的服务员，微微侧头，服务员接受示意，转身下了楼梯。

走廊就剩他们两个人，沈辞音看着他，不知道该说些什么，在原地停顿许久，才转身开门："我先去换衣服了。"

"后悔那时的决定吗？"言昭突然问。

沈辞音握着门把手的手顿住。重逢至今，这是他们第一次提起这个话题，一个谁都不愿揭开的伤疤，藏着血淋淋的痛苦。

沈辞音低头，手指无意识地摩挲着金属把手，沉默了许久，才轻声说："如果再来一次，我还是会做那样的选择。"

根本不是后悔与否的问题，而是他们当时已经走进了死路，除了分道扬镳，没有更好的办法。

"对不起。"沈辞音沉沉地呼出了一口气，终于能够说出这句话，"当年是我执意要坚持自己的选择，如果你因此到现在都还很不甘心，我……我也不知道该怎么办。"

"不甘心。"言昭轻笑一声，"我确实很不甘心。你之前不是说要和我两清？沈辞音，你告诉我，我们怎么两清？"

他走过来，推开门，攥住沈辞音的手腕，将人拽了进去，随后响起咔嗒一声轻微的门锁声。灯没开，屋内一片黑暗，沈辞音的脊背刚抵上门板，言昭的身体紧接着压了上来。他的掌心扣住她的颈脖，迫使她扬起下巴，吻落了下来。

他的动作带着来势汹汹的力度，沈辞音费了很大力气挣开，抬手按下墙上的开关，啪的一声，光亮将一切照得无所遁形。

言昭仍旧保持着贴近的姿势，此时只能听见两个人很浅的呼吸声，谁也不肯退让。在沉默的对峙中，沈辞音先开口："我要换衣服，请你出去一下。"

"就在这儿换。"言昭一副不以为意的模样。

沈辞音提着衣服拒绝："你在这儿我换不了。"

言昭转过身："你换吧。"

沈辞音快速换完衣服，说了一句："我换完了。"

言昭转回身，沈辞音始终垂着头，将换下来的衣服扔到他怀里："满意了？"

她的语气冷冰冰的，言昭却笑："闹脾气？"

"我哪儿敢？"沈辞音有种平静的无力感，闭了闭眼睛，"你现在是老板，是 VH 最大的股东，只要你一句话，我明天就可以被公司开除。"

言昭轻轻挑眉："我为什么要开除你？"

沈辞音停顿了一下，轻声说："你恨我。"

言昭说："所以你觉得我是要报复你？"

见她默认，他反倒笑起来，慢条斯理地说："如果我真要报复你，开除反而是便宜你了，反正我什么手段你也是知道的。"

沈辞音说："这么多年过去了，你一定要这样吗？"

"我怎么样？"言昭将话题重新抛给她，又往前一步，自己的脚尖抵上她的脚尖，有一搭没一搭地拨弄。

他弯下腰，脸颊贴近，声音放轻，重复："你说，我怎么样？"

沈辞音能感受到他的鼻尖近在咫尺，唇瓣若即若离。她扭过头去，却被他捏着下巴又扭过来，同一时刻，她的口袋突然亮起朦胧的光，带着振动的音乐声持续地响，不合时宜，在这时却像救命稻草一般。沈辞音去拿手机："应该是我朋友打给我的电话，她——"

话音未落，剩余的话语被他吞没，沈辞音的手指被迫松开，手机重新落回口袋里。单调的旋律重复地响，渐渐被亲吻的声音淹没，直至彻底听不见。

沈辞音能听见自己急促的呼吸声，听见自己剧烈的心跳声。

她到底该怎么面对他？九年前她就已经看清，他们根本不是一个世界的人，现在强行在一起只会两败俱伤，相安无事、毫无波澜地各自安好是对他们都好的选择。可为什么，他偏偏不放手？

她明明已经下定决心，要和他划清界限，可他总是不受控地靠近，一步步地试探她的底线，侵占她的生活和思绪。

沈辞音自认对其他任何人任何事都能平心静气地对待，游刃有余地处理，唯独对言昭，她最不擅长应付。九年前是这样，九年后也是这样。他好像永远是她人生中的例外，是打破她循规蹈矩生活的另一种冲击力。她不想把自己摆在这样一个欲拒还迎的位置，想狠心断掉联系，可言昭总是不给她机会。

"言昭，我们能不能——"

仿佛知道她要说什么，言昭开口打断："不能。"

他这辈子注定要和她纠缠到死。

见和他说不通，沈辞音只好另起话题："我需要点儿时间冷静一下，理一下我们的关系。"

言昭刚要说话，被她用手掌捂住嘴，她说："这不是请求，这是通知。"

言昭看她表情坚定，轻轻将她的手揭下："我明天去 M 国，去一周左右。"

沈辞音不懂他为什么突然说这个，但还是低低嗯了一声，表示知道了。

"一周够吗？"

"什么？"

"不让我见你，就这一周，够吗？"

室内静得落针可闻，她顿了一会儿，才说："太短了。"

他笑："那你要想多久？盘算着怎么彻底和我断掉关系？"

沈辞音反问："难道你很享受现在这种状态吗？"

藕断丝连，要断不断，游离在正常男女关系之外，但又算不上毫无感情。

"一般般吧。"

沈辞音本想说"看吧，你也是"，没想到紧接着，言昭就轻描淡写地说："总比和你当陌生人好。"

她突然感到心口震颤，一时语塞。

言昭看着她："无论你怎么想都没用，沈辞音，我不会变。"

或者说，一直就没变过。

两个人收拾好后，沈辞音跟在言昭后面走出房间，转身将门关上，绸缎似的黑发落在肩头，隐隐约约露出一点儿耳尖，有些红。言昭伸手捏了捏她的耳朵，顺势滑过她的后脑勺，再垂下手去，握住她的掌心，和她十指相扣。

掌心触感温热，沈辞音想抽回手："楼下人很多，会被看见。"

言昭紧握着她的手不放，无所谓道："看见又怎么样？"

就是给他们看的。

沈辞音争不过他，只能任他牵着，正大光明地往门口走。方芮珈正歪在沙发里玩手机，听见脚步声，抬头，在看到两个人相牵的手时愣住了。

沈辞音注意到她的视线，掩饰般地将手抽出来，言昭没再挽留，手插进口袋里，问道："去哪儿？我送你们。"

方芮珈张了张口，没敢说话，用询问的目光看向沈辞音。

沈辞音朝她轻轻点了点头，方芮珈轻咳两声，说："我们本来是要去吃烤肉的……呃……其实我回家吃也可以。"

言昭笑："走吧。"

他们走到车边，沈辞音本想和方芮珈一起坐后排，但言昭主动拉开副驾驶位的门，懒散地倚着，意思再明显不过。

沈辞音看看他，只能钻进去，方芮珈一个人坐进后座，目光游移在前座的两个人之间。她掏出手机给沈辞音发信息：**怎么说？我需要自觉地消失吗？**

沈辞音回她：**不用，我们吃我们的。**

方芮珈又问：**在一起了？**

沈辞音指尖顿了一下，回复：**没有。**

九年的时间，哪儿有那么容易跨越。她甚至不敢想，当初的那道裂缝，在两个人心里究竟修复了没有。

等到了烤肉店门口，沈辞音下车，回头看了一眼言昭，和他道别："再见。"

"一周后见。"他问，"有想要的礼物吗？"

"没有。"意思是不用给她买。

言昭不以为意："好，那我就自己挑了。"

沈辞音："……"

这一天过得并不算太顺利，沈辞音晚上回到家时，卸力般地倒在了床上。她大脑放空，什么都不愿想，干脆拿出手机，随便找了一个游戏来打发时间。玩着玩着也有些无聊，她退出游戏，点进微信，开始看朋友圈。

上次在 C 市，郭菡组织的那场聚会让她有机会加了一些以前的同学的微信，他们很显然比沈辞音活跃得多。她顺着朋友圈动态一条条看下来，回想着当时他们在班级里是什么样子，和她有什么交集。

看到孙凡发的朋友圈时，她想起来了，他是他们班的体委。沈辞音在宁川中学唯一一次参加运动会，就是孙凡劝她参加的。

那个课间，之前从没和她说过话的孙凡拿着运动会报名单来找她，第一句话就是："沈辞音，体育课的时候看你跑八百米跑得挺靠前的，水平怎么样？"

镜框在鼻梁上往下滑，被她推了上去，她抬头回答："三分三十秒左右。"

"挺不错，考虑代表我们班参加运动会吗？"

"我？"沈辞音有些意外，"有两三个女生跑得比我还快，轮不到我吧？"

"一个人只准报两个项目，她们体育好，都报了别的项目，你看看我们班，积极性太低，每个项目两个人的名额都很难报满。"孙凡苦恼地劝道，"成绩不重要，就当是为了集体荣誉感，参加一下吧？"

笔尖在草稿纸上顿了又顿，她最终答应下来："可以。"

"原来你这么好说话？"孙凡震惊道，"我还以为你很高冷呢，都做好了被拒绝的准备。呸，呸，呸，我怎么把心里想的话说出来了？对不起啊，当我没说，我先走了。"

沈辞音望着他远去的背影，低下头继续写作业。

等放学铃响后，同学们陆陆续续收拾书包走了，班级里渐渐空了，沈辞音却没动，抽了一张卷子继续做。

一个人站在她桌前，她头顶响起声音："打扰一下。"

她抬头，一个书卷气的男生站在桌边，她认出来，是班里排名前三的赵呈，长得斯文清秀，成绩也很好。赵呈手中拿着一本习题集："有一道数学题，我想和你探讨一下，你现在有空吗？"

"我？"

"对。因为我发现你数学很好，李老师上次还在全班面前夸了你。"赵呈说，"这道题只有答案没有解题过程，所以我想来问问你有没有思路。"

他有点儿紧张，不太敢看她的脸，视线飘忽不定，脸颊微红。

沈辞音没察觉出来，只是说："好啊。"

赵呈在她前座坐下，反跨着椅子，和她面对面，看着她低头解题。窗外夕阳渐落，教室头顶的白炽灯明晃晃地亮着，教室里只剩他们两个人，冷清清的。赵呈说："对了，现在已经放学了，你是不是急着回家？明天再做也可以的。"

"没关系。"笔尖不停，她头也不抬，"我不急。"

宁川中学的高二是准点放学，高三由于冲刺高考，会在放学后再多上一节晚自习。沈辞音通常会一个人在教室里多待一节课的时间，和高三一起下课。反正回家也是一个人，在教室学习反倒更能沉得下心。

两个人一前一后，在一张草稿纸上写写画画。

咚咚，突兀的敲门声响起，打断沈辞音的思路。她抬头看去，言昭不知道什么时候来了，顶着一张俊脸，单肩背着一个黑色书包，迈着长腿踏进教室，往她的方向走来。

沈辞音惊讶道："言昭？"

言昭绕过书桌，将包扔在桌上，拖开她同桌的椅子，理所当然地坐下，身体懒散地向后靠。

赵呈转头看着他，轻轻皱眉。言昭对他回以挑衅的微笑，话却是对着沈辞音说的："不用管我，你们继续。"

言昭嘴上礼貌，可人坐在那儿，存在感极为强烈，根本让人无法忽视。

　　沈辞音感觉自己被分了心，思考变得迟钝，连刚刚和赵呈说到哪儿都忘了。她放弃道："这题有点儿难，你可能去问李老师比较好。"

　　"嗯。"赵呈站起身说，"我回去也多想想，如果有新思路再和你分享。"

　　言昭笑了，突然问赵呈："你是竞赛生？"

　　赵呈愣了一下："不是。"

　　"是吗？"言昭漫不经心地说，"那这题可以不用管，这是竞赛题，高考不考这么难的。"

　　沈辞音问："竞赛题？"

　　言昭答："不算正经的竞赛题，训练思路用的。"

　　沈辞音又问："你搞过竞赛？"

　　"不算。"言昭单手转着她的笔，"练过手而已。"

　　"是吗？"赵呈面露尴尬，干笑两声，"我做题做到的，也没想到会这么难。既然是竞赛题，那就不用再花时间了。"

　　说完，他似乎是一刻也不想多待，飞快地收拾书包离开了。

　　言昭等人走了，才轻嗤一声。

　　教室里只剩他们两个人，沈辞音问他："你怎么来了？"

　　"刚下课，因为拖了会儿堂，不然来得更早。"

　　"不是问这个，你为什么来找我？"

　　"饿了，想去吃面。"

　　"你家里没有面吗？"

　　"有，但没有南城味道的面。"

　　沈辞音有点儿意外他居然会喜欢吃上次的面："你喜欢？"

　　言昭看了她一眼，笑着嗯了一声："喜欢。"

　　他站起身，拿起她的书包放到桌上："走不走？你一定要等到高三下课？"

　　"等我收拾一下书包。"沈辞音将笔袋和卷子往包里塞，随口疑惑道，"你怎么知道我要等高三下课才走？"

言昭没答，只是提醒她："眼镜。"

"哦。"差点儿忘了。她将眼镜摘下，放进眼镜盒，一并收进书包里。

熟悉的面馆，熟悉的天桥，熟悉的月亮。

两个人并肩走着，夜风凉凉地吹着。

言昭侧头看沈辞音："今天那个男生，第一次来找你吗？"

"嗯，他说发现我数学很好。"沈辞音觉得巧，"今天体委也来找我，说发现我跑八百米跑得挺快。"

"是吗，都发现你的好了？"言昭语气遗憾，"真可惜。"

沈辞音疑惑："可惜什么？"

他微笑，并不说话。可惜我比他们更早发现。

送沈辞音去烤肉店以后，当晚，言昭回了一趟言家。

别墅里安安静静，巧克力原本趴在地板上打盹，听见动静，啪嗒啪嗒地跑到门边，摇着尾巴热情地往言昭身上凑。言昭弯腰，在巧克力头上揉了两下，起身往客厅走去。崔姨听见声响从厨房跑出来，手指在围裙上擦了擦，她连忙问："小昭回来啦，怎么也不提前说一声？吃晚饭了吗？"

"吃过了。"言昭随口问，"言蓁呢？"

"蓁蓁出去吃饭了，说今晚迟点儿回来。"

言昭颔首表示知道了，交代道："我明天去国外出差，一周不回来。"

"好。"崔姨掏出备忘录记下来，拍了拍自己的脑袋，"哎呀，我最近记性好差，得靠写下来才行。"

崔姨看着备忘录，想起了什么，脸上带着感激的笑容："哦，对了，小宇的事真的不知道该怎么感谢你，他上次打电话来和我说事情已经全部搞定了，对方不仅同意赔偿而且还来道歉。他的身体也养得差不多了，快出院了。我让我老公这次来宁川的时候带了一些土特产，是自家养的土鸡还有鸡蛋，改天熬汤给你们喝。"

小宇是崔姨的儿子，农村出身，学历不太好，在宁川发展屡屡碰壁，最后经人介绍，去了一个高档小区当保安。他为人老实巴交，前段时间却和某个住户起了点儿冲突，被对方故意开车撞倒，对方仗着没监控记录，趾高气扬不负责任。小宇躺在医院半个月都无人问津，连医药费都是自己先垫付的。

那段时间崔姨急得不行，工作都心不在焉，差点儿就要和言家提预支薪水，最后事情被言昭摆平了。他对此不以为意："没事，有问题再和我提。"

崔姨连声感激。

"还有一件事，我爸妈月底回来。"

崔姨应声，转而笑："这次回来，他们要是知道蓁蓁比你先谈恋爱了，又得念叨你的终身大事了吧？"

言昭笑了一声，没接这个话题，只是说："蓁蓁和陈淮序的事您别和我爸妈提，让他们自己解决。"

"哎，好。"

第二天清晨，言昭按惯例早起，带着巧克力去湖边小径晨跑。别墅区远离市中心，没什么噪音，铺设的人工跑道顺着湖边延伸，一路都是茫茫的湖景。

天际还没完全放亮，吹拂而来的风带着些许凉意，四周的别墅隐在一片宁静里，他只能听见自己奔跑时有节奏的喘息声。巧克力跟在他身后欢快地跑，一人一狗，一黑一白，风一样的弧线。

天光渐亮。跑完一趟，流了不少汗，言昭站在路边，随手将额前被汗打湿的黑发往后捋。他拧开瓶盖，捏紧瓶身，仰头喝水。喉结上下滚动，溅出的水沿着脖子往下流淌，细密的水珠在阳光下闪着细碎的光，被吞咽的动作抖落。

巧克力本来埋头在一边的草丛里嗅来嗅去，注意到了什么动静，突然不嗅了，往不远处看去。

言昭扭头，一个老人坐在轮椅上，被保姆推着过来了。这里的别墅区环境清幽，很多退休老人在这里养老，早晚遇到出门散心的熟人长辈，都是常有的事。这个老人和言蓁上次饭后遛狗就遇到过。

"小昭早上出来跑步锻炼啊。"老人笑眯眯地打量他，"真不错。"

言昭摘了耳机："您最近身体还好吗？"

"好，好得很。"老人挥了挥手，"你最近怎么样？公司都还顺利吧？"

"很顺利。"

"那就好，那就好，事业稳定了之后，也要开始考虑家庭了。听说你一直没找对象吧？我们家有个小辈，那姑娘就见过你一面，但特别惦记你。"老人感慨道，"我也正想联系你妈妈呢，看看能不能安排个时间，你们年轻人交流一下。"

言昭对此见怪不怪。但凡年长一辈的人见到他，都要借关心之名问一嘴他的感情生活，倒不是因为多么好奇，而是他身为言氏集团继承人，无疑是个香饽饽，和他沾点儿边的都能获得巨大的利益，多少人巴不得凑上来攀点儿关系，更别说结婚这种事。毕竟结了婚，就是名副其实的言氏女主人。

言昭将瓶盖拧上，笑了一下："我有女朋友了。"

"哪家姑娘啊？能把你这么心高气傲的人给收服？不会又是找借口吧？"

"有机会带给您见见。"他笑，抬起手腕示意道，"时间很紧，我待会儿还要赶飞机出差，先走了，您慢慢逛。"

言昭飞往 M 国，沈辞音则开始全心全意回归工作。她日常就办公室和家里两点一线，生活规律，循规蹈矩，一颗漂浮不定的心也渐渐落了下来。果然，只要言昭不来招惹她，她完全可以做到心如止水。

周二，沈辞音突然接到了一个京大博士学姐的电话。沈辞音的硕士导师这周四过六十岁生日，课题组的学生们策划着给教授办一场惊喜的寿宴，想把以前他手下的毕业生们都聚集在一起。学姐问沈辞音在不在京市，这周能不能来。

老教授为人和蔼，一生心血都献给学术，对学生从不压榨，倾囊相授。沈辞音跟着他的那两年受益颇多，对这位教授一直心存感激。

沈辞音挂掉电话就决定要去，起身去 Freda 办公室和她请了一天半的假，回到工位上开始订机票，恰巧看见工作群里，胡立发起了一个群投票，标题是"VH 市场大家庭团建目的地"。

胡立看见她，叫道："哎，辞音，你回来得正好，选团建地点了，赶紧投票。"

沈辞音看着选项，问："大家都选哪里？"

两天一夜，又是在宁川周边，对她来说去哪儿都无所谓。

"目前想去爬山、露营和看日出的人最多。"胡立说，"附近开车几个小时能到的不就是溪山？风景特别美，日出一绝。"

沈辞音叹气："我上周末才去爬过山，不过是个小山。"

胡立说："那你也可以选别的，农家乐钓鱼这种也行。"

沈辞音看了一眼投票数明显领先一大截的选项，知道自己选其他的也改变不了什么，只说："我都行。"

大不了再爬一次山。

盛倩在一旁按着键盘，沈辞音朝她交代道："我周四要去一趟京市，周五中午回来，工作上有问题你去问迟晓莹或者胡立。"

盛倩摆了一个敬礼的手势："Yes, madam!（好的，女士！）"

周四一早，沈辞音坐飞机去了京市。现在距离她离开京市也不算太久，但这短短一个多月发生了不少事情，她甚至感觉到自己在这段时间的心情波动比在京市的九年还要多，还要汹涌。

下飞机后，她先乘地铁到了酒店，在附近的餐馆随便吃点儿东西垫了垫肚子，随后回到京大，和学长学姐们会合。

夏教授今年六十岁，沈辞音是他带过的最后一批硕士生之一，等现在这批在读博士生毕业后，他就准备彻底退休，所以今天这场寿宴，说是一场谢师宴也不为过。

沈辞音今天穿得很简单，长袖和牛仔裤，扎了一个低马尾，走在校园里甚至被当成在校生问路，她没多解释，只给对方指了正确的方向。恍惚间，她有种回到校园时期的感觉。

晚上的寿宴定在教授家里，由几个组里的学长学姐亲自下厨。沈辞音倒是会做饭，但仅限于能填饱自己肚子的水平，不太好意思拿出来秀，于是就在旁边打下手。

博士学姐洗着菜，余光瞥了沈辞音一眼："你有点儿心不在焉。"

"有吗？"沈辞音回神。

"一直，你自己是不是注意不到？"学姐笑着说，"你看看你切的菜。"

沈辞音低头一看，这才发现本该切丝的土豆被她全部切成了丁。

"不好意思。"她连忙道歉，"我再去买一点儿土豆吧。"

"不用了，现在也来不及了，我来切吧，你去洗菜。这么心不在焉的，我都怕你不小心切到手。"学姐接过刀，随口问，"是工作上的事情吗？"

沈辞音顿了一下，含糊道："算吧。"

学姐安慰道："别给自己太大压力，凡事顺其自然。"

沈辞音问："但是，顺其自然，会不会有不可控的危险？"

学姐笑了："人不是万能的，超出自己能力范围之外的事，就不要强行控制。"

不要强行控制吗？沈辞音想着。可是如果放任事情发展下去，最终会不会彻底失控？

众人忙碌了一下午，接近傍晚时分，大家入席，客厅的餐桌旁挤满了人，都围成一圈。

夏教授看见他们这些已经毕业的学生很高兴，拿起杯子就要陪他们喝两口，被妻子抢过酒杯，说他身体不好不能喝酒。他装模作样地责怪，妻子回呛，两个人吵着吵着笑起来，学生们也跟着大笑。

沈辞音看着这对老夫妻甜甜蜜蜜的样子，忍不住也笑。

一旁有人看到，将话题转到她身上："说到交换生，辞音是不是本科时去国外交流过一学期？"

沈辞音突然被提及，愣了一下："是的。"

"哪个国家？"

"M 国，在 N 市。"

"N 市啊，N 市是个不错的地方。"

她应了一声。

"除了 N 市，交换的时候去哪儿玩了吗？在 M 国旅游还是不错的。"

沈辞音抿了一口可乐，想了想："没去什么地方。"

"没有特别想去的地方吗？"

想去 B 市看一看，但最终没去成。她垂眸，没说出口。

有人出声："我记得！辞音那时候在 N 市还弄了一个乐队是吧？发过朋友圈宣传来着。"

提起这个，沈辞音难得有些不好意思："临时凑的，当时是一个慈善活动，他们乐队的吉他手突然生病了，主唱揪着班级里每个人问一遍会不会乐器。"

主唱是个白人女孩，叫 Maggie，性格极其乐天，听说沈辞音会拉小提琴，想也不想就惊喜地拉她入队，理由是小提琴有弦，吉他也有弦，演奏起来肯定有相通之处，她一定可以。沈辞音对这个理由非常震惊，但架不住对方热情，被赶鸭子上架。好在她之前也算玩过一点儿吉他，不算从零开始，但也只限于入门级别，根本达不到乐队演奏的标准。

可想而知，慈善活动当天，他们的演出是多么灾难。她记得那天，太阳特别好，他们在草坪上围了一个圈，不怎么熟练地配合，原本流畅的乐曲被她不断走弦又慢拍的吉他音带偏，听起来十分古怪。

不知是谁开始笑，到最后整个乐队都在乱弹，也不知道在演奏什么。阳光暖融融的，草坪上满是笑声。合奏声虽然很难听，但很奇妙，沈辞音在当时感受到了音乐的乐趣。乐队自嗨，演奏得乱七八糟，完全忘了募捐这回事。校园里人很多，周围游客来来去去，却没几个游客驻留在他们这儿，沈辞音一度以为他们的慈善之旅就要这么滑稽地结束了。

Maggie 从人潮中挤过来，举着手机："结束了。"

"什么结束了？"

"我们募捐到目标金额了！"Maggie 展示着手机屏幕，兴奋至极，"刚刚，一位匿名的慈善家在我们这儿超额捐款，虽然没留名字，但留了备注。"

大家好奇："备注是什么？"

"备注是：for music（为了音乐）。"Maggie 很开心，"你看，音乐就是灵魂的共鸣！他一定是感受到了我们摇滚的灵魂！"她叫道，"哦，不！我必须请他喝酒，你们等着，我去找他！"

片刻后，她风风火火地回来了，面露沮丧。

"他走了。"她遗憾地耸肩，"帅气的东方男孩，说是要赶回 B 市，时间来不及。"

沈辞音那时候对 B 市这个地方很敏感，抬头往 Maggie 来的方向看了一眼，却什么都没看见。怎么可能是他，他们早就没了联系。

沈辞音思绪回笼，话题已经被转移，她趁气氛热烈，悄悄地离开饭桌，走到阳台上去透透气。

阳台角落有一株盆栽养得很好，她蹲下身看。手机上恰好有新消息进来，她回复了一句，退出，因为最近没有跟言昭聊天，她和言昭的对话框被挤在首页聊天列表的最下面，快要离开首页了。

她点开言昭的对话框，看着言昭的头像，不知道该说些什么。

沈辞音小的时候，靳文素送她去学过古典舞。舞蹈对身材要求很高，靳文素严格控制她的饮食，不允许她吃一丁点儿垃圾食品。

沈辞音放学路上有一家炸鸡店，她每次路过，饭点时刻的饥饿感会让炸鸡的香味变得更加诱人。她想吃，特别想吃，可是靳文素不许。得不到的东西总是让人内心更加渴望，有一次她实在没忍住，跑进店里买了一对鸡翅，大快朵颐，本以为瞒得天衣无缝，可后来还是被靳文素发现了她衣服上的油点。

她不擅长撒谎，一五一十地全部交代。靳文素没有打骂，只是用那种很平静的眼神看着她，告诉她："既然管不住嘴，那从今以后，你不要学舞蹈了。"

这种宣告比任何骂词都要可怕，小时候的沈辞音哭了很久，反复承诺自己再也不会犯这样的错误，才让靳文素最终松了口。

但这段经历深深地印在了她的人生里。她怕自己抑制不了渴望，怕承受后果，她最终选择放学后绕更远的路，彻底避开那家炸鸡店，这样就不会有机会被诱惑。她很笨，只能采用这种极端的方法。强迫自己离得远，离得越远越好，只要见不到，就算渴望，也没有机会被动摇。这是她对自己的"控制"。可她到底该拿言昭怎么办呢？

沈辞音看着微信界面发呆的时间过久，拇指一直悬在屏幕上方，直到身后传来一道声音："你在这儿蹲着做什么？"

突如其来的人声吓了她一跳，那人挨着她蹲下身，拍了一下她的肩膀。沈辞音手一抖，手指落下去，不受控制地在言昭的头像上碰了两下。对话框立刻跳出来一条提示：你拍了拍"Y."。

完了。来不及有更多操作，她慌忙按灭手机屏幕，转过手腕将手机朝下，扭头防备地看着来人："怎么了？"

男人讪讪地笑："我看你一个人蹲在这儿，还以为你不舒服。"

"没事。"她站起身，有些尴尬地清了清嗓子，"我看看盆栽。"

"哦——"男人拖长语调，"那赶紧进去吧，大家在切蛋糕了。"

因为教授年纪大了，大家也不能打扰他太久，一番喧闹后，告别着离开了教授家里。从这里到酒店的路程不算太远，众人决定步行回去，顺便消消食。

同样是大城市，京市和宁川的夜晚没什么不同，都是流光溢彩的高楼大厦。沈辞音抬头，一轮月挂在空中，被斑斓的霓虹灯衬得黯淡。她提着一袋子学校的纪念品，口袋里的手机突然响起铃声，她单手拿出手机，没看清来电人就接起电话："你好。"

"沈辞音。"言昭叫她的名字。

她脚步顿了一下。

"你大早上'拍'我是什么意思？"他的声音还有点儿沙哑，像是刚睡醒导致的，但含着笑，"不对，你那边应该是晚上。"

沈辞音没吭声。

他问："想我了？"

她咬牙道："点错了。"

"你不点进对话界面，怎么会点到我的头像？"

沈辞音找不到理由蒙混过去，面子挂不住，她小声道："你爱信不信。"

言昭笑，又问："在家？"

"没有，在京市。"她这才发现自己聊着聊着居然比前面的人落后一大截，于是加快脚步，"导师过生日，赶来祝寿。"

"嗯，玩得开心。"

她没话可接，电话两端突然都静了下来。电流声轻微地在耳边蔓延，她能听见言昭那边的起床声、穿衣服声、走动声，细碎却真实，密密麻麻地钻进耳朵里。彼此无声持续了好一会儿，沈辞音不知道他在不在听，心里突然有个奇怪的想法，轻声开口："我在 N 市乐队那次——"

"是我。"

沈辞音顿在原地。同伴们的背影离她越来越远，欢笑声飘过来时，模糊地从她耳边擦过。街旁汽车飞驰，轮胎在柏油路面上摩擦，发动机的轰鸣声一闪而过，沈辞音握着手机的手指渐渐发紧。她明明站在喧嚷的路边，却好像什么声音都听不见了，只有那句"是我"，清清楚楚地在她脑海里回荡。他甚至没有问，就知道她在说什么。

真的是他，在他们不联系的两年后。

路口的红绿灯亮起绿色，前面的人转头呼喊沈辞音的名字，催促她快点儿。言昭听见她这边的动静，笑了一声："路上注意安全，不聊了。"

沈辞音挂了电话，急匆匆跑过马路，站在路边平复喘息，手心里的手机还略微发烫。

Chapter 05

想念

　　因为只请了一天半的假，上午飞机落地宁川，下午沈辞音就回到公司继续上班。然而，和她预想中周五下午的轻松氛围不同，市场部工位一片死气沉沉，所有人都埋头在电脑前闷声工作。

　　沈辞音问迟晓莹："怎么了？"

　　迟晓莹小声说："Freda 连今天上午的例会都没参加，在办公室对着电话发了很大的火，一整天都板着脸，大家怕撞枪口上，只能夹起尾巴做人。"

　　胡立就坐迟晓莹旁边，用工牌遮着嘴，偷偷摸摸地插了一句："听说是隔壁部门得罪了一个重要的客户，这客户还是 Freda 的人脉，现在要我们给他们擦屁股。"

　　沈辞音轻轻点头表示明白了，随后从提来的袋子里将纪念品拿出来分给大家："你们之前说想要我们学校的文创，我这次带了一些回来。"

　　"哇！谢谢！"

　　"这书签做得真漂亮啊！"

　　工位逐渐恢复了一点儿生机，大家围着袋子在里面挑拣，沈辞音的手机突然响起，屏幕上是一个从没见过的陌生号码。她接起电话，声音很轻："你好。"

　　"你好，是我，路敬宣。上次会所那事，我还没来得及和你道歉。"

　　听见这个名字，沈辞音顿了一下，将袋子放在胡立桌上，转身往外走去，找了个僻静的角落，说："没关系，是我们要感谢你，能把我们从山脚下带回来。"

"这都是小事……唉……其实吧，是杜玥，哦，就是那天把你从车上拽下来的那个女人，她想正式地向你道个歉。"路敬宣显然不擅长做这种事，语气十分不自然，"你看你有没有时间，请你吃饭。"

"她也不是故意的，我没有责怪她，不需要特地请我吃饭。"

"上次那事，圈子里人多眼杂，传开后，杜玥回去就被家里人训了，言昭算是给了我一个面子，没和她计较。唉，你别看他平时好像对什么都不上心，其实下手可狠了，徐家那小儿子在家被关了一个月呢。"

沈辞音嗯了一声："但真的不用，我没受伤，当时她也向我道歉了，不是什么大事。"

"她吧，属于被家里人惯坏了，无法无天、比较任性，但本性不坏。这次闹出这么大一个乌龙，她说要你的联系方式，可又不敢去找言昭，只能来找我，现在天天跑我酒吧里闹事，我也是被她烦得头疼，想赶紧把人送走。"路敬宣叹气，"这样吧，你就当给我一个面子，我做东，你们俩见一面，让她当面再给你道个歉，这事就算翻篇，怎么样？"

沈辞音也跟着叹了一口气，无奈地答应："好吧。"

周末晚上，沈辞音来到 *Last Universe*。

上次在这间酒吧留下不愉快的回忆后，她就再也没来过。此刻她站在门口，看着酒吧的标牌，突然发现大写的"L"和"U"凑起来不就是"LU"——"路"吗？

Last Universe 直译是"最后的宇宙"，听起来倒是挺浪漫的。

酒吧内依旧是迷离又热烈的氛围，大概是路敬宣提前交代过服务员，沈辞音一来，就被带去了二楼包间。

杜玥穿着一身黑色亮片吊带裙，看见沈辞音，急匆匆扑上来道歉，完全没有了那天的气势。沈辞音本来就没打算和她计较，没收她准备好的礼物，只喝了她请的一杯酒，算是把这事揭了过去。

两个人在沙发上坐着，杜玥突然抓住沈辞音的手，眼泪汪汪地说：“姐姐，你教教我，怎样才能让男人对你死心塌地？”

沈辞音差点儿被酒呛到，咳嗽了好几声，才找回自己的声音："什么？"

"我……我用了很多方法，我甚至和另一个人假扮亲密，但路敬宣一点儿都不吃醋，还抓住我的把柄要和我分手。"杜玥呜呜地哭，"你是怎么拿下言昭的？你教教我。"

沈辞音语塞："我们不是你想象的那种关系。"

"可是那天在会所，大家都看到他牵着你出来了，这么多年，这绝对是他第一次这样对一个女人。"杜玥很震惊，"你们没有在一起吗？"

"没有。"沈辞音又补充道，"我还没答应跟他在一起。"

杜玥连忙端来一杯酒："他对你真的很不一样，而且只对你特别，求求你一定要教教我！"

杜玥看起来年纪不大，二十岁出头，眼里澄澈无邪，却整天深陷情爱。沈辞音觉得有点儿头疼，不知道该怎么解释，再三思索后，她说："不要丧失自我，不要委屈自己，如果他不能欣赏你，说明你们无缘分，但是在这个世界的角落，总会有人爱着这样的你的。"

沈辞音坐在那里，那种沉稳冷静的气质就是天然的说服力，杜玥怔怔地看着她，眼里渐渐溢出泪花，仿佛真的被她劝动了。

没过一会儿，杜玥要走，上次闹事后她被家人设置了严格的门禁。沈辞音一个人在酒吧也无事可做，看了一眼时间，决定启程回家。

路敬宣要叫人送她，被她拒绝："走路五分钟就有个地铁站，我坐地铁回去就行，顺便逛一逛。"

"行，那你注意安全啊，有事电话联系。"

沈辞音走出酒吧门，视野变得开阔，耳畔嘈杂的音乐声淡去。她顺着路边往地铁站的方向走，吹着夜风，步伐速度很慢，一点点酒意攀上了脑袋，不足以让人醉，但又轻软地麻痹了部分神经。

沈辞音很享受这种微醺的状态。她有时候会在周末晚上一个人喝一小杯酒，窝在沙发里看一场电影，或者听着音乐发呆。这种半清醒半糊涂的状态让她十分轻松惬意，整个人轻飘飘的，什么都不用费力去想。

酒吧在市中心，路旁的高档店铺不少。沈辞音慢慢走着，目光从成排的橱窗上流连而过，定格在了高处的一个水晶球上。橱窗里是一架柜子，最上方摆着一个精致的水晶球，里面扬起纷纷大雪，落在精致的圣诞树和屋顶上。虽然现在是春天，但它让人一眼就能联想到圣诞雪夜的氛围。

她看着漂亮的水晶球，有点儿心动，可迟迟没有迈动步伐走进店里。

这家店里的东西看起来就价格不菲，哪怕只是一个小小的水晶球，肯定也十分昂贵，虽然她现在应该可以负担得起，但始终有种说不清道不明的犹豫，让她觉得不太值得。

在这点上，她和言昭截然不同。如果换成言昭，他看一眼，觉得自己想要，就一定会去主动得到，根本不会考虑成本，也不会犹豫退缩，这是他与生俱来的资本，是她所没有的勇气。

沈辞音仰头看了许久，正准备离开，就看见橱窗的玻璃上映出她身后一个模糊高大的身影。她的双脚停在原地，她一言不发地看着玻璃，玻璃上身后人的身影与她的身影重叠。那人慢慢走近，熟悉的清冽气息涌过来，夹杂着很清淡的香味，她根本不用回头，就知道来人是谁。

她有些惊讶，侧头问道："你回来了？"

"刚落地。"言昭简短地应道，手托着她的脸颊，旁若无人地在她唇上亲了一口。唇瓣碰触，浅尝辄止。

沈辞音被他突如其来的亲吻弄得愣了一下，刚想说些什么，越过他肩头看见路边陆陆续续地走来几个行人，笑声和交谈声传来，吓得她连忙躲藏在言昭怀里。

两个人在店铺的橱窗前就这样挨在一起，若是被人看见了百分之百要误会，她才不想经历这种尴尬场面。

言昭顺势搂住她，低笑一声："怕什么。"

等行人终于走了，沈辞音才探出头，将他推远了点儿："你怎么知道我在这儿？"

"刚到酒吧，你就走了，我往地铁的方向开了一段路，就看到你站这儿发呆。"

"这么巧？"

"不算巧，我本来应该下午到的，结果航班延误了。"

两个人面对面站着，身后橱窗明亮的灯光照射过来，他们落在地上的影子重叠在一起。沈辞音揉了揉自己的太阳穴，呼了一口气："我今天喝了点儿酒，不是百分之百清醒——"

言昭似笑非笑地打断她："这不是挺好吗？你只有在这种时候才诚实点儿。"

他往前迈了一步，她被逼得后退，差点儿要撞上橱窗，被他抓住手腕。他说："先去把东西买了，然后回家。"

沈辞音没反应过来，愣愣地问："买什么？"

"水晶球。"他说，"如果你盯的不是那个，把整个架子上的东西买下来也可以。"

"不值得，买回来没什么用处，放着也是吃灰。"

"那就吃灰。"

她愣了一下。

言昭停下脚步，低头看她："沈辞音，想要就说出来。"

最后从店铺出来时，沈辞音抱着纸袋，还有一种不真实感。

言昭要付款的时候，被她强烈阻止了，她还是自己买了单。水晶球的价格没有想象中的昂贵，获得它的那一瞬她是实打实地开心，至于之后，她不想管了。也许是酒精的催眠作用，她很久没有这么冲动地购物了，居然还有点儿兴奋。

她坐上言昭的副驾，系好安全带，抿唇说："今天麻烦你了。"

轿车在路上平稳地疾驰，车厢内气氛宁静，言昭放了轻缓的音乐，座椅柔软舒适。沈辞音开心过后，精神无比放松，她靠着座椅靠背，仿佛回到了在家独处的微醺时分，竟然慢慢地睡着了。

陡然惊醒的时候，沈辞音发现自己还在车内，但车已经停了。言昭坐在驾驶座上，扭头看她一眼："醒了？"

她起身看向窗外："到了吗？"

"到了。不过，是我家楼下。"

她糊涂了一下："什么？"

"我叫你了，但你不愿意醒，那能怎么办？"言昭笑，"你好像只能和我回家了。"

车窗半开，地下车库空旷冷涩的空气飘进来，让车厢内更显宁静。

沈辞音不确定地重复："你家？"

"我家。"

四周的车位停的全是各式豪车，一看这就是在高档楼盘，她环视一圈："你刚下飞机，还是早点儿休息，我先回去了。"

言昭单手捏着手机，漫不经心地拿着手机在手心里转，微笑着回应："好啊，那我就不送了。"

他答应得很轻易，不像他一贯强势的作风，反倒显得可疑。

沈辞音想着干脆出了小区打个车，于是推门下车。头顶灯光很亮，她没走多远，就发现这车库大得远出乎她的预料，而且跟迷宫一样。出口的指示牌遥遥地悬着，就算走过去，之后也不知道还要再拐几个弯。

她晚上喝得并不多，不算醉，但也有点儿脸热上头、身体松懒，一看这距离，瞬间丧失了靠腿脚走出去的欲望。她回头，发现言昭也下了车，似乎是笃定她会折返。他半倚在车边，懒散地守株待兔，撞上她的目光，朝她扬了扬眉。

沈辞音在原地踌躇了一会儿，返回车边，不怎么甘心地责怪他："你就不能再送我回去吗？"

言昭低笑一声，并未回答，左手还搭在行李箱的拉杆上，只将右手探过来，从她的腿根处轻松将她抱起来。沈辞音双脚突然离开地面，身体失去平衡，下意识地紧紧搂住他的脖子，不得不贴在他温热的脸颊边。

言昭手臂有力，单手抱她轻而易举，差点儿让她怀疑自己到底是不是个成年女性，更何况她并不矮。

远处传来汽车碾压减速带的声音在空荡的车库回响，见有人要经过，沈辞音有些紧张，急忙拽他的衣领，低头说："你赶紧放我下来。"

　　言昭一点儿不急，挑眉看她："跟我走？"

　　虽然是询问的语气，但摆明了不容许她有第二个答案。

　　沈辞音没得选："嗯。"

　　电梯叮的一声到了被选定的楼层，走廊一片幽静。沈辞音到门口站着，看言昭用指纹开了门，先把行李箱推了进去，再侧身让她先进门。沈辞音踏入属于言昭的领地。

　　门在身后关上，闭合的声音重重地响起，像是在她紧绷的神经上弹奏了一下。玄关的灯被点亮，紧接着客厅的灯也亮了，映入眼帘的是一整面的落地窗，窗外是璀璨的城市夜景，还有波光粼粼的江面。

　　沈辞音目光一转，客厅一侧有一面高大的木质书架，上面零零散散地堆了不少东西，只有中间突兀地空了一层，看起来很奇怪。

　　言昭一边走，一边问她："还喝酒吗？"

　　沈辞音的注意力从书架上抽离，摇了摇头。

　　言昭从冰箱里取了一罐饮料，转头看见她坐在沙发上，腰背挺直，动作有点儿拘谨，仿佛回到了高中时她第一次去他家的时候。

　　言昭用食指抵着拉环，单手将其拉开，他走到沙发边，将饮料放在她面前的茶几上。沈辞音身体前倾，双手去拿："谢谢。"

　　可手指还没碰到罐身，他突然将瓶子往后挪，她扑了个空，不明所以地抬起头，眼前突然一暗，紧接着，唇上被温热的触感覆盖。

　　沈辞音愣了一瞬。言昭用手掌托着她的后脑勺，弯腰吻了下来。

　　沈辞音那一点儿微醺的酒意在此刻被他的吻催化着，她忘了推开他。

　　呼吸声起起伏伏，不知道是谁碰到了沙发一边的袋子，塑料袋落到地毯上，里面的东西碰撞，发出一声清脆的响声，将人的思绪扯回现实。

　　言昭伸手将袋子拎到茶几上。沈辞音扭头，隐约记得那是他之前放在车后座、和行李一起提上来的袋子。

"里面是什么？"

"你说呢？"

盒子方形的轮廓让她有点儿反应过来了，她呼吸滞了一下，伸手要推开他，被他捉住手指，亲了亲指尖："我去洗个澡。"

言昭将她打横抱起来，走进卧室，扔在床上，随后拿衣服进了浴室。

沈辞音望着天花板，呼吸凌乱，还有种不真切的感觉。床垫柔软舒适，有一股属于他的气息，她陷在里面，身体被柔软包裹，酒意向上袭来，一旦闭眼，不过两分钟，绝对能睡着。

言昭从浴室走出来后，先去客厅提了袋子回来，将它随意地扔在床头柜，再去看躺着一动不动的人。他本以为她睡着了，转过她的脸颊一看，对上一双含着迷蒙微醺的漂亮眼睛。

"好乖。"他亲了一下她的唇，低笑着亲昵地夸奖，"真的在等我。"

沈辞音以为他误解了，反驳道："没有，刚刚回了一条微信消息，顺便玩了会儿手机——"

话没说完，她的唇就被他再次堵住。

言昭抽掉她手中的手机，扔到一边。他刚洗完澡，气息清新，带着一点儿未知的沐浴香气，湿漉漉地将她包裹，无孔不入地侵袭她的感官，让她变得迟钝又敏感。一切仿佛都融化了，神智、意识、快感……混混沌沌地飘浮在空气里。间隙，他低声问："想我吗？"

这九年，想过他吗？

沈辞音发丝沾上汗水，整个人是热的，她没有回答。他低头亲她的鼻尖，给出了自己的答案："我很想你。"

卧室内暖色调的光线柔和，缓慢抚平一室的躁动。

言昭抱着沈辞音，他细细地亲着她的脸颊，低声问她："冷不冷？"

她的肌肤上有细密的汗，后知后觉地袭上了些夜晚的凉意。她眼皮沉重，含糊答道："还好。"

他扯过被子裹住她，吻她的嘴角，双方过热的心跳慢慢在这缠绵安静的吻里冷却下来。

沈辞音嗓子还哑着，昏沉地问："几点了？"

言昭看了一眼床头的时间："三点多。"

她闭着眼睛，简直累得要命，身上的汗黏黏的不舒服，可被他搂着亲着，又有种说不出的感觉，仿佛是从云端坠落也被人稳稳托住的那种安心感，让人精神松懈。她伏在他怀里快要睡着了。

过了一会儿，言昭抱着沈辞音去了浴室。

她嫌站着累，干脆坐在浴缸里，周围热气蒸腾，水雾弥漫，沈辞音越来越困，根本听不清言昭在说什么，倒在他的肩上，闭眼彻底睡了过去。

一夜无梦。清晨不知道几点，床上两个人睡得正香时，刺耳的铃声突兀地响起，沈辞音被惊扰，闭着眼皱了一下眉头，猛然扯过被子，盖住头继续睡。她身后响起一声不耐烦的嗔，听得出言昭因清梦被扰，情绪不怎么好。他修长的手臂越过她去够床头的手机，三两下将手机按灭，利落关机，随后收回手继续抱住她。

恼人的声音终于消失，室内恢复寂静。沈辞音察觉到自己的脊背贴着一个温热的胸膛，背后那人起伏的呼吸紧紧地贴着她，让她能感受到他皮囊之下强有力的心跳。很快，她又陷入沉眠。

沈辞音再度睁眼时，周围漆黑一片，窗帘紧密地合着，让人分不清此时是白天还是黑夜。她裹在被子里，睡眼蒙眬，身体没动，只迟钝地闭上眼，缓慢地深呼吸两口气，再睁开眼睛。她虽然眼前仍旧一片黑，但神志清明了许多。虽然身体还有些疲惫，但由于洗过澡，整个人清爽不已，被子轻飘飘地盖在身上，却很严实暖和，触感极好。

她很轻地翻了个身，身旁是空的，那人已经起床有一会儿，被窝里冷了一片，只残留着属于床主人的浅淡香气。她找不到手机，不知道它落在了什么地方，只能费力地在床头摸索开关，紧接着打开灯，一看钟上的时间，中午十一点二十七分。

居然睡到这个时候，这下沈辞音彻底清醒了。她躺回床上，望着天花板，久违地发了个呆。

事态的发展完全是不受控的状态。夜晚、酒精、肢体碰撞……连环的因素堆积，言昭的出现就像是一个导火索，点燃引信以后，火苗燃烧速度极快，让她根本没有思考的时间，就将她的理智尽数吞没。

脑海里残存的关于他的回忆，仿佛成了给他亮绿灯放行的信号。沈辞音隐隐感觉到，言昭在进一步吞噬她的底线，而她找不到好的办法抵抗。她也并没有自己所以为的那么抗拒，相反，她能感觉到自己对他有着隐隐压抑的渴望。

思绪混乱间，房门突然传来响动声。沈辞音立刻关了床头灯，躲回被子里，闭着眼装睡。

门被打开，脚步声越来越近，她听见言昭在床边半蹲下，半天没动静，没一会儿灯亮了，灯光刺向她薄薄的眼皮。他说："再装睡我亲你了。"

她被拆穿，只好睁开眼。

言昭将一杯水放在床头："不早了，先起来吃点儿东西，要是困，下午再继续睡。"

话音刚落，客厅方向突然传来门铃声。

沈辞音裹在被子里，只露出头，黑发散落，脸颊白皙，还覆着浅浅的红晕。言昭伸手捏了捏她的脸，起身："我去看看。"

他走后，沈辞音坐起身，下床去浴室洗漱，意外发现洗手台上有一套已经拆了包装的全新的洗漱用品，和言昭的摆在一起，颇有种成双成对的意思。她默不作声地看了一会儿，取了牙刷开始挤牙膏。洗漱完出来，卧室门半掩，她走到门口，听见客厅传来一个女声，及时止住了脚步。

言昭跟对方说："你可以回去了。"

"我不！你得让我见见人是什么样的，不然我大老远跑这么一趟干吗？"

"大老远？陈淮序家离这儿走路也就十分钟。"

"那也很远！你以为谁都能使唤我吗？要不是知道你金屋藏娇，我才不来呢。"

"你怎么这么好奇？"

"什么叫好奇，我身为妹妹，关心自己哥哥的感情生活不是很正常？"

"行，长本事了。"言昭挑眉，"今天不合适，改天再说。"

言蓁一边被推着往门外走，一边不死心地问："我认识吗？"

言昭不答，她灵机一动："宠物医院？"

他有了反应："嗯。"

"这么多年你——"

言昭打断她的话，把人打发走："赶紧，陈淮序不是还在楼下等你吗？"

听见大门被彻底关上的声音，沈辞音从卧室走出来，言昭正好提着一个袋子往这边走，对她听墙角的行为毫不意外，将东西递给她："你们俩身材差不多，她的衣服你应该也能穿。"

沈辞音接过，问道："刚刚那个女孩送来的？她是……你妹妹？"

"嗯。"

她有点儿印象："以前听你提过，那个时候好像她还在上初中。"

"今年大学毕业。"

大学毕业，这几个字让她有一阵出神，轻轻感慨："时间过得好快。"

"快吗？"

她本来在低头看袋子里的衣服，闻言抬头，撞进他黑沉的眸里。他淡淡道："我倒觉得挺漫长的。"

沈辞音语塞，一时间不知道怎么接，嗯了一声："我先去换衣服。"

言蓁拿来的衣服是全新的，沈辞音从袋子里拿出来的时候，发现上面的吊牌甚至都没剪。她穿好衣服，从脏衣篓里找到自己昨晚脱下来的那件皱巴巴的吊带，把它叠起来放进袋子里，拎着袋子走出门。

言昭正在客厅打电话，看见她穿戴整齐往大门的方向走，将电话拿远了点儿并盖住麦克风处，问她："去哪儿？"

沈辞音指了指门口。言昭一边应着电话，一边走过来，接过她手上的袋子，拽着她的手腕往沙发的方向走，力度很大，不容拒绝。沈辞音挣脱不开，被他按着坐在了沙发上。

她抬头看他，言昭挂了电话，将手机扔在一边："这就走人？"

沈辞音偏过头去，低声说："不然呢？"

门铃再次被按响，她以为是言蓁去而复返，起身要回房间避一避，被言昭制止："就在这里。"

他走去打开门，门外是一个穿着制服的中年男人："言先生您好，这是您的外卖。"

言昭嗯了一声，说了一句"谢谢"，然后将东西拿进来，把门关上。

三个袋子里，全是包装精美，还热乎着的大大小小的盒子。

沈辞音睡到中午才起床，什么东西都没吃，本就饥肠辘辘，饭盒盖子还没打开，食物的香气已经飘过来，勾得她饥饿感更重。

言昭笑："来吃饭，吃饱了才有力气从我家走。"

两个人面对面在餐桌旁坐着，言昭似乎午饭时间也很忙，边吃边回复着工作邮件，轻蹙着眉，表情难得认真。

沈辞音埋头吃着饭，抬头看了他一眼，陡然产生一种很陌生的感觉。她没怎么见过他工作的样子，对他的记忆还停留在九年前，他还是那个穿着校服、意气风发的少年。时光变迁，曾经那个坐她旁边懒散地打游戏的男生，早已成为独当一面的公司掌权人。

沈辞音抽过纸巾擦了擦嘴："你妹妹的这件衣服，我洗干净了还给你。"

他扫来一眼："不用，你穿着挺合适的。她有一大堆衣服买了就没穿过，放那儿也是浪费。"

回完邮件，言昭又接了个电话，从他短暂的回复中可以听出，和VH有关。

沈辞音等他挂了电话，才问道："公司有什么问题吗？"

"高层有一点儿人事变动，不影响。"

她顿了一下，开口："言昭，你为什么收购 VH？"

两个人倏忽陷入沉默。

言昭放下手机，笑了一声："如果我说是为了你，你信吗？"

沈辞音没说话。他慢条斯理地接着说："你肯定不信，毕竟在你眼里，这种事情属于高成本的不理智行为，权衡得失之后，你会觉得这是一个错误的方案，不太值得，从而放弃。换句话说，在你眼里，配得上这次收购行为的理由，无非是觉得我看中了你们公司的赚钱前景。"

"但是沈辞音，不要用你的想法去框住所有人，你也知道，我一直和别人不一样。"言昭看着她，"我想要的，就一定要得到。值不值，我说了算。"

沈辞音心跳漏了一拍。

他依旧是那副漫不经心的样子，却十分强势。这才是言昭。

她低头，沉思片刻。

"但你有没有想过，我已经不是当初那个我了，这九年里，我也变了很多。"她说，"有的时候，也许就是得不到的东西，才会在记忆里被不断美化，成为一种执念。"

走出象牙塔，迈入社会，她的性格变得圆滑了许多，从抗拒社交，到也能偶尔参加两次团建；从业务不太熟练的实习生，不怎么爱和其他人交流，到自己也能在工作中独当一面，去和各部门沟通；她仍旧爱和自己较劲，但已经接受人外有人，天外有天的事实，学会适当和自我和解，不再执着一切都要赢。

她觉得自己变了很多，也许言昭喜欢的只是她曾经那股清高执拗的劲？她对感情从来都犹豫、怀疑、谨慎。她筑起很坚固的壁垒将自己圈在里面，不仅拒绝他人，同时也是保护自己，因为害怕受伤，所以从不轻易交付自我。

言昭笑："你变了吗？我怎么不觉得？"

他站起身，绕到她身边，将她放在手边、准备随时拿起来离开的手提包拎起来，抬手扔到沙发上。

"要是累，待会儿可以再回房睡一会儿。"

他的意思表达得很明显，沈辞音抬头："你不让我走？"

言昭垂眸："沈辞音，睡了就想跑，你想都别想。"

言昭转身去洗手间。

沈辞音收拾着外卖盒，手边的手机突然亮起。她点开，微信里有一封婚礼请柬，来自很久不见的表姐靳瑶。

电子请柬的背景音乐缓缓流淌，屏幕上随着手指点击出现各式各样的婚纱照，她的手指滑到屏幕最下方，看到婚礼时间，是五月一日。

靳瑶问她：辞音，我结婚啦，你有空回南城参加婚礼吗？

沈辞音没急着回，而是先打开购票软件，看了一眼婚礼前一天和婚礼当天的高铁票。现在已经是四月底，离五一很近了，假期的车票早就被抢光，一张都不剩。要是靳瑶早点儿告诉她，她还能趁高铁票开票时抢一抢。

沈辞音紧接着给方芮珈发消息。

Yinnn：芮珈，你五一有安排吗？车能不能借我用一下？

rika：五一我回家哎，车倒是可以借你，你要干什么？

Yinnn：我要回南城，表姐结婚，我买不到高铁票。

rika：你自己开车回去？

Yinnn：嗯。

rika：不行。

Yinnn：为什么？我有驾照，也开过车，不会把你的车弄坏的。

rika：你开过车，但没上过高速吧？节假日车那么多，你敢一个人上高速？

Yinnn：有什么不敢的？

rika：姐，你牛，你胆子是真大。

rika：但还是不行，自从那车上次坏了以后我是不敢再开了，更别提你要开上高速，我害怕。

rika：你要是急，在公司群里问问，看有没有五一回南城的能搭个便车呢？或者实在不行，我帮你问问我同事能不能借车。

沈辞音打开公司群，看着一片寂静的界面，翻了翻聊天记录，实在是不太想和陌生人拼车，毕竟不仅要去南城，怎么回宁川也是个问题。

恰好，言昭从洗手间出来，慢悠悠地走回桌边，将没收拾完的饭盒往塑料袋里收。

差点儿忘了，眼前不就有一个绝对有车借给她的人吗？沈辞音顾不上太多，抬头问："你能借我一辆车吗？我不会弄坏的，用完后洗好车加满油还给你。"

言昭抬眸："要哪辆？"

哪辆？沈辞音说："随便，能开就行，我五一回一趟南城，买不到高铁票了。"

"你自己开？"

她点头："我有驾照。"

"有人和你一起？"

她说："我一个人也可以。"

言昭轻轻挑眉，手指在桌上轻叩："行啊，什么时候要？"

"五一前一天吧，我请一天假，早点儿走。"

"嗯，到时候我把车送到你楼下。"

"谢谢。"

确定好车的事情之后，沈辞音回复靳瑶：新婚快乐！我一定参加！

靳瑶：好哦，红包线上转或者线下给都可以哈，最好是线上转。

暗示得很明显，沈辞音有点儿不快，但没说什么，转了两千块过去。

对方很快接收，回了一个笑脸的表情包。

另一个对话框弹出来。

靳源：姐，你给堂姐转了多少钱？

靳文素有两个哥哥，靳瑶是大哥的女儿，靳源则是二哥的儿子，在同辈中生得最晚，但他和沈辞音关系好一点儿，一般直接叫沈辞音"姐"，对靳瑶叫"堂姐"。

沈辞音这些年和妈妈家这边的亲戚还保持着一定联系，至于出轨的沈江，她上大学后就和他断了来往了。

沈辞音：两千块。

靳源：你是不是太大方了？在南城这小地方，哪儿有人包这么多的？

沈辞音：不管怎么说，还是亲人，也没什么血海深仇。

靳源：我当时可是全程听着呢，离婚礼就五六天了，她本来发请柬的时候把你给忘了，数红包的时候想起来了，才赶紧通知你，这一家子简直钻钱眼里了，我还想让你就给几百块打发她算了。要不你也别来婚礼了，现在买不到车票了吧？

沈辞音懒得计较：参加也没事，正好回去看看二舅舅和舅妈。

靳源：哦，哦，哦，还有，这次回来，他们百分之百要给你推销他们家那"滞销"的远房男亲戚，看你是单身女青年，学历高又工作好，想赖着你。你可小心，别被他们骗了。

沈辞音：你放心。

沈辞音回完信息，言昭从卧室里走出来，换了一身柔软的家居服，走过来在她身边坐下。她问："你工作处理完了？"

"暂时没了。"他打开电视，"玩游戏吗，还是看电影？"

"都行。"

言昭将遥控器递给她："你自己选。"

沈辞音胡乱选了一部战争片，言昭又给两个人倒了水，还拿出一些零食。

她屈起腿，靠在柔软的沙发里，认真盯着大屏幕。

言昭对这部电影不怎么感兴趣，大部分时间都在看她。

正是周六下午，窗外阳光正好，透过落地窗洒进来，整个客厅都被照得十分亮堂。沈辞音沐浴在阳光里，平日里那种冷漠的外壳仿佛被融化，整个人暖融融的。只要他伸手，就可以触碰到。

"辞音，都说你和言昭关系很好，是真的吗？"

听到这句问话的时候，沈辞音正坐在座位上，神色复杂地盯着自己的第一次月考成绩单。课间，教室里人声嘈杂，前排的郭菡面露期待，想从她嘴里听到答案。

"没有。"沈辞音心情不怎么好，回答问题也心不在焉。

"这两个星期有人看见你们一起出校门坐公交车，言昭放学后还会特意来我们教室等你。"郭菡靠近，压低声音说，"年级里都传开了。"

怪不得最近沈辞音上厕所都会被周围人小声议论，言昭真是校园话题人物，和他沾点儿边的全都跑不掉。

沈辞音摘下眼镜，答："只是顺路。"

郭菡眼尖，看到她桌上的成绩单上的排名，惊讶道："你好牛啊，刚转来就考这么好，我要是能进前一百名，我妈能笑开花。"

好吗？沈辞音不觉得。她想做第一，想成为最好的那个。

放学后，言昭一如既往地来到楼下的四班，站在走廊上往窗户里看去，熟悉的位子上依旧坐着熟悉的人。她穿着校服的背影纤细，长发扎成马尾，尾端尖尖地垂下，随着她低头的动作扫在白皙的后颈上。

还留在班里打扫的男生拎着拖把，看见言昭站在门口，笑嘻嘻问："怎么回事啊，言哥，天天都来我们四班？"

言昭插着口袋站在那儿，似笑非笑地看着他："怎么，还不让进？"

言昭大多数时候对人都不太认真，却突然敛了那股散漫，沉下语气，加上身高优势，压迫感迎面而来。

"当然不是。"男生见言昭真的要生气，收起嬉皮笑脸，赶忙做了个手势，"请。"

言昭踏进教室，将书包扔在一旁的桌子上，拖来了前座的椅子分开腿反坐上去，和沈辞音面对面趴在一张书桌上。

沈辞音低着头，难得地没有理他，一声不吭地埋头写题。

言昭察觉到她情绪不对，目光扫过去，发现她在做月考数学试卷中的错题，并且已经做第四遍了。他再一看，旁边的草稿纸上居然是她写的月考检讨，字迹凌乱又条理清晰，她在上面一桩桩地仔细列出自己在月考里犯的错误，例如数学小题计算错误、语文哪篇课文记得不熟等。

她把错题类型都整理出来，有几个用红笔圈起来标注，在一旁写了大大的"不该错"三个字，还标注了很多感叹号，力度甚至要划破纸，异常显眼。这反思力度，也太狠了。

言昭笑着问："怎么这么爱和自己较劲？"

沈辞音不吭声。

教室的灯亮晃晃的，打扫的男生归家心切，敷衍地拖完地，将拖把扔到角落的工具摆放处，拎起书包就溜，一边跑，一边哼歌，寂静的走廊里回音渐渐变小，四周又变得悄无声息。

言昭撑着脑袋，突然问："沈辞音，想去滑雪吗？"

还沉浸在月考失利中的沈辞音被这突如其来的问题打断了思绪，有些反应不过来："什么？"

他重复一遍："想去滑雪吗？"

滑雪。这个只听说过，却从未尝试过的运动突然跳入她的脑海，眼前仿佛立刻浮现滑雪场的场景。

"我……滑雪？"

"对，去滑雪。"他很有耐心地再次重复，"想去吗？"

"我不会。"

"我会，我教你。"

"可我听说，你前段时间好像因为滑雪受伤了，考试都没参加。"

"好了。"

沈辞音还是犹豫，那目光似乎是在怀疑他的滑雪技术。

言昭笑："是别人撞的我。"

"别人撞的你？"

他嗯了一声："一点儿小意外。"

言昭拿起黑笔，用笔尾轻点她的脸颊，红润的软肉柔嫩地凹陷一小块，酒窝似的。他道："不说这个了，想滑吗？"

南城几乎不下雪，除非是难得一遇的极端天气。沈辞音很少看见雪，更没想过去滑雪。言昭的提议，她有点儿想去，试探性问道："去哪儿滑？什么时候？"

言昭的脑子里迅速过了几个滑雪场，瞬间有了决断，敲定道："附近有个私人滑雪场，老板和我挺熟，我们坐车去，大概三四个小时就能到。"

沈辞音想了想，点头答应了："嗯。"

言昭说："那就定了，到时候我去接你。"

周六一大早，沈辞音来到小区门口，按着言昭给的车牌，找到了路边停着的轿车。

司机下车替她打开后座门，她有些受宠若惊，轻声道谢，钻进后座里，看见坐在另一端的言昭。他今天穿了一件潮牌的套头卫衣，一抬头，黑沉沉的眸看过来，好看的五官即使逆着身后的晨光也无比清晰。

沈辞音打招呼："早上好。"

他笑："早。"

轿车一路奔驰，窗外的景色飞一般后退，前排司机安静地开着车，后排两个人谁也没说话，气氛有些沉寂。

言昭突然问："听歌吗？"

她愣了一下，点头说："好。"

他塞过来一只无线耳机，自己戴了另一只，手指在手机上滑动几下，播放歌单。

耳机里响起音乐，言昭又说："我还带了游戏机，你要是无聊也可以玩。"

他考虑得十分周到，让沈辞音有点儿意外，但她不擅长打游戏，还是委婉拒绝了："下次有空再试试吧。"

由于要早上六点出发，沈辞音五点就起床了，困得不行，尽管听着快节奏的歌，也忍不住昏昏欲睡，打了一个哈欠，眼里浮起一层水雾。

言昭转头，看她睡着了，换了歌单，将摇滚曲换成了抒情歌。

沈辞音浑然不觉，睡睡醒醒中，最终到达了目的地。

滑雪场的老板在门口接待，司机从后备厢里取出一个大滑雪包递到言昭手里。沈辞音看着自己空空的双手，有种格格不入的感觉。她没滑过雪，来之前做了十足的功课，甚至准备下单滑雪装备，可言昭告诉她什么都不用买，她只要人到了就行。

可此刻站在滑雪场门口，来往的人全都背着装备，让她多少有些忐忑。

走进大门，立刻有穿着粉色滑雪服的女人迎上来，言昭轻推沈辞音的肩膀，扬起下巴示意："跟着她走，待会儿滑雪场见。"

女人将沈辞音领到了一个单独的更衣室，打开柜子，里面叠放着整齐的全套装备。她温柔道："你是第一次滑雪吧？我们先换衣服，我教你怎么穿。"

沈辞音照做，一件件地脱掉衣服，女人一边教她穿，一边说："你这一整套，从雪服到雪板，全是言昭亲自挑的，我们老板说替你准备，他还不许，必须自己经手。"

沈辞音轻轻嗯了一声："是不是很贵？"

"当然，他用的东西就没有便宜的。"女人替她整理衣服，轻声安慰道，"今天滑雪场的人有点儿多，但你别紧张，跟着言昭就行。"

沈辞音："好。"

一切穿戴整齐后，沈辞音抱着雪板，走到滑雪场入口处。

言昭早在那儿等着了，他穿着一身黑色滑雪服，将护目镜架在头顶。大家都被厚重的装备紧紧裹着，分不清滑雪场里谁是谁，可沈辞音一眼就觉得那是他。

言昭转过身，看见她，上下打量了一番，简短地问："合身吗？"

她点头："谢谢。"

两个人进入滑雪场，沈辞音紧张的心情在此刻达到了顶峰。眼前白茫茫一片，无边无际的雪向外延伸，仿佛连接着世界尽头。

言昭蹲下身替她穿雪板，固定好后，反复确认合适了，才直起身。沈辞音看他的雪板和自己的不一样，问道："你不滑双板吗？"

他笑了一声："我喜欢单板。"

这是沈辞音人生中第一次滑雪，她很无措，全神贯注地控制着自己的身体。言昭滑着单板慢悠悠地陪着她，一点点教她动作姿势以及怎么掌握平衡。

"是这样吗？"她有些困惑，"可我觉得好像……不行——啊！"

她没把控好姿势，双腿突然顺着雪地滑了出去，可上半身还没跟上动作，不可避免地失去了平衡。言昭伸手扶她，反倒被她拉扯，两个人一起滚落在雪地上，他护着她，用自己给她当了肉垫。

厚重的滑雪服碰撞，发出沉闷的响声，沈辞音连忙道歉："对不起！你没事吧？"

言昭没来得及说话，后面有男人轻佻地吹了一声口哨："这离入口才几米啊？摔成这样，来丢人现眼了？"

沈辞音艰难地从雪地上爬起来，拂掉身上的雪，没有理会对方的嘲讽。

言昭将护目镜往上推，侧头，露出漆黑的眼瞳，眼神很冷地盯着那个男人。

对方十分嚣张地对言昭比了个中指："你那什么眼神？滑成这蠢样还嚣张呢？别在这儿丢人现眼了，有本事来比一比？"

"和我比？"言昭嗤笑，"你配吗？"

"看你年纪不大，还在上学吧？我能比不过你？"男人冷笑，"今天我就替你老师教你做人。"

沈辞音拽了拽他的袖子，不想他跟人起冲突，言昭却扭头问男人："单板还是双板？"

男人看着他脚下的单板，眼珠子一转："双板。"

"行。"

这真是一场突如其来的对决。这个滑雪场有一块区域是关着的，此刻被老板临时开放，迎来两个人的对决。

沈辞音说："你不用和他比啊，我被他说两句也没事，反正我今天才滑，本来就滑得很烂。"

言昭安慰道："去终点等我。"

她又觉得不安，蹙眉说："你可以吗？你的伤……"

"对付他，不至于。"

比赛的两个人站在起点，男人嚣张地问："赌注怎么说？"

言昭侧头："你输了，给她道歉。"

"要是你输了呢？"

"我给你道歉。"

"行，今天挫挫你小子的锐气。"

言昭对他的嚣张压根不放在眼里，漫不经心地说："从这儿滑下去，最高时速能有四五十千米每小时了吧，悠着点儿，省得摔出脑震荡了。"

男人气得涨红了脸："你！"

男人正想回击，言昭已经将护脸拉起，专注地看着前方，不再看他。

发令声响，比赛开始。沈辞音站在终点，她第一次看言昭滑雪，他整张脸被隐在护目镜和口罩之后，虽然他更喜欢滑单板，但滑双板明显也得心应手，动作流畅、姿势漂亮，很快就甩了身旁的人一大截。

黑色的身影风一样地在雪上滑行。

眼见人越来越近，围观群众发出欢呼声，沈辞音也不由得紧张起来。

五十米，二十米，十米……

哗——言昭率先到达终点，他利落地转身，刹车，雪板扬起一阵雪碎，在空中飘飘洒洒，起雾了一样。四周爆发出尖锐的欢呼声，沈辞音悬着的心落下来，她站在人群中，跟着鼓掌。

言昭肆意张扬、意气风发，在滑雪场上，他好像是最夺目的那个人。

他的额头渗了点儿汗，他推开护目镜，轻轻喘息。肾上腺素飙升带来的快感让血液就像在沸腾，自从受伤之后，他许久没有滑得这么爽快过，神经中枢传递出兴奋的信号。他的目光在人群中转了一圈，准确无误地定在了沈辞音身上。

他想说些什么，可最终只是朝她招了招手。

沈辞音从人群中挤出来，费了好大的功夫走到他身边，撑着滑雪杖稳住身体，祝贺他："滑得特别好，恭喜你。"

　　言昭笑了，低头问她："开心了吗？"

　　沈辞音一愣，反应过来他的意思，在滑雪场上的短暂时光，居然真的让她把因考试失利而产生的不快抛在脑后。她点了点头："开心，谢谢你。"

　　眼前的一切变得模糊，现实与虚幻渐渐重合、交叠。

　　沈辞音猛然睁眼，视线里是言昭家里的巨大书架。电视屏幕上的电影已经放完，画面被定格在演职员表，她不知道什么时候睡着了，此刻正躺在言昭的腿上，他的掌心贴着她的脸颊。

　　察觉到她的动静，他低头问她："梦见什么了？"

　　她坐起身，掩饰般理了理头发："你怎么知道我做梦了？"

　　"你刚刚在梦里叫我名字了。"

　　沈辞音一愣："怎么可能……我从来不说梦话。"

　　言昭挑眉："原来真的梦到我了。"

　　她这才意识到他是在故意诓她，转过脸去，又被他转回来，她再扳开他的手，两个人的手指无声地缠绕，最后她的手被他握住。动作停滞，她对上他的眼睛。

　　窗外夕阳渐沉，天际染上一片橘黄。

　　沈辞音去上了个厕所，出来时，言昭已经换了一身衣服，一副要出门的架势。

　　沈辞音问："去哪儿？"

　　"我不会做饭，"言昭很坦然，"但又不想点外卖，所以我们出去吃。"

　　"等我，我去收拾一下。"

　　她转身回了洗手间，简单补了点儿口红，让自己看起来更有气色一点儿，随后走出去。言昭拎着她的包，垂着头，手指在手机上随意滑着，他懒散地靠在玄关等着她。这极其强烈的日常感，让她恍惚间有种错觉——他们本该是一直这样生活的。

五一假期前的一周过得很快，到了约定好的日子，沈辞音站在楼下，看到了一辆外观极其抓人眼球的纯黑轿跑。

司机从驾驶座上下来，戴着白手套，恭敬地将钥匙递给她，她接过，面上淡定，但心里已经开始打鼓。

司机说："油箱是满的，车也已经检查过了，所有配件无损，祝您旅途愉快。"

沈辞音礼貌地道："谢谢。"

司机离开，沈辞音围着车转了一圈，坐进驾驶室里，看着中控台精致的仪表盘，不知道该从哪儿下手。这和她预想中的完全不一样，她退出来，关上车门，给言昭打了个电话。言昭说："我记得你的要求是，能开就行。"

沈辞音无奈道："这车我开不了。"

沈辞音站在车边，早晨在小区里来往的人从她身边走过，回头率百分之百。她叹气："你就没有更大众、更普通一点儿的车吗？这车看起来不便宜，万一我给刮了蹭了怎么办？"

言昭答："算我的。"

而且自己这踩一脚油门油费可能就得花不少钱，沈辞音觉得自己驾驭不了。

"行了。"见沈辞音不说话，他笑，"等着。"

十分钟后，言昭出现在她面前，朝她伸手："钥匙。"

沈辞音递给他，他侧头示意副驾驶位："上车。"

"你开车？"

"嗯。"

"我要回南城，而且可能要待两三天才回来，你确定吗？"

"有空。"

"不是这个问题。有点儿太麻烦你了，我还是自己开吧。"

回南城开车起码要三四个小时，还是在不堵车的情况下，沈辞音觉得这是一件十分累人的事情，没有谁有义务替她去做，更何况是言昭。除非她花钱雇人，这样心安一点儿，但言昭也不缺钱。

言昭作势要将钥匙扔还给她："那你自己开。"

她没敢接，他又笑。

"听话，上车。"他扣住她的手腕，将她往副驾驶位的方向带，又重复一遍，"我来开。"

现在是早上九点半，天光已经大亮，整座城市的人忙忙碌碌地开始了假期前的最后一天。沈辞音系好安全带，言昭发动车驶出小区。他掌着方向盘，示意她："右边口袋。"

沈辞音低头，这才注意到他外套口袋里装着什么东西。她抽出来，是一个细长的深色盒子，摸起来质感极好，烫金的英文 logo（标志）明晃晃地印在盒子正中央。

她问："这是什么？"

他只说："打开看看。"

她依言打开，一条细巧的手链躺在丝绒中，镶着清澈剔透的绿钻，在窗外阳光的照射下，呈现出亮闪闪的光。

"给你带的礼物，前两天才到。"

绿钻的颜色实在是太好看，沈辞音想也不用想就知道价格不菲："不行，太贵重了。"

"哦。"言昭像是猜到她的回答，语气十分从容，"那就扔了。"

他的态度轻描淡写，仿佛她手上的东西是塑料的一样。

沈辞音无奈："这么贵的东西说扔就扔？"

她是知道他送东西的手笔的。之前言昭送了她一条围巾，她问多少钱，他说二十多块，沈辞音当然不信，言昭才笑着改口，说是两千多块。

其实两千多块也有点儿贵，但沈辞音知道他有钱，这个价格也在她能回礼的范围内，因此她思考过后就接受了。而且那条围巾面料舒适，异常暖和，她在那个冬天经常戴着。直到后来她听别人说才知道，那条围巾是某奢侈品品牌的，面料十分稀有，真实价格要在后面再加一个零。

也是从那次起，沈辞音才发觉，言昭家的有钱程度好像不是她所能想象得到的那种。在她眼里价格如天文数字般的商品，对他来说可能就是随手买买那么容易。学校将两个人拉在一条水平线上，但他们之间，始终隔着悬殊的距离，这种差距令她不安。

言昭说扔是真的会扔，沈辞音了解他，没舍得扔掉手链，只好收下："谢谢，下次出差，我也会给你带礼物的。"

他要求道："批发送人的那种不要。"

沈辞音将手链盒放进包里："你太高看我的社交圈了，我有谁能批发送？"

她的语气正常，他听着却可怜巴巴的。

言昭瞥来一眼，笑了一声，右手探过来摸她的头。

沈辞音躲闪，警告道："好好开车，不准乱动。"

车驶过收费站，进入高速路段，言昭开始加速。跑车性能优越，一脚油门踩下去，推背感猛然袭来，沈辞音的心都跟着颤了一下。

车速稳定下来，他问她："为什么突然回南城？"

"表姐结婚，我去参加婚礼，她通知我的时间比较晚，我买不到高铁票，只能开车回去。"

"这么大的事，这么迟才告诉你？"

"嗯，之前外婆去世，我们几家人因为房产分配这事闹得不太愉快。不过毕竟是亲戚，既然她邀请了，还是要给点儿面子。我就当回去看看二舅舅和舅妈。"沈辞音扭头，"倒是你，五一没安排吗，就这么和我回南城了？"

"去哪儿都一样。"他答。

Chapter 06

暧昧游戏

一路疾驰。

因为出发得早，他们并没遇到很大规模的堵车，通行还算顺利，但即便这样，到达南城的时候也已经接近下午一点了。

沈辞音一边给言昭导航小区位置，一边给靳源发消息。

言昭问："去哪儿？"

"去我二舅舅和舅妈家。"

车左拐右拐，最后开进一个小区，停在了一栋楼的楼下。

沈辞音解开安全带："上去坐坐？"

言昭没动，手腕搭在方向盘上："你打算怎么介绍我？"

"顺路送我回来的朋友。"沈辞音补充了一句，"说是老板也可以，他们不会关注这些的。"

言昭差点儿忘了，他们还有这层关系。

沈辞音等着他的答复。言昭本来就没想这次上门见她家里人，他什么都没准备，时机不合适："我不上去了，有事打电话给我。"

"你去哪儿？"

"随便逛逛。"

沈辞音见劝不动他，只好道谢："回去请你吃饭。"

他问："每次都是请吃饭，有没有点儿新花样？"

她顿了一下："你想要什么新花样？"

她那双漂亮的眼睛直直地看着他,言昭解了安全带,探身过来,侧头吻住她。唇瓣交叠,沈辞音的眼睫颤了一下,余光瞥见转角处一个模糊的人影,匆忙推开他:"我弟弟来了。"

他捏了捏她的脸颊:"去吧。"

靳源一早就注意到小区里出现的这辆跑车,一边走,一边忍不住偷偷看。直到看见沈辞音从副驾驶位下来,他的表情瞬间变得夸张:"姐……你发达了不带我……"

沈辞音将手上的东西递给他:"帮我拎一点儿。"

轿跑离去,靳源仍旧伸着脖子往她身后张望,她拍了拍靳源的肩膀:"别看了。"

两个人提着大包小包坐电梯上楼,靳源提前申明:"不是明天婚礼嘛,这两天来了很多外地亲戚,今天我家里人多,你做好心理准备。"

在靳源眼里,沈辞音这个姐姐就是"别人家的孩子"。在他还很调皮的时候,沈辞音就已经成了亲戚里有口皆碑的优等生。每次家庭聚餐,靳文素优雅地带着沈辞音出席,都会收获一阵夸赞,亲戚们夸靳文素教育得好,同时让自己的小孩多向沈辞音学习。靳源那时候是不敢和沈辞音说话的,总觉得她好像拒人于千里之外,只要凑上去,就会收获一个白眼。

后来有一次,他因为调皮被骂,哭个不停,这个看起来冷漠的姐姐路过时给了他一颗糖,他才明白,沈辞音也许并不那么冷酷。

"哎呀,辞音回来了。"二舅舅十分热情,"好久不见,越来越漂亮了。你说你,回来就回来,怎么还带东西来?"

"您身体还好吗?"

"好得很。"二舅舅笑,"前段时间刚去复查,医生说一切都好。"

"舅妈呢?"

"她还能去哪儿,打麻将去了。"

客厅里坐着一些远房亲戚,沈辞音和他们寒暄了几句,便钻进了书房里躲避多余的社交。

下午的时光很快过去，吃完晚饭，姐弟俩拖了两张小板凳在阳台上看月亮。客厅里烟雾缭绕，大人们把那点儿陈年旧事翻来覆去地说，听得人耳朵都要起茧。

靳源打了两把游戏，一直输，心情郁闷，干脆提议："我们出去逛逛吧？"

"去哪儿？"

"劳动广场那边，今晚有夜市，还有喷泉表演。"

"我们怎么去？现在还有公交车吗？"

靳源拍了拍胸脯："我骑小电驴带你去。"

家里待不下去，姐弟俩一拍即合，在二舅妈唠叨的嘱咐声里，拿了头盔就往外走。

节假日前夜，劳动广场比想象中还要热闹，路口设置了路障，还有保安看守，不让车进入。里面的步行街上，全是各式各样的流动小摊贩，商品琳琅满目，游人摩肩接踵。

沈辞音和靳源左逛逛，右逛逛，倒也没什么想买的，就是单纯看热闹。他们没走几步，就发现左前方一个摊子周围围了很多人，一个年轻男人被围在中间，个子很高，十分突出，让人一眼就能注意到。

出于好奇，两个人凑过去，沈辞音看清了那个背影。言昭居然也在这儿。

摊主滔滔不绝，唾沫星子横飞地劝说："帅哥你看啊，这绝对是真的翡翠，摸上去温润冰凉，而且请佛祖开过光，保人财运的！"

言昭身边一个中年男人背着手称赞道："我在这儿买过，质地确实不错，买回去就转运了。"

一唱一和，一看就是托。

言昭装模作样地把东西拿起来对着光看了看："是吗？"

"帅哥，真不骗你，货真价实，你拿回去随便鉴定，要是假的你来找我，我赔你十倍的钱。"

言昭笑了一声，把东西放回去："不用了。"

老板眼看到手的鸭子要飞走了，急道："怎么了呢？这可是财运啊，你不想发大财吗？"

言昭懒洋洋道："下辈子吧，我这辈子钱花不完了。"

老板："……"

沈辞音："……"

靳源："……"

靳源说："牛！够酷！"

周围群众见没热闹可看，纷纷散去。言昭恰巧转身，目光和沈辞音的对上，脚步顿在原地。

靳源见两个人对视许久，左看看，右看看，问道："你们认识？"

沈辞音说："朋友，他送我回来的。"

"哥！"靳源的态度一百八十度大转弯，手已经握了上去，"你好，我是靳源。"

言昭看了一眼沈辞音，回握道："你好。"

靳源向来自来熟："哥，你不是南城人吧？之前来我们这儿玩过吗？还好你刚没买，这小地摊怎么可能有真翡翠，等你买回去发现它是假的，这老板早换地方了。"

"我知道。"言昭笑，"逛着玩。"

二人行变成三人行，他们继续在夜市上逛。

小摊子上的炸串和烧烤的香味一阵阵地飘来，沈辞音想起在宁川急性肠胃炎那次，心有余悸，一口也不敢吃，只在那些卖小玩意的摊前停留。

言昭甩着手慢悠悠地跟在后面，对周围的东西扫了一眼就丧失兴趣，只有看到沈辞音感兴趣的东西时，他才跟着多看两眼。

"姐，你看这个！"靳源叫住沈辞音，"这全是我们小时候玩的那些。"

这是一个中古小摊，摊上摆放的全是老旧的物件，卡牌、娃娃、玩具汽车、漫画书……都是童年的回忆。

靳源滔滔不绝："这个卡是方便面里送的，当时我妈不准我买，我还拜托你偷偷拆，你记得吗？"

沈辞音点了点头，转头看见言昭若有所思，于是问他："你在想什么？"

他笑："我在想，小沈辞音是什么样的。是不是也很倔，输了游戏会不会哭？"

沈辞音答："当然，我那时候年纪小，也挺爱哭的。"

靳源又像发现了新大陆，叫道："占卜！来不来？姐，给你占卜一下姻缘！"

沈辞音说："不用。"

"免费！不试白不试啊，姐！"靳源往摊位跑。

沈辞音正想跟过去，言昭拽住她的手腕，她回头，他面露不悦地轻弹她的额头："不用占卜，你的姻缘就是我，没有第二种可能。"

喷泉表演还有五分钟开始，众人往那边走，广场边围满了一圈人。沈辞音顺着人潮挤来挤去，回头一看，居然和靳源走散了。她扭头张望，言昭将她的头转回来："人多，表演结束了再找。"

旁边有人带着小孩往前挤，沈辞音的肩膀被撞了一下，差点儿踉跄。言昭伸手揽过她护在怀里，等其他人挤过去了也没松手。

四周人头密密麻麻的，肩膀相挤，吵闹不堪。沈辞音前后都是人，她动不了，不得不紧贴着言昭，被他的气息包裹得彻底。左侧有了一点儿空隙，她试着轻轻往外动了动身体，立刻被他搂住腰，又拉了回去。

天气越来越热，南城的气温比宁川的更高，两个人的穿着都很薄，这样一贴，肌肤的热度相互传递，很不自然地生起一点儿旖旎的气氛。

沈辞音说："还是不看了。"

言昭问："怎么？"

沈辞音答："太挤。"

她回头看去，两个人来时的路早已被更多的群众填补，黑压压的全是人头，他们身处中间的位置，早已进退两难。没办法，还是得这么待着。

言昭的手臂横在她的腰上，热度持续地传来，她的脸颊抵在他的肩膀上，动都不敢动，轻微的姿势变换，对方都能敏锐地感觉到肌肤在摩擦，平白无故地热出汗。

喷泉表演开始，四周的人全都举起手机。沈辞音也掏出自己的手机，递给言昭，他个子高，举得高，拍照的优势更明显。

喷泉水柱一飞冲天，细密的水珠溅在围观游客的脸上。所有人都仰起了头，把手机镜头对准天空，记录下喷泉升到最高点的时刻。

言昭右手高举手机，镜头对准喷泉，连着拍了好几张照片。沈辞音见他轻点了一下"摄像头转换"的按钮，手机屏幕瞬间切换成前置镜头的画面，两个人的脸庞出现在眼前。他们共同仰着头，朝上看，沈辞音的脑袋挨在言昭的肩膀处，姿势亲密得宛如热恋的情侣。

沈辞音惊讶："言昭……"

"别动。"言昭用手指戳她的脸颊让她回神，"我拍了。"

他按下屏幕上的红点，咔嚓一声，两个人被定格在画面之中。

言昭收回手，低头查看着照片。

"光线不好。"他啧了一声，不太满意，"有点儿模糊，但还能看，记得发给我。"

沈辞音忽然想起自己手机里那张仅存的两个人的合照，也是言昭当时用她的手机临时拍的。没想到时隔九年，他们又拥有了一张合照。

喷泉表演很快结束，围观人群渐渐散开。靳源费了半天劲从远处跑过来，气喘吁吁："你们俩在这儿呢，我找了半天。"

沈辞音说："时候不早了，我们该回去了，明早你还得早起去送亲。"

靳源点头应下："好。"又问言昭："哥，你晚上住哪儿啊？"

言昭正低头看手机，闻言抬眸："你们什么安排？"

"我回家，姐住酒店。哥，你找到酒店住宿了吗？节假日酒店难订。"

"订过了。"言昭又说，"你们住哪儿？我送你们。"

沈辞音婉拒："不用，我们骑车来的。"

靳源连忙说："要！我想坐车！"

沈辞音知道靳源就是为了车，问道："你的小电驴呢？不要了？"

"就停这儿，明天再来拿。坐跑车的机会可不是随时都能有的，我也体验一把《007》电影里的感觉。"

"这车后排可以坐人。"言昭按钥匙解锁，"就是有点儿挤。"

"没关系，没关系，能坐就行。"

靳源兴奋地将自己塞进后座："走吧，走吧，回家！"

到了靳源家，靳源和沈辞音上了一趟楼，把她的行李搬下来，放到言昭的车的后备厢里。靳源直起身，拍了拍衣角上蹭到的灰，表示任务完成："哥，我上去了啊，姐就拜托你送回去了。"

言昭嗯了一声。

靳源又和沈辞音打了个招呼，转身离开，背影很快消失。

远处楼里的声控灯亮起又熄灭，四周渐渐安静了下来。头顶的路灯白晃晃地亮着，天气温暖，几只小虫子在灯下乱飞，围成一团。只剩两个人，沈辞音问言昭："你下午去哪儿了？我推荐的几个地方去了吗？"

"没有。"言昭气定神闲地回答，"在等'导游'的档期。"

导游这事还是回来路上沈辞音提议的。言昭第一次来南城，又是特意送她回来，解决了她的难题，不管怎么说，她都该尽一尽地主之谊感谢一下他。只是这两天她实在没空，就给他推荐了几个地点，让他自己先逛一逛，等她有空再给他当导游，没想到他居然哪儿也没去。

沈辞音问："那你做什么了？"

"在酒店睡了一下午。"

"睡了一下午？"

他懒懒散散地靠在车上："嗯。"

他睡醒了就开车去加油，沿路看见了劳动广场的夜市。他去逛的时候，因为旁边那个摊子上的翡翠假得实在太明显，他不信有人会上当，无聊就多看了一眼，结果就被摊主当成感兴趣，摊主拖他过去推销半天，最后碰见了靳源和沈辞音。

这有点儿出乎沈辞音的意料，但的确很符合言昭随心的性子。

言昭突然问："走不走？"

沈辞音说："嗯？"

他仰了仰下巴："有人盯着呢。"

沈辞音顺着言昭指的方向抬头，看见靳源正趴在客厅阳台的栏杆上，探着头往他们这儿看，鬼鬼祟祟的。一个男大学生怎么好奇心这么重？

沈辞音无奈地转身："走吧。"

沈辞音对靳源家周边这一圈很熟悉，熟练地指路，主动给言昭导航。出了小区拐个弯，就是一条很热闹的街道，晚上摆了很多小摊，人声鼎沸。她让言昭在路边停车："你等一下。"

五分钟后，她返回车上，手上多了一个装着热腾腾的食物的塑料袋。

"给你买的，这是南城的特色小吃。"沈辞音不知道怎么将小吃的方言名称转换成普通话，只能解释道，"一种带馅的糕点，你尝尝吗？"

言昭没意见，沈辞音看他慢条斯理地吃了一个，问道："怎么样？"

他细嚼慢咽，蹙眉挑剔道："有点儿腻。"

"对，这个特别甜。因为馅也是甜的，就很容易腻。"沈辞音将袋子里的另一个拿出来，以为他不吃了，"剩下一个就我来吃吧。"

她的拇指和食指刚刚将糕点拿起，手腕就被他抓住，她动作一滞，下意识地扭头看去。言昭已经凑过来，张嘴将剩下那个糕点咬住，吞掉。

手上空了，沈辞音看着他突然靠近的脸，有一瞬间心跳空了一拍，她轻声问道："不是说腻吗？"

言昭直起身，抽了一张纸巾，替她仔细擦掉手指上的食物碎屑："给我买的，那就是我的。"

湿润冰凉的湿巾拂过沈辞音的指尖，在他手指的力度下却是另一种触感。不仅不降温，叠加的温度反而让那一小块肌肤热了起来。

言昭擦完了，手也没松开，掌心下滑，扣着她的手腕，指腹贴着她清瘦的腕骨轻轻地抚。

"为什么不戴手链？"

沈辞音实话实说："太贵了，万一掉了或者坏了就不好了。"

"掉了就再买。"言昭不以为意，"买来不就是给你戴的？也没多少钱。"

她想起那条围巾，反问道："总不会又是二十块？"

言昭立刻反应过来她说的是哪件事，笑着掐她的脸颊："还记着呢。"

沈辞音不让他捏，偏过脸躲。言昭的手便顺着她的脸颊滑到耳边，指尖探进她的长发，撩开，轻飘飘地拂过耳垂，勾起一阵很淡的痒意。他那只手从她耳后绕过，掌心贴上她的后颈，虎口卡住她的后颈弧度，指尖安慰似的轻抚了两下，随后略一用力，沈辞音被强势地带着往他的方向靠近，近距离对上他黑沉的眼睛。

这是他要和她接吻的前兆。

四月底的天气，言昭就穿了一件短袖，外套本来被丢在副驾驶位上，沈辞音上车后，不好坐在衣服上，她就只能把外套拿起来放在腿上搭着。此刻它倒成了最好的掩护，她渐渐收紧的手指藏在外套之下，雪白的手臂没入黑衣，划出一道鲜明的分界线。

夜色很深，车厢内光线昏暗，模糊了视觉感官，让一切都变得极度混乱无章。滚烫的呼吸近在咫尺，明明还没吻上去，那种难以控制身体的感觉却被推上了顶峰。

沈辞音垂眸，不自然地避开和他的对视。言昭托着她的后颈，低头，抵住她的额头，很轻地蹭她的鼻尖，唇瓣要落不落。

嘀——不远处传来一声响亮的车喇叭声，生生掐断了这场暧昧。周围不断有行人来来回回，嘈杂的声音从车窗缝钻进车厢里，加上他这车显眼，引人注意，实在不是个合适的地方。

言昭没亲下去，收回了手，指尖再度擦过她的耳朵，问她："还有什么要买的吗？"

沈辞音摇头，坐直身体，头脑有些发热，将窗户开得大了点儿，掩饰性地看向窗外。

"行。"他勾唇,"那就回酒店。"

沈辞音订的酒店靠近靳源家小区。因为她订的时间比较迟,便宜的房型早没有了,她只能花比平时贵一倍的价格订高级房,还要连住几天。

她家在南城是有房子的,只是她长时间在外工作,靳文素又早已去世,房子没人住,便长期租了出去,由二舅舅和舅妈一家替她处理相关事宜,不然她也不会沦落到回自己家乡还要住酒店的境遇。

言昭扫了一眼酒店大门:"这里?"

"嗯。"

沈辞音拖着行李箱走进酒店,发现言昭居然也跟在她后面。她回头,疑惑道:"你怎么还不回去?"

言昭插着口袋,态度漫不经心:"当然是因为我就住这儿。"

"住这儿?"沈辞音意外之余,想起了什么,"所以你之前才问我住哪个酒店。"

早上开车的时候,她以为他是要建议,另外给他推荐了几个南城当地最贵、最高端的酒店。她没想到言昭居然选择了和她住同一家酒店,不仅没告诉她,靳源问的时候也故意没说。言昭把她蒙在鼓里,就是为了现在给她一个"惊喜",心眼是真不少。

不过两个人住一家酒店,出行也方便点儿,沈辞音很快就接受了,走到前台,拿出身份证:"你好,我办入住,有预订,手机号是——"

她递身份证递到一半,被他的指尖突然按住,打断了动作。她扭头,只见言昭拿出自己的房卡,叠在上面,一同递过去。

前台接待人员发现沈辞音突然没了声音,抬头问:"这位小姐怎么住?"

言昭说:"她住这间,也给她办一张房卡。"

前台接待人员并未直接办理,而是看向沈辞音,似乎是在征求她的意见。沈辞音将房卡和身份证一并拿起来,礼貌说道:"不好意思,我们讨论一下。"

随后，她将言昭匆匆拽到了大厅空无一人的角落。她问："你要我和你住一起？"

都是成年男女，当然明白同住一间房意味着什么。

言昭垂眸看着她，表情不言而喻。

沈辞音觉得有些不妥："合适吗？"

他轻巧反问："哪里不合适？"

她缓缓道："我订到房间了，而且，我们也没有确认关系，没有理由住在一起。"

上次是个不受控的意外，排除这一点，她觉得凡事都该循序渐进，一步步细水长流地来，这样容易掌控事态以及情感的发展，她更习惯这种方式。但是言昭和她的想法完全不同，他从不遵循什么步骤，随心、散漫、自由，想什么就做什么，从不考虑其他事情，他如果某一刻突然想去滑雪，下一秒就会订机票。

两个人的性格天差地别，差距大到沈辞音曾经觉得，他们能互相吸引是一件无比奇妙的事情。

"理由？"言昭挑眉，"我一直很直白，你也知道，我就是对你有欲望。"

沈辞音不说话。

"沈辞音，你对我也有欲望。"

他用的不是疑问句，而是肯定句。

她猛地抬头看向他。

言昭抬腕看了一眼手表，又仰起下巴，朝她身后示意。

沈辞音扭头看去，酒店大厅门外，一个行人正拖着重重的行李箱，步伐艰难地朝这儿靠近。

"他从那个路灯处走到这里，大概要一分钟。"言昭说，"要不要玩个游戏？"

沈辞音问："什么？"

"我们接吻，一分钟，在他到达这里的时候结束。在这期间，如果你成功把我推开，那我认输，你扇我巴掌，想让我换酒店都可以。"

沈辞音屏息，静静听着。

"但如果你没有……"言昭弯腰，贴在她耳边，用只有两个人能听见的音量轻声说，"今晚……"

他偏冷的低沉嗓音灌进沈辞音的耳朵里，勾起一些暧昧的记忆。沈辞音下意识向后退了一步，呼吸已经有点儿急促。

既然沈辞音从来都是回避，不肯直面自己的内心，那么他来帮她。言昭将她的反应尽收眼底，直起腰，微微笑着，好心提醒她："他很快就到路灯那儿了。"

沈辞音很快镇定："我也可以不玩吧？"

"当然可以。"言昭无所谓，"那我就在这儿陪你辩论，看你什么时候能用你那套理论说服我。反正我下午睡了一觉，现在精神特别好。"

他再一次问："来不来？"

酒店大堂灯光亮堂，两个人站在柱子后的角落里，看着对方的眼睛。

沈辞音沉沉地吐气："这里万一有监控……"

"有柱子挡着，这里是死角。"

"一分钟？"

"一分钟。"

沈辞音思考片刻，没说话，只往前迈了一小步。

接收到她的信号，言昭笑了一声，捧着她的脸颊，低头吻了上去。

计时开始。

一开始总是试探的、温柔的。沈辞音抓住他的手，想从脸颊上掰开，反被他紧紧握住手指，困住行动。她只好垂下手，又很用力地推他的胸膛，没推动。

她比他矮近二十厘米，他握着她的腰将她提起来，干脆让她踩在自己的脚上，她整个人高了一点儿，毫无缝隙地贴进他的怀里，被他用手臂搂住腰，禁锢着。

时间已经过去三十秒，行李箱的滚轮声逐渐清晰。

明明是一场拒绝与接纳的游戏，可发展到现在，已经变成了一种较劲。唇、舌、手，他们相互贴合的地方在不断地角力，推合、触碰、用力、撕咬，谁也不让谁。

嘀嗒，嘀嗒，手表上的秒针轻轻转动，时间很快流逝。

酒店的自动门缓缓打开，同一时刻，言昭松开了沈辞音。她的唇瓣被亲得红润一片，她不甘地蹙着眉，眼里有点儿迷蒙的雾气，此时的心跳声好像比喘息声还要震耳欲聋。言昭低头，看着她笑："你输了。"

言昭住的是酒店的顶层套房。虽然酒店比不上上次出差住的樾汀，但到底是酒店里最昂贵的房间，设施及服务远比普通的房间要优越。两个人刚进房间没多久，客房服务员就送来了果盘、小吃，还有两杯热牛奶。

言昭先去洗澡了，沈辞音从服务员手里接过东西，说了一句"谢谢"。

房间很大，正中央是一张大床，墙边有一面转角的落地窗，从二十多层楼的高度看下去，外面黑漆漆的一片，只零星点缀着一些灯光。

沈辞音打开行李箱，把自己换洗的衣服拿出来，整齐地叠放在床角，想了想，又拿了一件内衣，塞在睡衣和睡裤之间。手机快没电了，她掏出充电线，插在床头，手机屏幕上闪起充电的标志，一会儿就暗了下去。

浴室里的水声不断地响，磨砂玻璃上是很模糊的人影。她从床头柜走到桌边，将热牛奶杯子拿起来捧着慢慢喝完牛奶，然后抽出纸巾擦了擦唇瓣的湿润痕迹，扔掉纸巾，又从果盘里挑了一个小橘子吃。很快，她好像找不到事可做了。

言昭洗完澡出来的时候，看见沈辞音坐在床边，翻着电视上的影片列表。

她听见动静，回头，言昭说："到你了。"

沈辞音嗯了一声："有浴缸，我要泡个澡。"

言昭笑："你随便。"

浴室是无主灯设计，灯光并不晃眼，沈辞音套了一个一次性的浴缸袋，拧开开关放水，再坐进浴缸里。

怕她纯泡着无聊，言昭在卧室给她放音乐。隔着玻璃，旋律模糊地飘进来，沈辞音抬头看着天花板，想起很多事。那一桩桩的事，好像过去了，又好像没过去。

水温渐渐变凉，她起身，拿浴巾裹住，走进淋浴间冲澡。

做完一切，她走出浴室，时间已经过去挺久。

她的身体热腾腾的，脸颊有些发烫，是被浴室水雾蒸出来的热意。她光着脚踩在地毯上，朝着床的方向走去。

言昭已经将窗帘完全合上，随意地坐在床边玩手机，额前的碎发被他拢上去，五官很完整地露出来，映着手机屏幕明亮的光。

沈辞音走到床头，拿起手机看了一眼，电已经充满，有一条来自靳源的消息。靳源明天一大早要去送亲，这是南城一贯的习俗，本来也叫了沈辞音，但她不喜欢那种人多的热闹场合，就拒绝了，只参加晚上的晚宴。他这个时候给她发消息，八成是玩游戏玩到深夜还没睡觉。

沈辞音回复后，看了会儿其他消息，放下手机。她有点儿困了，掀开一旁的被角，坐上床就往里钻。

言昭始终一动不动，有点儿像是暴风雨前的宁静。

沈辞音只当他是忘了他说过的话，礼貌性地说了一句"晚安"，随后起身，要去关自己这边床头的灯。可她还没碰到按钮，手腕突然被身后的人攥住，脊背覆上来一个温热的胸膛。

肩膀被他隔着睡衣咬了一口，沈辞音轻轻蹙眉，还没来得及说话，整个人已经被他搂住，翻过来按在了身下。

沈辞音躺在床上，手腕被言昭扣住，一左一右地压在身体两侧。

酒店的灯光是暖黄的色调，床头一盏小灯幽幽地亮着，将言昭半边脸照得清晰。她对上他的视线，被他毫不遮掩的眼神看得脸颊发热，眼神游移地躲开、往下。浴袍领口松垮，随着他俯身的动作垂散。这里好像也不能盯着看，她又匆匆转头。

言昭笑了一声，手指不慌不忙地抚摸她的唇瓣，一言不发地紧盯着她。她用牙齿咬他的手指，刺痛感从指尖传来。他撤出手，掐着她的下巴，忍不住低头咬上去。

在酒店大堂时的那个意犹未尽的吻在此刻得到延续。跳过试探、挑逗的阶段，他们直接进入正题。

早晨，沈辞音在睡梦中被弄醒，睡眼蒙眬，无力地任他摆布。

一直到快中午时分，言昭下床，拉开窗帘，炽热的阳光猛然涌进来，将屋子照得透亮。他光着上半身去拿衣服穿，结实精壮的身体在她眼前晃来晃去。

沈辞音躺在床上看着，突然注意到他后肩处那块与周围肌肤明显不同的印记，问道："你肩膀那里是疤吗？"

言昭扭头看了一眼，拿起衣服穿上，轻描淡写："打球撞的。"

沈辞音想起他曾经滑雪也受伤过，不疑有他。她移开视线，从床头拿过手机，点开看消息。早上的信息是靳源发的，他给她发了一长串接亲的视频，从放鞭炮，到婚车出行，再到新人接亲，视频里的氛围红红火火、喜气洋洋，看起来热闹得不行。

沈辞音窝在床上，点开视频一个个地看，靳源展示了他抢到的红包，还说给她留了两个。她看完这一串消息，时间又过去不少，她转头看了一眼窗外的太阳，肚子发出饥饿的信号，再不想起也得起来了。

因为今晚要参加婚宴，她特意选了一条好看又正式的裙子，她换好衣服站在镜子前整理了一下，手背到身后去拉拉链。

言昭从她身侧走过，自然而然地接手，撩开她的黑发，替她将拉链拉到顶。沈辞音回了一句"谢谢"。

"要我送你吗？"言昭问。

"不用，我自己去就行，家里有一些亲戚来了，我得早点儿去打招呼。"她说，"明天我有时间，可以带你在南城转转，今天你就自己随便逛一逛。"

言昭应了一声。

傍晚，沈辞音提前抵达了婚礼晚宴的酒店。宴会厅被花环和气球精心装饰，舞台上的大屏幕正在轮播新娘和新郎的婚纱照，婚庆团队在调试音响，音乐声时断时续地响起。

靳瑶穿着一身婚纱，站在门口的花墙边迎接来客。沈辞音走过去，和她礼貌地拥抱了一下，祝她新婚快乐，又合了一张影，没再多说一句话。

其实她们小时候的关系还算不错，只是后来外婆去世，三家人分房产时发生了矛盾。靳文素走得早，外婆身体不好，一直是由二舅一家无微不至地照顾到去世，大舅一家从来不闻不问，结果大舅一家最后却要求分最多的羹，失败以后就有意地和另外两家疏远。她们本该是亲密的姐妹关系，就这么淡了下来。但这回到底是表姐的人生大事，沈辞音见证完，礼数尽周全了，也算是仁至义尽。

四周围着亲戚，看见她们合照，将话题转到沈辞音身上。

"瑶瑶也结婚了，下一个就该喝辞音的喜酒了吧？"

"说的也是，辞音今年也不小了，该谈个男朋友了，早点儿带回来让我们看看，眼光别那么挑剔，合适就行。"

沈辞音听着，只淡笑着不说话。她的手臂垂下，嵌着绿钻的手链松弛地坠在腕骨处，随着摆动闪闪发光。这是临出门前言昭强硬地要求她戴上的，吸引了不少目光。

靳源和新郎、新娘打过招呼，就被叫去接待亲戚。沈辞音做不来这些，就先进场，在座位上一个人坐着。

服务员给她倒了一杯茶，杯口冒着丝丝缕缕的热气。

"小章，来，来，来，坐这儿，这儿有位子。"

沈辞音正低着头看手机，身后突然响起大舅妈热情的声音。随后，身旁的椅子被人向后拉开，她转头看去，一个陌生男人紧挨着她坐下，朝她笑了笑。

大舅妈两只手分别搭在两个人的座椅背上，语气十分熟稔："小章，这就是我跟你提过的，辞音，京大毕业，现在在宁川上班，特别优秀的姑娘。你们年轻人有共同话题，多聊一聊，相处一下。"

她又看向沈辞音："辞音，这位是你李阿姨家的外甥，小章，和你一样，现在也在大公司工作，年轻有为。"

沈辞音想：什么李阿姨，她根本不认识。

"我还要招待别的客人，先走了啊，你们聊。"

大舅妈走远，圆桌边就只剩他们两个人，意图再明显不过。沈辞音回来这两天看他们在这件事上一直没动静，她还以为他们放弃了，原来是在这儿等着她。他们没有和她商量，自作主张地给她安排这种事情。她十分反感这种行为，心情已经有点儿不好了。

"沈小姐比我想的还要好看。"男人似乎对她第一印象很好，先开了口，"听说你在一家很有名的科技公司，U 家还是 V 家？"

出于礼貌，她还是答："V。"

"V 啊，很牛，我们公司做过一点儿相关业务，主要是……"他开始侃侃而谈自己的工作，越讲越兴奋。沈辞音听着无聊极了，垂着头，手指按亮手机屏幕，又按灭，反反复复地发呆，打发时间。

男人絮絮叨叨了好几分钟，意犹未尽地停止讲述，反问："你觉得怎么样？"

沈辞音还是决定说清楚："抱歉章先生，我没有相亲的打算。"

他愣了一下，但也并不意外她这么直接，往自己杯子里斟了一杯茶，然后喝了一口茶清了清嗓子："你年纪也不小了，总该考虑的。我有女同事也是像你一样，之前说绝对不找，但是过了几年就开始着急，现在到处让我们给她张罗找对象。女性事业成功固然重要，但家庭也是人生里密不可分的一部分嘛，不要几年后后悔了。"

说完，他将自己的袖子卷了卷，刻意露出腕上的手表，像是要增加吸引她的筹码。

沈辞音并不感兴趣，淡淡道："几年后的事情，几年后再说。"

男人问她："你是不婚主义者？"

"不是。"沈辞音说，"只是婚姻的优先级在我这里没有这么高，除非——"

除非遇到了那个非他不可的人。她将后半段话吞了回去。

靳源的电话准点打来，说找她有事，她朝男人颔首示意，离开座位向外走去。

"把婚宴变成相亲现场，绝了。"靳源吐槽，"还好你发微信给我，怎么样？我打的电话及时吧？"

沈辞音靠在墙边："你看看他走了没有，要是在等我，我待会儿就换个座位。"

靳源往场内张望了一下："走了。"他收回头，"不过，姐，你是真的不打算找对象啊？是不是送你回来那帅哥——"

沈辞音先发制人："我还没问你呢，你拿人家的车发什么朋友圈？他知道吗？"

靳源讪讪地摸了摸鼻尖："虚荣心嘛……难得坐一次豪车可不得炫耀一下。姐，你放一万个心，我问过哥了，他同意的，我把照片上的车牌都打码了。"

恰巧二舅妈走过来，看见他们在墙边聊天，把偷懒的靳源赶去门口继续招呼亲戚，自己走到沈辞音身边，说："我刚看见了，你大舅妈是不是又给你介绍相亲对象了？她就爱操心这种事，你别管她。"

沈辞音笑了一下。

二舅妈显然比靳源看得清楚，直截了当地问："我听小源说，送你回来的那个男孩子挺有钱的，是男朋友吗？怎么不带过来给我们看看呢？"

沈辞音顿了一下，轻声道："不算。"

二舅妈端详着她的神色，轻轻叹气，语重心长："辞音，你妈妈走得早，你爸爸又那个样子，这么多年你都是一个人，说实话，我们都很心疼你。你从小就很有主意、很聪明，你做的决定我们也没理由干涉，不过舅妈还是有几句话想和你说。"

她继续道："我没见过那个男孩子，不知道他对你怎么样。他家里那么有钱，经济上总不至于亏待你。但……我还是有点儿担心，有钱人家条条框框多，眼界也高，我们提供不了什么帮助，我怕你受委屈。"

"文素刚走那会儿，你看着很冷静，但我知道，你其实是最走不出来的那个。"她拍了拍沈辞音的肩，"你以后有什么事就和你舅舅，和我，哪怕和靳源那小子，都可以说一说，我们都是支持你的。"

"您放心。"沈辞音应道，"我知道的。"

婚宴结束，沈辞音回到酒店。言昭正在落地窗边的沙发上靠着，面前摆着一台笔记本电脑，戴着耳机，像是在开视频会议。

她没打扰，轻手轻脚地弯下腰，将行李箱里的东西收拾整齐。手机响起消息提示音，她拿出手机点开，是言昭发来的，只有一个字：来。

她回头看，他仍旧坐着，看着电脑，目光都不往她这儿瞥一下。

沈辞音只当他发错了，没理，一分钟后，手机再响：来。

她走过去，在电脑后站定，被言昭拽住手腕，在他身侧坐下。

电脑上的摄像头没开，他听着耳机里的汇报声，漫不经心地握着她的手，手指自然而然地钻进她的指缝，和她十指相扣，放在自己的膝盖上，缓慢地摩挲她的指尖。

几分钟后，沈辞音看着他结束了会议，将电脑合上，问道："放假还要开会？"

"海外临时有个小问题，需要我决策一下。"结束了一场几个小时的长会，言昭有点儿倦，手仍握着她的，另一只手按着肩膀活动了一下脖子，问她，"婚宴的菜好吃吗？"

"一般。"不合口味，她都没怎么吃，"你晚上吃了吗？"

"没有。"

"点外卖？"

言昭挑剔："不吃。"

沈辞音看了一眼时间："那就一起出去吃个夜宵？"

两个人收拾了一番，沈辞音走在前面，打开房门，随意问他："你想吃什么？"

言昭思索片刻："牛肉面？"

她顿住脚步，回头，看着他。

"好久没一起吃了。"他低头看着她，"尝尝？"

两个人找了一家面馆，面对面坐下。

热腾腾的面被端上来，白色的雾气往上飘，朦胧地掩住言昭的眉眼。他慢条斯理地撕开一次性筷子的包装袋，低头，挑起一筷子面条，很轻地吹了吹。

沈辞音的手机响起提示音，大舅妈不死心地将今晚那位章先生的微信推过来，说人家对她印象很好，还是不想放弃这个机会，劝她再多想想，又说什么年纪越大，条件好的男人越难找。沈辞音拒绝了，将手机扣在桌上，没再理。她问言昭："味道怎么样？"

言昭答："还行。"

沈辞音能猜到，言昭并不是真的有多喜欢吃牛肉面，当初每次说想吃，其实都是想和她单独相处的借口。他似乎真的有很多办法，让她一步步地对他敞开心扉。

第二天一早，言昭被沈辞音叫起来，开启一天的南城旅游行程。

因为沈辞音对当地熟悉，所以今天她做司机，开上了言昭的车。言昭戴着一副墨镜坐在副驾驶位，表情很酷，仿佛是要去海岛度假。

比起宁川，南城要小得多，都没什么地方可玩的。沈辞音带言昭去老城区转了转，吃了一顿早餐，随后在市中心漫无目的地慢慢逛。

两个人来到公园，车位只剩一个，非常考验停车技术。沈辞音屏息着慢慢把车倒进去，下车绕了一圈，确认没出什么差错，这才松了一口气。

言昭靠在车边："你随便开，都说了，出了问题算我的。"

"我倒是不担心，就怕停得太窄了，旁边人出来的时候刮到你的车。"

这么贵的车，蹭一下的修理费用可不是小数目，别人肯定比她还紧张。

两个人走进公园。春日阳光正好，投在湖面上波光粼粼，小湖上漂着几艘游船。

这是开放式的公园，湖边是一条观景长廊，再往外，就是车来车往的马路。脚下是齐整的石砖路，沈辞音一步步地踩着，突然轻吐了一口气，打破了静谧："言昭，我是不是一直没和你说过，我妈妈是怎么去世的？"

言昭侧头看着她，没接话。她停下，指向远处的马路对面："就是在那条路上，早上出的车祸，那时候我还在上课。"

他跟着她停下脚步。

沈辞音一脸平静地继续说："一开始我以为是假的，像是做梦一样。可后来在医院，医生告诉我们已经没办法的时候，我才知道，我好像真的失去妈妈了。"

一切的转折，都要从那趟宁川之旅开始。

彼时沈江已经在宁川做生意有一段时间了，和母女俩离多聚少。靳文素盘算着带女儿去一趟宁川，给沈江一个惊喜，没想到看到了一生难忘的画面。

沈辞音忘不了那个下午。

母女俩从出租车上下来，靳文素手里提着蛋糕，照着地址找到了沈江居住的楼栋。

楼栋有门禁，她们正想着要怎么进去，恰好从楼里出来一个年轻女人。靳文素把蛋糕递给沈辞音，准备自己上前去问问。脚还没迈出去，那个女人回头看了一眼身后的人，嗔怪了一句，紧接着，沈江走了出来，和女人打情骂俏。

蛋糕啪地掉在了地上，靳文素冷静地捂住了沈辞音的眼睛。

恶心。这是沈辞音的第一反应。

耳畔蝉鸣声聒噪，聒噪到令人头晕目眩，仿佛世界颠倒。

一切就在那个时候发生改变。

最终，她们没在沈江面前出现，靳文素带沈辞音回了南城。

生活继续，靳文素仍旧保持着往常的模样，白天去给学生上音乐课，晚上回来检查沈辞音的作业还有小提琴功课。但沈辞音隐约感觉到，靳文素的心理防线在逐渐崩溃。靳文素会在深夜流泪，会在电话里歇斯底里地和沈江大吵，然后沈江更加有理由不回南城，夫妻关系急剧变得恶劣，曾经甜蜜的家庭不复存在。

最后，沈辞音听到了他们达成协议，在她高考结束后，沈江把房子还有财产分给靳文素一大半，两个人离婚。

可靳文素在新生活开启的前夕，不幸出了意外。

沈辞音从小在母亲的严格要求下长大，她对靳文素又爱又恨，有时候也有叛逆的想法，认为以后一定要经济独立，离开家庭，可真等到失去靳文素以后，她才发觉，自己就连仅剩的母爱也没有了。

靳文素去世后，沈辞音随沈江去宁川，也是无奈之举。外婆身体不好，照顾不了沈辞音，沈辞音也正面临快高考的阶段，根本没法分心。最后只能靠沈江，沈辞音这个名义上的父亲，肩负起照顾她到高考结束的责任。

更何况，宁川有更好的教育资源、更好的生活条件，沈辞音还需要依赖沈江生存，他也不能就这么毫无负担地抛掉曾经的家庭。所以尽管很恨他，她也不得不用他的钱。不和他们住在一起，已经是她最后的坚持。

上大学后，沈辞音就不怎么和沈江往来了，毕业找到工作之后，更是彻底断掉了联系，直到今天。

沈辞音深吸了一口气，说："前段时间听说沈江最近生意做得不好，他们天天吵架，好像又要离婚，他自己身体变得很差，一直受病痛折磨，也算是报应。"她沉默片刻，又说，"但那又怎么样呢？妈妈也回不来了。"

眼眶忽地酸涩，沈辞音不想让人看见，别过头，低声说："言昭，能不能帮我一个忙？"

言昭回："你说。"

"肩膀……能不能借我一下？"

他站定，朝她伸出双手。

沈辞音扑进他怀里，额头抵在他肩膀上，低头一动不动。

言昭忽然感觉到肩头一阵湿意。沈辞音很少哭。言昭几乎没见她因为情绪不好哭过。她从不诉苦、从不说委屈，自己和自己较劲，脾气很倔，不肯把脆弱的一面展示给人看，仿佛那就是她最后的固执。

言昭没说话，体贴地给她留足空间，抬手揽住她的腰，抱紧了些，另一只手摸了摸她的后脑勺。

沈辞音无声地流泪，在他的怀抱中感受到久违的温暖。

他宽慰了她一会儿，口袋里突然响起电话声。他接起电话，将手机贴在耳边："妈？"

沈辞音的肩膀颤了一下，他只当她是在抽泣，安抚似的摸了摸她的后背，继续回言惠的电话："我不在宁川。

"嗯，我知道。回来再说。"

三言两语后，他挂断了电话。沈辞音从他怀里起身，拿出纸巾擦了擦眼角残余的泪痕，神色已经恢复正常。

言昭将手机塞进口袋里，问她："不想再多抱会儿？"

她摇了摇头："打扰人家锻炼了。"

言昭扭头，在空地上锻炼的大爷大妈们正齐刷刷地好奇地看着他们。

言昭笑了一下，回头看她的表情，结合她刚刚听到他叫"妈"时的反应，突然想到了什么："我一直想问，当初我们闹翻前，我妈是不是找过你？"

沈辞音没想到言昭会猜到这件事，猛然抬头看他。他垂眼："果然。"

"她不是劝我离你远点儿。"沈辞音说，"你妈妈她是个很好的人，她很爱你。"

言昭抬起沈辞音的脸颊，看着沈辞音的眼睛，缓缓地说："只要你愿意，她也会爱你的。"

接到言惠的电话后，言昭要立刻动身赶回宁川。沈辞音也没多待，和靳源他们一家人打了一声招呼，然后和言昭一起离开了南城。

短暂的假期转瞬即逝，从南城回来以后，沈辞音又回到了每天循规蹈矩上班下班的日子。VH 和一个知名艺术品牌合作推出的一款联名智慧产品即将进入上市宣传期，市场部变得忙碌起来，几乎每天都要开会，忙到沈辞音只要一闭眼，满脑子就是 Freda 各种不满意的严肃表情，压力极大，加班加到快晚上十二点都是常有的事。

　　沈辞音就这么忙了一两周，方芮珈突然发来求助消息，说想来沈辞音这儿住两天。沈辞音欣然应允，当天晚上，方芮珈就拖着行李箱出现在了她家门口。

　　提起借住的原因，方芮珈直叹气："唉，我家隔壁前段时间不是搬来了一个单身小帅哥嘛，那个弟弟长得特别对我胃口，还总是对我笑，然后我们就暧昧上了……你懂吧？"

　　沈辞音刚洗完澡，在沙发上坐下，双手将长发在脑后捋成一束，她咬着发绳点了点头。

　　方芮珈的语气十分后悔："有一天我喝了点儿酒，昏头了，把他拽到我家来……事后我本来想大家都是成年男女了，你情我愿的，应该没什么事，结果现在他和我说他没谈过恋爱，一定要我负责。"

　　沈辞音盘起腿，将笔记本电脑抱到腿上，又拿起茶几上的眼镜戴上，看起来斯斯文文的："你对他什么感觉？"

　　方芮珈说："我应付不来弟弟啊！现在我都不敢回家了，真怕一开门就撞见他，他那个眼神总让我觉得我自己是个'负心汉'。"

　　沈辞音轻笑："谁让你自己惹了桃花债？"

　　方芮珈不满意地哼了一声："你不也是？和你那位总裁掰扯清楚了吗？"

　　沈辞音叹气："怎么又扯到我身上了？"

　　"当然是因为你这个新闻比我的大多了。"方芮珈探过身来敲了敲她的电脑屏幕，"在会所那天，你在楼上换衣服，我看你迟迟不出来，打电话又不接，本来想上去找你的，后来被服务员拦住了，我才知道整个二楼都被清空了，就你们俩在上面。"

　　沈辞音没听她说过这些，扭头看向她。

"我也是听那些人讨论的时候才知道，因为有些人嚼你舌根，各种猜测乱七八糟的，他直接把二楼全包下来给你换衣服，最后还牵着你出来。"

他就是光明正大地展示给所有人看，沈辞音是他言昭的人。

沈辞音看向手机。从南城回来以后，她忙得脚不沾地，言昭也没轻松到哪儿去，行程安排得比她的还满，还去其他城市出了一趟差。算下来，他们也有小半个月没见了。

沈辞音和方芮珈在沙发上继续闲扯了一会儿，时间已经不早，两个人收拾着上了床。沈辞音的房子是一室一厅，只有一张床，她们不可避免地要睡在一起。方芮珈钻进被窝里，看着沈辞音关掉床头灯，室内陷入一片黑暗。

"毕业之后，我们好像就再也没有这样一起睡过了。"两个人并肩躺着，方芮珈感慨，"时间过得真快，我到现在都还记得大学那时候，关了灯，我们几个人睡不着，叽叽喳喳地聊学校的新鲜事，聊谁和谁在一起了，聊哪个学院有帅哥。"

沈辞音在这种夜间话题中，从来都是话最少的那一个，少到其他人每隔十分钟都要问一句她是不是睡着了。就连关于她自己的话题，她都没有想聊的欲望。刚开学那会儿，有一个学长对沈辞音发动了极其猛烈的攻势，猛追了大概一个月，沈辞音不为所动，拒绝的那种冷漠劲令人望而生畏，像是一座根本焐不热的冰山。

后来宿舍夜聊，室友问她拒绝的原因，她只回了三个字"没感觉"，就再没了下文。室友又问她喜欢什么类型的，她的回答是"看感觉"。

看起来很合理的回答，但真的很容易气死人。

后来沈辞音解释说："这种回答方式，是和别人学的。"

高中时言昭面对不想答的问题就是这么回答的，十分擅长用最漫不经心的态度噎得别人说不出话。沈辞音耳濡目染，觉得他的答案也很适合她来回答这些问题。

所以方芮珈是真的很好奇，能让沈辞音念念不忘的人会是什么样的。等到碰见言昭，看见他们俩的相处方式之后，她又隐隐地能理解了。

那天言昭开车送她们从会所去烤肉店，沈辞音坐在副驾驶位上。一路上他们两个人虽然没说话，但气氛不同寻常，连方芮珈这个坐后排的都感受到了一股很沉闷的暗流在涌动。

中途，言昭的手机响了，他开着车不方便，就让沈辞音替他回复消息。

沈辞音从他口袋里拿出手机，简短问道："密码？"

言昭答："没变。"

她停顿片刻，也不问是什么密码，也没有向他确认，言昭仿佛笃定她知道一样，没再多说一句话。车厢内依旧沉默，沈辞音低头输入一串数字，一次就解锁成功，回复完消息后，将手机塞回他口袋，重新看向窗外。

短短一两分钟的小插曲，他们自己可能都不在意，但这种默契和信任甚至比一些情侣还要多。方芮珈自己都不敢说还记得前男友的手机密码，哪怕他没换。她这个局外人看得明白——两个人心里一直都有对方。

次日，窗外一大早就下起了雨。

沈辞音洗漱完出来的时候，方芮珈正在客厅打电话，不停地踱步："和你说了是家里水管坏了，我在朋友家住两天……不是，我怎么可能躲着你？我有什么必要躲着你？"

沈辞音走到厨房，从冰箱里拿出牛奶，又洗了锅，准备煮点儿面吃。她扭头朝方芮珈举起空碗，问她要不要吃面。方芮珈抓了抓头发，遥遥地朝她比了一个"OK"的手势，又着腰晃到阳台，继续和电话那头的人说话。

锅里的水咕嘟咕嘟地沸腾冒泡，沈辞音抓了一把面条放进去，盖上锅盖，又洗了一个平底锅，开火热锅，拿出两个鸡蛋，准备给一人煎一个。她做菜水平一般般，做得不算好吃也算不上难吃，这么多年照着网上的菜谱糊弄自己完全够用。周末不想点外卖的时候，她都是自己在家做，冰箱里常备着一点儿蔬菜和鸡蛋，如果不够就会去超市补充。

面条被端出来时，方芮珈的电话也打完了，两个人坐在餐桌边吃面。方芮珈往牛奶里倒了点儿麦片，拿着勺子不断地搅，慢吞吞地打了个哈欠，问沈辞音："对了，还没问你呢，你最后怎么回的南城？"

沈辞音回答："坐朋友的车。"

"你自己开的？"

"不是，他开的。"

"你这朋友人挺好，没堵车吧？"

"没有，我们走得比较早，错开高峰了。"沈辞音想起了什么，放下筷子去卧室，"对了，我从南城给你带了点儿特产，你记得给叔叔阿姨也寄点儿回去。"

她打开行李箱，提了一个袋子出来，余光瞥见角落里有一个盒子，拿起一看，是言昭的墨镜。她不知道这是什么时候落在她这儿的。他这几天也不在宁川，等他回来的时候再说好了。

沈辞音给言昭发了微信，说等他回来再还墨镜，但回头她自己忙忘了。

又加班了几天，方案终于被敲定，Freda紧皱的眉头展平，众人长舒了一口气。

胡立在从会议室回工位的路上，抱着电脑，夸张道："刚刚Freda半天不说话，我还以为这方案又要被毙掉。还好过了，这两周真是忙成狗了。"

迟晓莹应和："'VH女魔头'名不虚传。只是方案确定了，后面不是会更忙？"

胡立摆了摆手："到时候再说到时候的事，起码今天，我们的工作告一段落，可以喘口气，短暂休息。为了庆祝，不然大家晚上出去撮一顿？"

连轴转的工作让每个人的神情都疲惫不已，沈辞音也觉得自己需要放松一下，吃外卖都吃腻了，于是欣然同意。

迟晓莹提议："正好，我知道一家新开的餐厅，就在 CBD 附近，要不要去尝尝？"

下班后，众人直奔餐厅。新餐厅的火爆程度超出想象，尽管迟晓莹提前好几个小时拿号，他们到达现场时，还是等了接近一个小时才进去。

"饿死了。"盛倩嚷嚷，"等这么久，如果不好吃，我会恨这家店的。"

众人往包间走，上了二楼，没走几步，看见包间门口站着几个人，其中一个人个子很高，西装革履、宽肩长腿，天然地夺人眼球。

"我……"胡立一句惊叹没说完，硬憋了回去。

其他几个人也同时看过来——目光就此对上。谁也没想到，出来吃个饭，还能碰见公司的大老板。

胡立在最前面，立刻恭敬地开口问候："言总好。"

言昭侧眸，目光扫过他们，笑了一声："晚上好。"

沈辞音站在最后面，装不认识他。

一群人看见言昭就变得拘谨，纷纷噤声从言昭身侧绕过去。沈辞音也一声不吭地走过去，耳畔传来言昭周围人吹捧他的话语。她的肩膀擦过他身侧时，头顶传来言昭漫不经心的一声笑。

沈辞音加快了脚步，疾步走进包间里。

有人问："怎么了，言总？"

言昭收回目光："没事。"

包间里，服务员送上菜单，随后替每个人拿餐具，斟茶倒水。

大家的肚子早就饿得不行，刚刚又受了偶遇大老板的惊吓，迅速地点了几个招牌菜，等上菜的过程中开始天南海北地闲扯。他们先是聊起 Freda 有多受 Jeffery 器重，在公司里威望有多高，又聊到 Jeffery 最近买的私人高尔夫球场，探讨他一年到底能赚多少钱，最后，话题不知是被谁引到了刚刚碰见的言昭身上。

"其实我一直有听说哦，言总继任那会儿，公司里好多人不服他。"

"太年轻了吧？好像是毕业就接手公司了？"

"当初有人直接叫他'小言总'，说是要和他妈妈区分开。但明眼人都知道，他妈妈已经退到幕后了，现在言氏就是他当家，哪儿有第二个言总，明显是故意要给他个下马威。"

"看来豪门继承人也不好当呀……"

聚餐结束，毫无意外，沈辞音接到了庄凌的电话。言昭今晚看见她了，绝不会放她跑。她在餐厅门口和大家分别后，往前走了两步，看见了言昭停在路边的车。

庄凌站在车边，一身正装，见到她时，歉意地开口："我待会儿还有点儿事情，不能送老板回去，司机马上就来，您再等一下。"

沈辞音问："言昭呢？"

庄凌答："今晚应酬，老板好像喝得有点儿多，等您等睡着了。"

她从包里拿出墨镜："那你帮我把这个给他，我就不去打扰他了。"

庄凌当然不敢接，摆手："您还是当面给比较好。"

两个人立在路边，彼此沉默。

沈辞音开口："庄助理，我能问你一个问题吗？"

"沈小姐请说。"

"你和言昭在一起工作多久了？"

"两年。"庄凌说，"老板刚回国上任的时候就招了我当助理。"

"回国两年？"

"对，老板毕业后，在国外分公司待了一年，然后就回国了。"

沈辞音嗯了一声，没再说话。

庄凌摸不清楚她的态度，试探着问："您想了解什么呢？"

"没什么，只是有点儿好奇。"沈辞音说，"我对他这几年一无所知。"

而未知，正是她不安感的来源。

夜晚的宁川飘着细碎的雨丝，继续在路边站着也不是个办法，庄凌替沈辞音拉开车门，她弯腰上车。

车内很安静，半个月没见的言昭靠在后座椅背上，头微微后仰，眼睛闭着，半张脸被窗外的灯光映亮，染着点儿微醺的神色。他的穿衣风格一贯随性恣意，出了正式场合就不怎么按规矩来，西装衬衫从不正经地穿好，扣子随便解开都是常态。只是今天，衬衫扣子被严实地扣到顶，睡梦中，衬衫领口捂得他有些不适地蹙眉。

沈辞音坐了一会儿，扭头看去，发现他似乎觉得有些热，总是不自觉地扯领口，她想了想，好心地凑过去，想替他将衬衫最上方的扣子解开两颗。她的手指捏着纽扣，发丝随着她俯身的动作刺挠他的脸颊，缓慢地带起一阵痒意。

言昭睡得浅，慢慢睁开了眼睛，半垂着眼皮，目光落在她的脸上。他的眼神清明，看起来一点儿不像醉酒的样子。也是，这种商业应酬，只要他不想，没人敢逼他喝酒。

沈辞音的动作陡然停住，指尖还压在衬衫领口上，虚虚地碰到了他的锁骨。两个人在极近的距离下无声地对视，她率先松开了手，坐直身体："既然醒了，就自己来吧。"

言昭没动，只是看着她。

她被那目光看得不自在，从包里拿出一个小盒子："你要的墨镜。"

言昭没接，整个人仍懒洋洋地靠在那儿，手指搭在她的腰侧，微微用力，将她搂了过来。沈辞音身体靠过去，手一松，墨镜盒掉在了座椅上。

言昭低头，盯着她，轻声问："我要的是这个吗？"

沈辞音抿唇："那你要什么？"

"你说呢？"他的唇瓣蹭上她的鼻尖，缓缓滑下去，寻到她的唇，若即若离地点了点，"明知故问？"

她不说话，呼吸浅浅地拂在他的唇上。

言昭掌住她的后颈，很轻地摩挲，随后低头，用力地吻住她。

Chapter 07

雨中初见

沈辞音曾经问过言昭为什么会对她这么好。

高中时，从滑雪场回来后不久，周六晚上，正好遇上万圣节，学校附近的商场举办活动，她无聊也去逛了逛。商场内挤满了人，一楼正中心区域搭了一个舞台，很多人穿着cosplay（角色扮演）的衣服在上面唱歌跳舞，四周有几个人穿着玩偶服提着篮子，给路过的小朋友们发糖。

沈辞音逛了二十分钟，就看见了超过三个学校里的熟面孔。她一个人漫无目的地走，不远处围了一些人，她也好奇地走过去。她一靠近，就被告知今天有一个万圣节活动，两个人一组一起投篮，在规定时间内达到一定分数可以兑换小礼品。

沈辞音摆了摆手，说自己是一个人来的，对方没强求。商场为了在万圣节吸引更多顾客，临时摆了一个篮球机，此时有两个人正在投篮，他们技术高，几乎百发百中，引来不少人围观欢呼。

她没多停留，进了旁边的杂物店。杂物店里都是精致好看的文具和日用品，吸引了不少学生进店。她长相出众，身材纤细高挑，很快有同校的人注意到她。

"快看，那是不是沈辞音？"

"我看看……还真是。"

"她怎么在这儿？"

"一个人来的吧？"

言昭这时候正在家补觉。他最近感冒发烧了，精神状态极差，难得周六清静，本打算休息一下，家里又来了亲戚，在他的房间外吵了一下午才走，他没心情吃晚饭，倒头就睡。

昏昏沉沉中，床头的手机响起，他心里不爽得要命，半睁着眼，不耐烦地拿起手机看了一眼。手机上是一张照片，现拍的，一个熟悉的侧影，照片上的人正认真凝思，仿佛在做题。

他看了一眼时间，照片是对方刚刚发来的。大概是消息里的"沈辞音"三个字让言昭压住了起床气，他坐起身，套了一件衣服，简单洗漱过后准备出门。

言惠正坐在沙发上看电视，听见他匆匆的脚步声，扭头问："你去哪儿？不是说补觉吗？"

言昭的声音和关门声一同响起："有点儿事。"

沈辞音在商场逛了一圈，又路过那个篮球机时，已经没有人在参与活动。活动负责人说她要是不参加活动也可以自己玩一玩，她决定试一试。她双手握住篮球，对准篮筐，投了一个。

啪——球砸到篮筐后弹了出来。

她再扔。

哐——这下进了，但完全是凭运气。

她就这么胡乱扔了几个，身侧突然传来一个熟悉的声音："姿势不对。"

她没反应过来，身后已经站过来一人，他单手抓起球塞到她的手上："手要再抬高点儿。"

"言昭？"沈辞音顿住动作，意外极了，"你怎么在这儿？"

他穿着一件黑色外套，拉链拉到了顶，看起来不怎么精神。

"来随便进一逛。"他看着她，"你怎么一个人在这儿？"

"也是随便逛一逛，在家待着无聊。"

沈辞音站定，举起篮球准备再投，言昭微微托高她的手肘替她调整姿势，示范性地教她怎么下压用力。她能感觉到自己的思绪有些乱，目光盯着篮筐，但脑海里全是胡思乱想。

言昭盯着她的侧脸："走神？"

"没。"她回过神，匆忙将篮球投了出去，不出意外，没有进。

这是最后一个球。

言昭问："还玩吗？"

沈辞音说："不玩了。"

旁边的活动负责人再一次向他们宣传了今天的双人活动，言昭问沈辞音参不参加，沈辞音表示无所谓，于是活动负责人给他们俩一人扣上一个同色手环，表示组队成功。

为了让沈辞音有参与感，言昭并没有只顾自己投篮，而是让出了不少时间和空间给她投篮，最后得到的分数并不高。

活动负责人遗憾道："只能选这一排的奖品。"

言昭对沈辞音说："我没有想要的，你挑。"

沈辞音看了一圈，觉得那些东西都没什么用处，指着其中一个说："这个怎么样？"

那是一个音符挂件。

言昭当然没意见。

沈辞音把音符挂件递到他手里："你是今天的得分手，这个给你。"

言昭问："送我的？"

她嗯了一声："你也可以换别的。"

"就这个。"言昭挺满意，塞进口袋里，"收下了。"

离开活动场地，言昭问："喝点儿什么？"

沈辞音答："奶茶吧。"

奶茶店里人特别多，在手机上下单时，界面上显示还有二十多杯要制作，沈辞音也不想再逛商场了，就和言昭在店内找了空位坐下等。

两个人面对面坐在圆桌旁。沈辞音向来不擅交际，不知道找什么话题，于是沉默，在外人看来，他们像是拼桌的陌生人。

等拿到奶茶，时间已经不早了，言昭问她接下来有没有安排，得到否定的答复后，两个人一起坐地铁来到了江边。

夜晚时分，江边挤满了人，有小孩经过，看着沈辞音头上夹着一个万圣节南瓜的发夹，用不怎么熟练的英文朝她喊："Trick or treat!（不给糖就捣乱！）"

沈辞音摸了摸口袋，还真找到两颗糖，递给小孩，小孩欢天喜地地跑了。

言昭见状，朝她伸手："我的呢？"

她向他展示空空如也的口袋："没有了。"

"没有？"他扬眉，"那我捣乱了。"

沈辞音倒是不怕，毕竟言昭也不会对她怎么样，她抬头，很镇定，仿佛要看他能使出什么招数。

言昭忽然靠近，江风拂过，吹乱发丝，看她陡然紧张起来的模样，像是小猫爹毛，言昭笑了一声："逗你的。"

不远处的江上有一艘华丽的游艇缓缓驶过，众人的目光全被吸了过去。

"好奇？"言昭顺着她的视线看去，"上过游艇吗？"

她诚实地回答道："只看过，但没看过这么豪华的。"

"想上去？"

"不用了，看看就行。"沈辞音随口感慨了一句，"光线不太好，要是能亮灯就好了。"

这看起来是私人游艇，甲板上特别热闹，有一群人在开万圣节派对，他们怎么可能上得去？

言昭看了她一眼，转身离开，两分钟后，他返回来，将手机塞进口袋里，陪她一起在栏杆边趴着看。

数十秒后，那艘游艇突然亮起了全部的灯，奢华漂亮，明亮的光线映在粼粼的江面上。游艇顺着水波缓缓地朝这一侧的岸边靠近了一些，正对着他们俩的方向，像是为了让人更清楚地看见。

沈辞音愣了一下。

言昭的电话响起，对方的声音兴奋："满意吗？你一个电话说要让朋友开心点儿，我马上就去搞定了，怎么样，你那朋友是不是感动得痛哭流涕了？"

　　沈辞音看着游艇，吸着奶茶，没忍住小声笑了出来，连忙用手捂住嘴。

　　言昭低头，看着她微微发红的脸颊，轻轻勾唇，对着电话那头的人说："嗯，她开心了。"

　　游艇慢慢驶远，沈辞音的声音在夜风里变得柔和："你知道这游艇是谁的？"

　　言昭答："一个圈子里的，一个电话的事。"

　　她咬着吸管："谢谢你。"

　　他看似轻描淡写，她却知道这种事情实现起来其实并不简单，但因为他是言昭，所以他能做到。而且最重要的是，他会为了她随口的一句话，就去做这种没什么意义的事，只为了让她开心点儿。

　　"言昭。"沈辞音问出了她内心一直以来的疑惑，"你为什么对我这么好？"

　　言昭侧头看她，平静地开口："在小卖部那次不是我第一次见你。"

　　她怔住。

　　"你刚转学过来的时候，我见过你，也留意过你一段时间，我觉得你这人挺有意思——"

　　沈辞音皱眉打断他的话："有意思？"

　　她觉得自己这种寡淡的性格，和"有意思"沾不上边。

　　"嗯。"言昭嗓音含笑，"特别有意思。"

　　沈辞音身上有一种很强烈的反差感，让他对她产生了强烈的探知欲，想要剥开她的伪装，去发掘她的真实面目，可等真正了解她之后，他才发觉，她的内心远比外表看上去要细腻柔软。

　　"言昭你——"她顿了一下，"脑回路挺奇怪的。"

　　他挑眉："你还是第一个这么评价我的。"

　　"但是我可能不是你想的那样。"沈辞音坦诚道，"我的性格你也知道，不太热情，不怎么主动，也不知道怎么和人相处。"

　　言昭说："我从来都不需要你去迎合我。"

他看着她，眼睛仿佛在说，用你感到舒服的方式对待我就可以。

她低声说："谢谢。"

耳畔仿佛还吹着风，场景慢慢从江边换到南城，他们都已成熟许多，言昭告诉她："只要你愿意，她也会爱你的。"

沈辞音当时眼眶又酸又热，下意识侧头，不想让人看见，躲在言昭的怀里。他好像一直都是在坚定地选择她，一点点敲碎她伪装的坚硬外壳，告诉她要顺从内心，想要就说出口，不要再压抑自己。

九年过去了，沈辞音本以为他们不会再有结果，天差地别的两个人也许就这样带着热烈的曾经相忘于江湖，走上不同的道路。可他们再度遇见时，她平静的内心还是会因为他而不断波动。她根本不像自己以为的那样，完全忘了他，能够和他彻底断掉一切。

她早已控制住的欲望此刻蠢蠢欲动，不断地撞击牢笼，想要挣脱出来，不管不顾地告诉她：不要想那么多，跟着感觉走。

就像橱窗里的一颗她拥有过，但又被她摆放回去的水晶球，兜兜转转后还会是她的吗？她能够再度拥有，并且不再失去吗？

咚咚，车窗被敲击的声音突然响起。两个人的动作一同停住，沈辞音先反应过来，推开言昭，坐直了身体。

言昭抹了抹唇瓣上的口红，打开车窗，庄凌斯文的脸出现在车窗的缝隙里："老板，李叔来了。"

言昭应了一声。

庄凌向两个人告别，李叔坐进驾驶座，看了一眼车内后视镜，问道："您回半山还是浮景苑？"

言昭闭上眼睛，手指捏住她的手，在掌心里握着，答道："浮景苑，和崔姨打个招呼，说我今晚不回半山了。"

"好的。"

车辆发动，窗外的雨滴捶打着车身，模模糊糊地发出闷响。沈辞音望着轿车一路前行，察觉到似乎没人问过她的意见，于是主动开口：

"我家在白湖新路那边，您如果不顺路，把我放在地铁站那儿就行。"

李叔握着方向盘，从后视镜看向言昭，等待他的示意。

言昭笑了一声，捏了捏她的手指："不行。"他将她往自己身侧拉，"你要陪着我。"

沈辞音又一次来到言昭家。

言昭不紧不慢地用指纹解锁，顺口提了一句："明天带你录指纹。"

沈辞音被他牵着："我？"

"嗯。"言昭拉开门，侧身让她先进，"密码也可以，看你喜欢哪种。"

"这是你家，就这么告诉我密码不太好吧？不怕我侵吞你的财产？"

这相当于允许她彻底侵入他的私人空间，把他的隐私毫无遮挡地展现给她，给她最高级别的窥探权限。

言昭笑，声音里还有点儿酒意带来的慵懒："反正重要的东西已经给你了，还有什么不能给的？"

沈辞音不确定地问："什么重要的东西？"

言昭垂眸看她："心在你这里，任你拿捏，够不够？"

沈辞音感到好像有什么东西在胸腔里疯狂跳动，她深吸一口气，迈进屋子里。她发现自己在感情上总是有些回避，内心的不安全感让她习惯性地将自己放置在一个自我保护的位置，抗拒侵入，也从不踏出。可言昭总是用他的直接强势打破她的躲闪，将她从这种束缚里拽出来，一遍不够，那就再说一遍，直到她彻底听清楚了为止。

沈辞音看他关上门，轻声问："你今晚不回家，真的没问题？"

她可不想背负上什么罪名。

言昭挑眉："这不也是我家？回哪儿都一样。"

对于言昭在半山的家，沈辞音倒是有点儿印象。

高中时，言昭的生日即将来临。沈辞音知道这个消息的时候是个周末，两个人正在一起吃饭，言昭邀请她去他家，参加他的生日宴会。

"去你家？"沈辞音有点儿迟疑，"你爸妈在吗？"

"中午我和他们还有我妹妹一起过，下午他们要陪我妹妹去参加学校的家庭活动。"

"下午就我们两个？"

"我还叫了三四个朋友。"他说，"你要是觉得跟不熟的人待在一起不自在，我就不叫他们了。"

"这是你过生日，当然要叫，只是我以为你过生日会弄得隆重一些。"

"以前办过。"言昭兴致缺缺，"很没意思。"

言昭十岁生日的时候，言惠特地操办了一次，排场极大，数不清的知名人物都来露脸，生日宴会俨然变成了大人们各怀心思的虚伪社交场。那时候年纪尚小的言昭冷脸看着华丽的宴会厅，听着耳边的阿谀奉承，只觉得无聊透顶。

明明是他的生日，他却一点儿都感觉不到开心。所以后来他说不想再这样办，言惠也随他去，每年都简单吃个饭就完事，有时候甚至什么都不需要特别准备。

言昭生日当天，他坐着车来接她，轿车一路驶上半山。

沈辞音是第一次来这种豪华的别墅区，从车窗往外看去，各个别墅被隔得很开，环境幽深，奢华低调。

车拐进大门，入眼是一幢三层高的建筑，前方的庭院很大，有一片游泳池和大草坪。草坪边有一块花圃，还有几棵树，看起来品种名贵，长势也好，像是有专人精心养护，连枝条都被修剪得整齐。

家里只有崔姨和其他几个用人在。言昭带沈辞音参观，沈辞音走进一楼的一个房间，发现这是专门用来收集言家兄妹俩成长轨迹的屋子。她看着柜子里一排排的照片，还有各种奖状、奖杯，感叹道："你的经历好丰富。"

骑马、滑雪、打网球、登山、弹钢琴、参加竞赛……言昭过去十七年的生活，以这样一种丰富的形式在她面前完全展现。

"还行吧。"言昭不以为意，"有时候兴趣来了我就会去尝试一下。"

沈辞音嗯了一声，低头去看柜子最下方，里面堆放着有明星签名的篮球和网球，还有滑雪板，这都是在市面上能炒出超高价的绝版物品，就这么随意地挤在一层里。

"幼儿园手工竞赛第二名。"她忍不住笑，"这个也留着吗？"

"我妹妹的。"言昭说，"我爸妈非说要留，旁边那个丑丑的东西就是她缝的。"

沈辞音仔细打量了一下："好可爱。"

"别被她听见，不然她尾巴要翘到天上去了。"

她笑，又说："真好，你的家人很爱你们。"

参观完一楼，言昭接了一个电话，要短暂地离开一下。

沈辞音一个人在客厅坐着，等了许久，他却迟迟没出现，她有些坐立不安，于是问崔姨："请问言昭去哪儿了？"

崔姨答道："他好像有事，刚刚上二楼了。"

沈辞音走上二楼去找他。走廊曲折，两边的房门紧闭，她往前走到尽头，拐了个弯，看见了一道开着的门。整个二楼，只有这扇门虚掩着一条缝，有些许光线从里面漏出来，看起来像刚刚有人进出过。

沈辞音以为言昭在里面，走过去轻轻敲了敲门，又喊了两声，许久都没回应，于是犹豫着握住门把手，轻轻往里推。

门刚被推动，她身后突然探来一只手，将门啪地关上，隔绝了她往里窥探的视线。沈辞音吓了一跳，扭头看去，言昭站在她身后，轻轻扬眉："男生的房间不要随便进。"

这原来是他的房间，沈辞音迅速收回了推门的手。言昭勾起唇角，悠闲地看着她。她冷静下来："我没有别的意思，我只是好奇而已。"

言昭说："嗯，我知道。"

沈辞音："……"

说是过生日，但并没什么特定的流程，言昭也毫不在乎，几个人坐在一起吃吃喝喝、聊天、打游戏，一两个小时过去，地上全是空的汽水罐。沈辞音不爱聊天，于是靠在一旁，看大屏幕上放的电影。直到崔姨端来果盘，提醒他们蛋糕刚刚被送来了，几个人才起身，往餐厅走去。

言昭慢吞吞地走在最后面，没去餐厅，反而将沈辞音带到了旁边的一个客厅，拆她送给他的礼物。

沈辞音问他："不去吃蛋糕吗？他们在等我们。"

"没事，让他们先吃。"

她语塞，到底是谁过生日？

她提醒："但你要吹蜡烛。"

"无所谓。"

她坚持："生日最重要的就是许愿。"

言昭啧了一声，直起腰，从茶几上拿了一个打火机，拇指利落地蹭开盖子，火苗汹涌地蹿出来，映亮他好看的脸。这是要拿打火机充当蜡烛的意思，沈辞音配合他，说："生日快乐，许个愿。"

"今年的愿望已经实现了。"言昭想了想，对着火苗开口，"没什么更想要的了。"

她提醒："明年呢？"

"明年？"言昭整个人仍是懒懒散散的，闭上眼睛想了一会儿，"好了。"

沈辞音祝福他："你的愿望一定会实现的。"

言昭吹向火苗，将打火机关掉，笑着说："会的。"

那年冬天来得很快。十二月，天气仿佛在一刹那变冷，强大的寒潮突如其来地席卷宁川，寒意像裹了冰的刀子，顺着呼吸刮刺鼻腔，冰得人血液都仿佛凝固了。

因为天亮得越来越晚，黑得越来越早，宁川中学调整了上课时间，午休变短，下午上课更早了点儿，放学时间也随之提前。

天气的变化也为沈辞音和言昭带来了问题。

之前，两个人放学后一般会去阅览室里自习一会儿。但天冷了，阅览室里没有空调，在里面坐一会儿手指就变得冰冷，写字都僵硬。沈辞音跺了跺脚，想着要不两个人干脆都早点儿回家算了。

这天，两个人去站台上等公交车，天色昏暗，两旁的路灯已早早亮起。

"你每天都迟回家，你家里人不说你吗？"沈辞音继续劝说，"没必要天天下课都等我，而且晚上你还要送我，然后再回家，那样更迟了，很冷的。"

言昭回道："有什么关系？"

她轻轻呼出了一口热气："我这不是怕你麻烦？"

"这算什么麻烦？"

两个人今天没去阅览室，下课就直接来坐公交车。此刻正是放学的高峰期，公交站台上挤满了穿校服的同学，人头攒动，来来去去。

沈辞音接收到好几道偷偷打量的视线，装作若无其事，抬头往不远处想看看公交车来了没有。

车灯闪烁，35 路公交车缓缓驶来，停住，周围人跳下站台，一窝蜂拥了过去，沈辞音正想跟着过去，却被言昭拽住。她回头，问："怎么了？"

"先不回家。"他说，"带你去个地方。"

"去哪儿？"

"换个地方自习。"

沈辞音从没想过，言昭家居然在学校附近还有一套房子。

两个人进屋后，他将客厅的空调打开，暖气徐徐灌入，驱散一室的冷意。沈辞音打量着看起来有些冷清空旷的房子，问道："这是……你家买的？"

"我妈买的，离学校近。"言昭将外套丢在沙发上，"我有时候住这儿，大部分时间都空着。"

她站在阳台上往外看去，窗外是小区正中心的花园植被，静谧幽深，高档住宅楼与楼之间离得远，四周十分安静。在这么昂贵的地段，买下房子后大部分时间却是闲置的，有钱人的世界还是超出了她的想象。

言昭在她身后说："你要是愿意，我们以后就来这里自习，离你家也不远，等会儿我把你送回去。"

毕竟是他家，沈辞音总觉得不太好，没急着答应，只说："看情况吧。"

这里的空调效果尤其好，几分钟后沈辞音就已经热得有点儿流汗。她脱掉校服外套，里面穿着一件白色的套头毛衣，柔软贴身。她抽了一张纸巾擦了擦额头的汗，将鼻梁上滑落的眼镜推上去，埋下头去继续写题。

言昭坐在她身边，同样低头做着题。两个人十分安静，只能听见笔尖落在纸张上的唰唰声。

沈辞音写到一半，笔没水了，她从笔袋里换了一支黑笔，拔开笔帽，不小心手滑，小小的塑料盖弹射而出，落在地毯上，咕噜滚进了沙发底下。她顺着落地的声音去找，趴在地毯上，脸贴着地往沙发底下的缝里看。言昭问她："怎么了？"

"笔盖掉进去了。"她试着探手进去够，"我应该能拿到。"

言昭看她摸索了一会儿，想拉她起来："我把沙发挪开。"

"没事，我拿到了。"沈辞音握住笔盖，立刻要起身，没想到撞上了正想来帮忙的言昭。

她赶紧说："抱歉。"

言昭后退一步说："没事。"

两个人继续自习了一会儿，沈辞音有点儿饿了，便收拾好东西，言昭送她回家。沈江虽然不常过问沈辞音，但给她请了做饭并做清洁的阿姨定时上门，每晚她回家，饭菜都会被做好摆在保温箱里，需要的话可以用微波炉再加热一下，起居方面不用她操心。

言昭今晚没打算回半山，把书包丢在家里，两手空空地出门了。

两个人走在路上，影子被路灯拖得很长，在他们身后慢悠悠地晃着。言昭肩上挂着沈辞音的书包，在她身侧和她一起往前走。路边时不时有车呼啸而过，沈辞音抬头看着天空，问言昭："宁川会下雪吗？"

"不经常下，除非特别冷。"

"南城也是，我好像都没怎么见过雪。"

"想看雪？"

"嗯。"

"宁川不下雪，我们可以去别的地方看。"言昭向来是行动派，"元旦就去。"

"不用，元旦离期末太近了，我要趁这个时间好好复习。"

冷风吹在脸上，沈辞音往领口里缩了缩，继续说："其实我最想去的地方是北欧的 I 国或者 K 国。我想去看极光，想去世界尽头一样的地方，窗外下着很大的雪，很安静，但是房子里面特别温暖，我在那里，远离一切，什么都不用想，不用担心。"

她偶尔也会幻想着丢掉一切，短暂地逃避一下。

"一个人？"

"嗯。"

"我呢？"

"有这个想法的时候，我还没认识你。"

"现在你认识我了。"

她顿了顿："但我不确定，你是不是已经去过那里了。"

言昭说："只要你说，我就陪你。"

她抬头，看向他："好。"

那晚过后，沈辞音没再有机会去言昭家，更没法和他一起自习，因为学校文艺汇演的时间已经很近，放学后她要去排练。

运动会和文艺汇演是宁川中学最大的两个活动。四班准备的节目是大合唱，沈辞音因为会拉小提琴，被老师安排去伴奏，另外还有一个弹钢琴的女生，两个人要提前熟悉谱子，互相磨合一下。

所以一连几天，沈辞音放了学就背着小提琴包去音乐教室，没让言昭再等她，两个人见面的机会变得少之又少。

直到文艺汇演当天，学校邀请了学生们的家长参加，沈辞音在事先不知情的情况下，在名单上看到了沈江的名字。

"沈辞音。"班主任提高声音点名，将她的思绪唤回来，"你家长来了，把他们带到我们班的座位上。"

沈江的存在已经足够让人不快，更麻烦的是，他不是一个人来的，还带了那个女人。沈辞音强压着情绪，冷漠地问："你怎么来了？"

"学校发短信邀请家长报名，我就猜到你肯定要拉小提琴，你在南城的时候，每次都要表演。"沈江像是有点儿得意，转头向身边女人炫耀："我们辞音拉小提琴拉得很好，你待会儿看看。"

　　女人笑着，目光从上到下打量了沈辞音一番，突然注意到沈辞音脖子上戴的围巾。她平常就喜欢研究这些奢侈品，自然一眼就认出来了。该不会是沈江掏钱给沈辞音买的吧？这么大手笔？她平时想买一块手表都要磨沈江半天，还不一定能成功，沈江对女儿这么大方？她肚子里正怀着他的孩子，他的钱可不能随便乱花，全都得是她跟自己肚子里的孩子的。

　　女人的表情有一瞬的僵硬，她转头去看沈江，他翻着学校的宣传册，似乎对沈辞音的围巾毫无兴趣。她收了收表情，笑着开口："辞音这条围巾挺好看的，爸爸给你买的吗？"

　　沈江也跟着抬头，看了一眼："不是我买的。"

　　女人松了一口气，既然不是沈江买的，那一切好说。她笑意盈盈："我就说嘛，这围巾很贵呢，得五位数。"

　　沈江皱眉惊讶："辞音怎么可能戴这么贵的围巾，你看错了吧？"

　　"怎么可能？这是顶奢牌子的冬季新款，限量发售呢。"她说着，伸手去摸围巾垂下的一角，翻开商标给沈江看，"你看看商标，一点儿不假。"

　　沈辞音从没研究过这些，听着女人的话，心里震了一下。这是前两天言昭才送给她的，言昭一开始骗她说是二十多块买的，她不信才改口说两千多块，她觉得布料挺舒服，所以一直戴着，完全没想到真实的价格如此高。她将围巾摘下来抱在怀里，不想和他们多说，撒谎应付道："山寨的。"

　　女人这回的笑容有点儿真心实意，放柔了声音："围巾虽然好看，但女孩子还是不能太虚荣，赝品终归是赝品，买赝品充面子的习惯不太好。"

　　沈辞音一声不吭，扭头就走。

　　沈江一路追出来："阿姨说得没错，你跑什么跑？"

沈辞音不想失态，平静地问沈江："你为什么要带她来？"

"她今天休息，说想来看看。"沈江皱眉，"辞音，你别无理取闹，阿姨也是希望你好，想和你和平相处。而且她怀孕了，你也别动不动就气她。"

"我们没法相处，她别出现在我面前对我们都好。"沈辞音看着沈江，"你也别打什么主意了，我的妈妈只有一个。"

两个人闹得不欢而散，最后沈江还是带着女人走了。沈辞音调整了情绪，很快把这件事抛到脑后，专心演出。

四班的节目被安排在前几个，主持人报完幕，全班同学快速地上场。沈辞音走到钢琴边，位于舞台侧前方的位置，头顶上灯光全灭，一片黑暗，指挥的同学问她准备好了没有，她点点头，架起琴，深吸了一口气，摆好姿势。

灯光陡然大亮，演出正式开始。

沈辞音从小被靳文素带去参加各种比赛，对这种场合驾轻就熟，顺利地完成了节目，在欢呼声中鞠躬，随后退场。

由于班费有限，演出服只穿一次，所以买的是质量不怎么好的那种。劣质布料闷在身上，沈辞音一路走，裙子上点缀的珠子一路掉。

后台挤满了人，全都在准备之后的节目，一个空换衣间也没有，就连厕所都是满的。沈辞音只好放弃换衣服和卸妆的想法，在外面裹了一件羽绒服，一边回着言昭的消息，一边打算从最外面的门绕进礼堂里。没走两步路，她看见了言昭，他像是专门在这个地方等她。

他靠着墙，正低头在手机上打字，余光看见她，将手机塞进口袋里，直起身。他朝着她笑："你今天表演得很好，很漂亮。"

他从来不吝啬对她的夸奖，沈辞音回道："谢谢。"

两个人离着几步远，周围不断有人走动。沈辞音问："你不也有弹钢琴的节目，不去换衣服吗？"

"马上。"言昭朝她走过来，"你是不是找不到换衣间？用我的。"

沈辞音因为沈江而糟糕起来的心情在这一刻得到缓解，言昭不知道她发生了什么，但总是能及时地出现在她最需要关怀的时刻。

她想，她从没有如此强烈地希望言昭能获得幸福。

时间一点点流逝，很快，寒假来临。今年言昭全家要去 N 国度假过年，沈辞音则收拾好行李，提前几天回了南城，准备和外婆过年。

除夕夜，沈辞音的外婆、二舅舅和舅妈窝在沙发上看春晚，靳源坐在一旁的小板凳上打游戏。沈辞音低头翻着微信，言昭发来很多视频和照片，全是他在 N 国拍的风景，还有各种有意思的东西。

他们两个人其实在晚饭前打过一通语音电话，那时候 N 国刚过零点，沈辞音祝他新年快乐，听见电话那头兄妹的对话声，她不想打扰，正准备挂掉电话，言昭却叫住她，让她稍等。

他毫不介意让她听见自己这边的声音，将手机从耳边挪开些许，低头问前来找他的言蓁："什么事？"

"哥哥，我想要你的礼物，我们换吧！"

新年夜，言惠和段征给兄妹俩准备了礼物，放在一模一样的盒子里，让他们自己挑。言昭一副胸有成竹的模样，让言蓁先选。言蓁选了一个，抱在怀里，目光却流连在另一个上面，反复犹豫，扭头看见言昭，发现他正笑着，是那种一贯的、有点儿坏的笑容。

言蓁怀疑他知道礼物的内容，而自己恰巧拿到了他不喜欢的那个，整晚都心神不宁，悄悄地拆开自己的礼物看了一眼，又欲盖弥彰地将带子绑回去。这个礼物她很喜欢，但言昭的表情让她觉得会不会他盒子里面的那个礼物，她更喜欢？

纠结了一整晚，言蓁决定去找他换。

言昭问："想要？"

言蓁用力点头。

言昭将盒子递过去，言蓁喜出望外，伸手就去拿，谁料那只手突然顿住，随后高高举起盒子。他个子高，言蓁跳了半天没够到礼物，气急败坏："言昭！你答应给我的！"

"这时候就不叫哥哥了？"言昭慢悠悠道，"真叫人伤心。"

"哥哥！"言蓁立刻改口，抱着他的腰撒娇，"你最好了，和我换嘛！"

　　她围着他不断转圈，死缠烂打，言昭本来就是故意逗她，将盒子丢给她："拿去吧，都给你了。"

　　看着言蓁快乐地跑开的背影，言昭问电话里的沈辞音："想要什么新年礼物？"

　　沈辞音笑："你好像圣诞老人，到处给人送礼物。"

　　"你见过这么帅的圣诞老人吗？"

　　"好像确实没见过。"

　　言昭满意了："说吧，想要什么？"

　　"没有想要的，今年我送你一个礼物吧。"

　　深夜，客厅里的灯仍然亮堂，沈辞音看完言昭发来的视频和图片，时间也快接近十二点了，电视里开始上演倒计时前最后一个节目。

　　言昭在这时突然又打来电话，让沈辞音有点儿惊讶。要知道 N 国的时间比国内快五个小时，现在那边是凌晨五点。沈辞音匆匆跑到阳台，顺带拉上了门，在寒风中问："怎么这个时候打电话给我？"

　　"定了闹钟，和你说新年快乐，陪你过年。"言昭的声音带着点儿困倦的哑，"差点儿起不来。"

　　离十二点还差一两分钟，小区里已经有人开始迫不及待地放烟花，零零散散地烟花声响起来。

　　沈辞音说："之前在电话里不是说过了吗？"

　　他打了一个哈欠，懒懒地道："国内没到零点，不算。"

　　时间分秒流逝，电视里倒计时的声音响起，千家万户亮着灯，等待着零点的到来。在那一瞬间，小区里鞭炮和烟花一同剧烈炸响，言昭掐着时间，在电话里和她说："沈辞音，新年快乐。"

　　沈辞音的脸颊被风吹得冰凉，握着手机的掌心有些滚烫，她轻声回复他："新年快乐。"

　　丁零——刺耳的铃声响起，校园里的沉寂被突兀地打破，片刻后，监考老师们抱着试卷从教学楼里各个教室走出来。期末考试的最后一门结束了。

六月，头顶的太阳炽烈，操场上的塑胶跑道被灼烤得发烫。蝉鸣声清晰响亮，瞬间被淹没在喧闹嘈杂的校园里。

沈辞音将书包收拾好，顺着人潮走出考场，从三楼下去。一楼门口，言昭肩上背着一个黑色书包，他站在台阶边，微侧着头，垂着眼皮，眼神淡然地往楼梯口的方向看，看着人群在他面前来回，一副等人的姿态。

沈辞音走过去，在靠近他时放慢了脚步，直到停下。言昭往她手里塞了一罐冰可乐，看着她的表情，笑了一声："看来考得不错。"

"你呢？"

他依旧是那副不怎么在意的模样："还行吧。"

冰凉的罐身润着掌心，驱散天气带来的燥热，可乐看起来是刚从冰柜里拿出来不久。沈辞音握着可乐罐，问他："在哪儿买的？"

"小卖部。"言昭说，"提前几分钟交了卷。"

身侧学生拥挤，偶尔还会有老师经过，两个人没再多聊，起身走出教学楼，刻意地控制着距离，避免大家对他们有什么误会。

沈辞音打着遮阳伞在前面走，言昭就落在她身后大概半步的位置，不紧不慢地跟着。他垂眸看着她随着走路甩动的马尾，伞沿的阴影落在她纤薄的背后，分割出一条明暗的交界线。

事实上，言昭对大多数事情都没什么兴趣，或者说，很难保持长期的兴趣。过于优渥的出身让他对一切几乎都唾手可得，加上言惠对他也从不束缚，因此他养成了随心所欲的性格。

滑雪、弹钢琴、打网球、骑马……只要是他稍微有点儿兴趣的东西，他都可以毫不费力地尝试，如果觉得还行，就继续；如果觉得无聊，就丢掉。买东西也是，不管是什么，只要他多看一眼，第二天就会有人送到家里。他太轻易得到，太轻易看穿，太轻易上手。很难有什么东西能够长久地吸引他的注意力，更别提第一眼就让他产生想要得到的想法。

对人呢？好像也是这样。

高二刚开学的时候，他身边最热门的话题，是文科四班来了一个转学生。据说那个转学生很漂亮，很多男生会偷偷往四班跑，特意去看她。就是她的性格有点儿无趣，高冷寡淡，不怎么和人说话，难接近得很。

言昭当时在养伤，烦得很，把这些闲谈当背景音听着，左耳进右耳出，压根没当回事。直到那天课间，天空飘着细雨，言昭倚在二楼拐角的栏杆边吹风，被裹挟而来的雨珠沾湿脸颊。有人匆匆从楼上跑下来，趴在栏杆上大喊："沈辞音！等我一下！"

那人吼完，就转身飞奔往楼下跑。楼下，纷杂的人群之中，有一个人影顿住，随后转身，抬头，朝二楼的方向看来。

纯色的伞面轻抬，露出一张白皙漂亮的脸，眸子冷淡地往楼上扫过，极快地巡视一圈，没有注意到他。

雨水顺着她的伞沿滑落，织成断续的线，仿佛将她包裹起来，与世隔绝。而她站在朦胧的雨雾里，微仰着头，看似看向这里，眼神却好像是沉静的、虚无的，里面什么也没有，仿佛对一切都漠不关心。

呼唤她的女生从教学楼里跑出来，将什么东西递给了她，伞面于是又垂回去，遮住她，连同他的视线。

言昭撑着下巴，垂眸凝视，一路盯着那把伞，直到消失。那双眼睛，连同那日的雨，就此在他心上留下一道湿漉漉的痕迹，干涸不了。

原来她是沈辞音。

当天晚上言昭他们班拖了堂，他下课时下楼，远远地留意了一下四班，却发现四班还灯火通明，光线从窗户里直直地射出来，将走廊的地砖照得雪白。

那一整层教室里的人已经走得差不多了，其他教室的灯都熄了，唯独四班的灯和楼上高三班级里的一同亮着。仿佛有一种强烈的暗示，言昭走过去，停在后门处，倚着墙往里看去。空荡的教室里只有一个人，沈辞音的脊背挺得很直，她坐在靠另一侧窗户的桌前，埋头写着题。短袖校服下纤细的手臂晃动，绘出柔白细腻的情影。

她似乎是遇到了难题，蹙眉思考，笔尾无意识地戳着脸颊，将柔软的肌肤顶下去一处浅浅的凹陷。大概是实在想不明白了，她丢了笔泄气地趴在桌面上，扭头望着窗外昏暗的天色发呆，发尾垂落在书上，轻轻散开。

言昭静静地看着她的背影，无声地勾起嘴角，转身离开。

无趣吗？他不觉得。

一连几天，言昭每天都会留意她，发现她放学后会在教室里多待一段时间，写题或者背书。她不爱和人交流，体育课上，她所在班级的女生三三两两地聚在一起聊天，她却喜欢一个人坐在一边，抱膝无聊地垂眸，盯着脚下的落叶发呆，再好心地用脚尖将它们拨到一起，叶落团圆。

他的目光开始不自觉地为她停留，时间越来越长，长到他甚至开始主动从人群中寻找她的人影，在早操的行进队伍中，在课间的人潮里。

她很像一本书，封面漂亮精致，却上了一把厚重、仿佛打不开的锁，旁人望而却步，选择去读其他书。言昭却感兴趣地在旁边等着，直到那书时不时地掉出来一些零散的碎页，他捡起来，读得越发沉迷，内心的渴望也越来越重。

直到那个午后，阳光灿烂，他跟着同学走进小卖部，不经意抬头，看见幽暗过道的最里面，女孩纤细的身影。她踮着脚，一只手抱着东西，另一只手努力地够着货架最上方的薯片，指尖用力绷紧，脚尖摇摇晃晃地发颤。他没想更多，抬脚朝她走去。

伞面轻晃，落在上面的阳光如碎金一样掠过言昭的眼睛，让他回神。

出了校门，沈辞音右转，往公交站台的方向走。她放慢了脚步，不知不觉地，两个人默契地变成了并肩而行。

"暑假我报了补习班，英语。"她主动提起，"周一、周三、周五，每天上午两个小时。"

"补英语怎么不找我？"

言昭的英语成绩很好，这段时间他确实帮她提高了不少，但他也是学生，还有自己的学习和生活要忙，沈辞音不想耽误他的时间。她反问："你能每周雷打不动地给我上课？"

"怎么不行？别说一周三天，一周全勤都可以。"

"你身价太贵了，我请不起。"

"学费好说，"他大方道，"看在我们关系好的分上，给你打个折。"

"我以为能免费。"

他端起架子："想免费啊？也行，把我哄开心了就给你免费。"

沈辞音低头，在身上搜寻了一圈，没找到什么东西，于是将右手的可乐塞回了言昭手里："给你。"

言昭挑眉："一罐可乐？还是我送你的？"

"挺好。"沈辞音一本正经地说，"天气太热，可以降温。"

言昭笑了，她转身朝着站台方向跑去。

阳光金灿灿的，被树叶的缝隙筛出碎光，随着微风轻轻晃动。

她的背影镀着光，映在他的眼睛里。

沈辞音从浅眠中睁开眼睛，室内一片黑暗。她的脊背贴着一个温热的胸膛，她浅浅地呼吸了两下，想起自己在聚餐后上了言昭的车，然后跟着他回了家。她试着动了动身体，发现他紧密的怀抱只允许她翻身，很难在不影响他的情况下挣脱。

她轻轻往前挪了挪，没挪动，身后传来响声。

他被她弄醒了，他带着倦意的声音低沉地响起："怎么了？"

他贴过来，亲她的后脑勺，含糊地问："做噩梦了？"

沈辞音握住他的手臂，试图轻轻掰开："我想去厕所。"

半晌，言昭却没如她想象的那样松开，手臂反而在她腰间收紧，闭着眼睛，呼吸扑在她的后颈上，声音很低："又想跑掉？"

沈辞音一怔。这才想起上次在酒店时，她以上厕所为借口跑回去那件事。

"我不走。"她轻声说，"我真的只是想去上个厕所。"

言昭抱着她，静静地呼吸，随后慢慢松开了手。

沈辞音裹紧浴袍下了床，走进厕所。

她走到洗手台前洗了把脸，擦干水，再回到卧室。言昭已经帮她把地灯点亮，昏暗的光笼着她的脚，在地板上投下模糊的影子。她走回床边，在自己那一侧重新躺下，想了想还是规规矩矩地贴着床沿，不好意思再睡回原来的位置，闭上眼睛："关灯吧。"

啪嗒一声，室内重新陷入黑暗。

被子里，右侧探过来一只手，拽住她的手腕，紧接着，他的身体贴了上来。两个人挤在床的一侧，另一侧完全空了出来。

"言昭，"她轻声提醒，"这样睡容易掉下去。"

"嗯。"他不轻不重地应了一声，一点儿没有听进去，摆明了要和她挤在一起。

他故意的。

沈辞音没法，轻轻推了推他，头顶传来他的笑声，她被他拽回了床中央。言昭将她重新搂回怀里，懒洋洋地打了一个哈欠，蹭了蹭她的发顶，困乏道："睡吧。"

次日，沈辞音依靠生物钟睁眼时，自己还枕在言昭的怀里。

昨晚两个人抱在一起睡着，半夜她嫌热，言昭又不肯松手，干脆开了空调，用被子替他将身后的缝隙紧紧掖住，在彼此平和的呼吸声里沉沉睡去。此时她微合着眼，想起了今天是周六，不用上班，垂着眼皮又要睡，却在意识到头顶的呼吸声时陡然清醒。

言昭还没醒，黑发凌乱，鼻梁高挺，密密的眼睫垂着，薄唇颜色浅淡，仿佛只有在亲她的时候才会变得热烈。沈辞音的额头在他下巴的位置，她在这极近的距离里，抬眸无声地看着他。

春末的天气，冷空调持续吹着，有些凉了，她想去关掉，顺便起床，没想到不小心碰醒了他。言昭轻轻蹙眉，眼睛都没睁开，就将她扯回来抱住，脸颊贴上来，寻到她的颈侧抵着，呼吸扑洒上来，声音带着没睡醒的黏意："再睡会儿。"

他搂得紧，压着她不让她动，气息挠着肌肤，酥酥麻麻的。

于是她又睡了个回笼觉，直到中午。

等她再醒时身边已空无一人。她洗漱完，走出卧室，言昭刚挂了一个工作电话，扭头问她："想吃什么？外卖还是出去吃？"

沈辞音答："在家随便弄点儿什么吃吧。"

言昭扬了扬眉，没说话。

两个人走到厨房，他抱着手臂看她打开冰箱，发现除了啤酒和饮料什么也没有，她再打开橱柜，里面只有一袋饼干，还过期了。灶台崭新，看起来都没怎么用过。沈辞音将饼干扔进垃圾桶里，扭头问："你平常不做饭吗？也不请人做？"

言昭倚着桌台，理所当然道："不。"

她关上橱柜门，有点儿疑惑："那你在国外留学的时候都吃什么？一直出去吃？"

她那不怎么优秀的厨艺，就是在去国外当交换生那半年硬生生练出来的。

言昭笑着问："关心我啊？"

他不正经的劲一如既往地浮上来，沈辞音知道这个时候不能搭理他，于是转头要走，被他搂着腰捉回来，抵在料理台上，调侃道："脸红了？"

沈辞音闻言，用手背碰了碰脸颊，没感觉到明显的热意，抬头撞上言昭含笑的眼神，才发现自己被骗，伸手推他："你无不无聊？"

两个人推来推去地打闹，他捉住她的手指，看着她的眼睛，低声问："你在国外的时候，真的一点儿都没想过我？"

一提到留学这个话题，两个人就不约而同地陷入不怎么美好的回忆里。

他们离得最近的时候，距离不过数十米，可从头到尾，除了那次现场音乐会他单方面的旁观，他们再没有更进一步的联系。大部分时间，他们都是一个在京市，一个在 M 国，隔着时差，天南海北。

这么多年，沈辞音从没想过，言昭会仍然想着自己，又或者说，从毕业的那一刻起，她就已经做好了和他永远分开、再不相见的准备。

可言昭永远是她精心控制的人生中的例外。

"只是听说过你。"她的视线从他身上偏移开，望向他身后，"圈子就那么大，身边有几个女孩讨论过你，你很受欢迎。"

言昭很敷衍地嗯了一声，他对别人怎么样并不感兴趣，弯腰捏着她的下巴转回来，迫使她继续看向自己，追问道："我问的是你想不想我？"

她说："你一定要问得这么清楚？"

言昭看着她，顿了一下，俯身去咬她的嘴唇。

沈辞音没躲开，被迫仰着头。吻由激烈变缓，他低声说了一句什么，她没听清："嗯？"

言昭看着她的眼睛，淡声说："我可以给你时间慢慢适应，但我想要的答案只有一个。"

说完，不等她回答，他掐住她的下巴，再亲下来。直到口袋里电话响起，言昭才停下。

言昭微微偏头，缓了会儿，看了一眼手机，滑开屏幕接起电话。沈辞音准备回避一下，却被他按在怀里，她听着电话那头模模糊糊的声音。

路敬宣说："今晚来 *Last Universe*。"

言昭直截了当："没空。"

路敬宣骂了一句脏话："每次叫你都没空，你到底拿不拿我当朋友？"

言昭懒散地拖长语调："真没空，过两天我请你。"

路敬宣冷笑："给我一个有说服力的理由。"

言昭回："在家陪人。"

沈辞音仰头，对他做了一个"我回家"的口型。言昭低头看了一眼，没理会，只伸出手指抹掉她嘴角的湿意。

路敬宣当然看不见电话这头的暧昧互动，继续说："今晚重头戏，你必须来，把人也一起带过来。"

"什么重头戏？"

"你干吗去了，没看消息吗？陈淮序说今晚带女朋友过来让我们见一见，你不好奇？"

"陈淮序带女朋友？"言昭垂眸，心不在焉地玩着沈辞音的手指，笑了一声，"那是要见一见。"

路敬宣又有点儿纠结："你说，我要不要通知你家那位小祖宗？但我怕她来了直接掀桌子，到时候闹得难看也不太好，毕竟她不是放话陈淮序不可能比她先找到对象嘛。"

"好说。"言昭慢悠悠地说，"我通知她，让她也带个男的来。"

路敬宣拍了腿叫绝："我怎么没想到呢？还是你有办法！就这么说好了，你晚上准时到！"

言昭挂了电话，沈辞音看着他把手机塞回口袋里。

言昭对上她不解的目光，解释道："陈淮序的女朋友就是我妹妹。"

沈辞音惊讶，花了好一会儿才消化了这个消息，下意识问："那……你怎么不告诉他？"

还特意说，让言蓁也带个男伴过去，让他们双重期待。

言昭挑眉："为什么要告诉他？看他们震惊的表情不爽吗？"

沈辞音："……"

这人真挺坏的。

言昭双手撑着料理台，问她："今晚要不要和我去？"

沈辞音摇头："你朋友，我就不去凑热闹了。"

"没什么可担心的？上次会所那件事过后，他们都知道你。"

换句话说，哪怕沈辞音不去，那群人也知道言昭身边有这么一个人存在，见面是迟早的事。

"你去了，要是实在不喜欢，我们就走。今晚不喝酒，我开车送你回家。"

Last Universe 今天不对外营业，大门上挂了歇业的牌子，门口的豪车却依旧排成一排，阵势不小。沈辞音和言昭到得比较迟，场内的聚会早已开始，不过好在他们还没错过重头戏。

门口迎接的服务生一看见言昭，就拿着对讲机准备通知经理来迎接，言昭示意不用，带着沈辞音轻车熟路地走了进去。

灯光斑斓，一束束地扫过卡座。言昭牵着沈辞音在角落里坐下，自己没点酒，给她要了一杯度数很低的鸡尾酒。

今天他们不是主要人物，言昭只是想来看看戏，顺便带她来转转，没有喧宾夺主的打算，两个人坐在一边，被昏暗的光笼罩着。

沈辞音抬头，不经意地望向二楼，想起几个月之前，她和言昭重逢，在这里遥遥地对视，那时候，言昭就站在那个位置。她本以为那一眼就是他们九年后的全部，却没想到，如今她和言昭居然还能坐在一起。言昭注意到她的目光，问她："在想什么？"

"如果那天我们没在这里遇见，会怎么样？"

"不会怎么样。"言昭漫不经心地说，"反正你也会在公司见到我。"

酒吧那次是个意外，将见面提前了些许，超出他的预料，但他们的重逢，是注定的事情。就算不是在这里，也会在其他地方。

不远处的卡座里，几个人围坐在一起，一群男人中间，女孩纤细的背影格外惹眼。

"人呢？"路敬宣催促，"赶紧的，别藏着掖着。"

陈淮序说："人不就在你眼前吗？"

路敬宣扫了一圈，皱眉："哪儿有别人啊？这儿不就言——"

"蓁"字还未说出口。他看过去，在场众人也随之转向，全部愣住。

路敬宣反应过来，从沙发上猛然站起来，桌上的酒杯被他撞倒，酒全洒了出来，淋湿了他的衣角。

言蓁心虚地咬着吸管，将视线别开。

路敬宣吸了一口凉气，不敢置信地问："你？"

言蓁扭回头，无辜地看着他，点了点头。

路敬宣惊讶地说："你们来真的？！今天不是什么愚人节吧？"

陈淮序体贴地抽了一张纸巾递给他："冷静一下。"

"不是，你们俩搁这儿暗度陈仓？"路敬宣大喊，"言昭呢？言昭人呢？言昭来了吗？"

他急需另一个有关联的人陪他一起消化这个事实。

言蓁说："我哥早知道了。"

"不是，你们……言昭他……"路敬宣怎么也想不通，千言万语化作一句，"什么时候开始的？"

陈淮序问："很重要吗？"

路敬宣之前压根没往这方面想过，现在知道了结果，往回推，他们两个人虽然表面上不对付，不过陈淮序对言蓁一直很纵容，这倒是有点儿苗头。毕竟哪个男人能耐心地陪着一个小好几岁的姑娘天天玩死对头那套？更别提还是陈淮序这种谁都不想搭理的人。

"走了。"陈淮序起身，牵起言蓁的手，"大家慢慢喝，今晚全场都算我的。"

路敬宣还糊里糊涂的："这就走了，你们俩干吗来了？"

陈淮序说："待在这儿怕你继续受刺激，给你点儿时间消化一下。"

言蓁被陈淮序牵着往前走，扭头，朝路敬宣眨了眨眼，语气俏皮："不是故意瞒你的，路哥哥别伤心，改天请你吃饭。"

路敬宣更气了。

场内气氛热烈，角落里，言昭侧头问沈辞音："要不要见一面？"

他在问，要不要去和陈淮序与言蓁打个招呼。

沈辞音略一思索，点头应允。

言昭起身要带她走，沈辞音走之前，还不忘仰头将鸡尾酒喝完，抿了抿唇："浪费不太好。"

他笑着嗯了一声。

Chapter 08

决裂与靠近

　　沈辞音对陈淮序最初的印象，是之前高中的时候，他来言昭家参加生日会，她知道他是言昭的好朋友。

　　陈淮序不怎么爱说话，整天冷着一张脸，和沈辞音的性格有些相似的部分，都很闷，导致两个人完全交流不起来，关系平平。

　　沈辞音问过言昭，他和陈淮序这样性格差距大的两个人，为什么能成为好朋友。言昭说，因为他们骨子里是同一种人——足够聪明、有目标、原则一致，还有，对想要的东西从不轻易放手。

　　再后来，令沈辞音印象深刻的，便是高考前一段时间的那一次接触。

　　高二暑假之后，时间一天天地过去，天气由热转凉，又逐渐回温。

　　很快，离高考只剩将近三个月，宁川中学里的气氛陡然紧张起来。晚自习时分，四班教室里的空气沉闷，翻页声、写字声，还有交头接耳的窃窃声响此起彼伏，嘈杂不绝。

　　"你知道吗？学校在统计了，今年我们年级拿国外学校 offer（录取通知书）的人还挺多。"

　　"那么多人出国吗？"

　　"对啊，听说言昭和陈淮序都拿 offer 了，理科班一下子损失两个状元竞争者。"

　　"我们班有人出国吗？"

"好像没有哎……"

沈辞音听着，手指握着笔，笔尖却迟迟没有落在纸张上。她有着无措的愕然，出国？她从没听言昭说过。

自习结束，沈辞音收拾好东西，随着人潮走出教室，看见等在一旁的陈淮序。陈淮序低头看了一眼手表，翻开书包，正找着什么东西："言昭他们班拖堂了，他让你今晚别等他。"

沈辞音嗯了一声，看着陈淮序从一堆文件里抽出一张卷子，递给她，是言昭让他送过来的。

堆叠的白色纸张随着他的动作变得凌乱，沈辞音一眼看见最上方的纸上是全英文的内容，纸的顶端印着一个学校的校徽。联想到在课上听到的讨论，沈辞音随口问了一句："你要出国吗？"

陈淮序看了一眼文件，塞回书包里："嗯。"

"那……言昭呢？"

陈淮序抬头，罕见地顿了一会儿，斟酌着说："我不清楚，你还是自己问问他比较好。"

尽管陈淮序没把话说明白，但沈辞音隐隐有种不好的预感。她不喜欢这样的猜疑，于是在第二天下课时，主动把言昭拉到了教学楼后无人的拐角处。高三开学以来，两个人学业繁重，在学校独处的机会少之又少，她在学校里这样直接地来找他，还是头一次。

两个人在角落里站定，沈辞音说："我们聊聊。"

言昭察觉到她语气的郑重："你说。"

静默片刻后，沈辞音轻声问："言昭，你是不是要出国？"

话题抛出，空气仿佛都被一寸寸地扭出怪异的波动。言昭敛了笑，低头看着她："你从哪儿知道的？"

他不否认，而是问她从哪儿知道的。

"我听他们说你拿到了 offer。"沈辞音深呼吸，内心有异样的情绪开始翻涌，她竭力克制着说，"果然是这样，你为什么不告诉——"

言昭仍旧认真地看着她："我不出国。"

意料之外的回答打断了她的思绪，沈辞音愣愣地看着他："什么意思？"

他的手插在口袋里："你不用担心这个问题，我不会出国，我会参加高考。"

不出国？难道他收到的 offer 不要了吗？不出国的话，当初又为什么要申请国外的学校呢？

沈辞音总觉得哪里不对，还想再说些什么，言昭已经抢先说："这段时间有点儿事情，你别胡思乱想，放学坐车注意安全。"

她还是有问题想问："言昭——"

他却没让她说出口，哄道："好好准备高考。"

看似一切都解决了，但事情并没有这样结束。那天之后，他们俩之间像有一道无形的线被扯断了。

课间他们在学校里相遇，言昭还是一如既往地和她目光交会。只是在放学后，她总是看见言昭走出校门，面无表情地钻进一辆车里，随着黑色轿车消失在路边。更别提周末，她完全见不到他，就连消息也是时断时续的。

尽管他仍是那副无所谓的态度，但很明显，他的行动被紧紧地束缚住了，这十分不正常。从他们认识起，沈辞音就知道，言昭家里对他的管教十分自由，从不约束他去什么地方，从不管他什么时候回家，金钱方面更是没有限制，对他几乎可以说是放任。

现在突然限制他的行动，难道是因为高考要来了？

一次放学后，沈辞音从老师办公室门口经过，意外地看见言昭和一个女人在争执。更准确地说，她听见了那个女人单方面的声音，言昭油盐不进地靠在墙边，垂着头不搭理人。

女人站在他面前，冷笑："言昭，大少爷一般的日子过惯了，你真以为什么事都必须如你心意？我是不是告诉过你，我可以给你自由，但相应地，你要承担起你的责任。"

"妈。"言昭声音疲惫，"该说的我都说过了。"

沈辞音不知道该进还是退，犹豫之中，言昭抬眸看见她。他怔了一下，随后快步走过来，挡住她的视线，低声问："你怎么到这里来了？"

"我来交个东西。"沈辞音问他，"发生什么了？"

"没事。"他说，"不需要你操心。"

沈辞音忍不住向他背后看去，女人的身影已经消失不见。

之后，沈辞音一直为这反常的现象感到不安。令她更不安的是，她问不到答案，言昭什么都不告诉她，只说什么事都没有，让她专心复习。他一定有什么事瞒着她。

这种状况持续了两周。某日午休，沈辞音没打算回家，来到学校附近的一家咖啡店，排队等着点单。

春日的太阳明媚，阳光从窗户外照进来，店内弥漫着咖啡苦涩的香气，一寸寸地萦绕在鼻尖。排队有点儿无聊，沈辞音仰头数着墙上的花纹，余光注意到有个人一直在看着她。她慢慢扭头，看见一个打扮得体的女人朝她微笑，是那天在老师办公室门口见到的女人。

"你好，我是言昭的妈妈。"言惠语气温柔，"方便占用你几分钟时间，一起喝杯咖啡吗？"

咖啡店内人不多，两个人坐在靠窗的位子上，沈辞音拘谨地放下书包，挺直了腰背。

言惠在她面前坐下，先道了歉："希望我的出现没有吓到你。身为家长，我本来不应该来找你，我也想过是不是让其他人来更合适，但我觉得这些事情你该知道，我们聊一聊效果会更好。"

言惠有着和靳文素相似的气质，但又多了几分果决，看起来是一个精明严厉的人，在她面前却努力保持语气柔和。

沈辞音说："您说。"

"我就开门见山了。言昭大概没有告诉过你，他要出国这件事。这是从高一开始，我们就决定好的。"

沈辞音搅着咖啡的手停住。

"言氏体系庞大，未来海外市场是我们关注的重点，我很早就为他规划好了路线，出国读书，熟悉当地市场，毕业后在海外分公司做出业绩，然后回国接手我的位子，成为言氏的新主人。"言惠缓缓道来，停了会儿才接着说，"但现在，他告诉我，他不想出国了。"

咖啡杯在桌上投下一片阴影，她的手指淹没其中。

"我一直都给他足够的自由，只要他满足我对他的要求，其余的事情，我通通都不管他。可最近你也发现了，他因为不想接 offer，在和我僵持。我可以允许他做任何事，但在这一点上，这是他姓言的责任，他不能推卸。"

沈辞音静静听着，仿佛能猜到言惠接下来的话。

"言昭大概不愿意把这些事情告诉你，但事实上，他的抗争一点儿用都没有，我有的是办法让他不能参加高考，乖乖去海外上学。"言惠叹气，"可我不想那样做，他毕竟是我的儿子。"

言惠看着她："所以我今天来是想问问你，你愿意出国吗？"

沈辞音怔住，抬头看向她。

言惠笑："别紧张，我没有强求的意思，只是提供一个解决方案。如果你愿意，也可以和言昭一起去 M 国。钱不用担心，言家会提供你所需的学费，还有生活费。当然，采不采纳的决定权在你。"

沈辞音迟疑道："出国的费用不是一笔小数目。"

更何况是把这笔钱提供给一个毫不相关的人。

"对我来说，算不上什么。"言惠递出一张名片，"你可以联系我助理，他会帮你解决一切事宜。"

沈辞音垂眸看着桌上那张名片，没有接，只是抿唇不语。

在她的人生规划里，从没有出国这一项。从经济上说，在国外上四年大学需要的钱并不是一笔小数目，沈江根本不可能支持她，她一旦去了，就没有退路，等同于她要将全部期望都寄托在言昭身上，她的命运就此掌握在别人手上。

更何况她什么都没有准备，语言考试、文书……一切的一切，都要从零开始，而天平的另一边，是她很有把握的高考。

沈辞音在这一刻，才真真切切地感受到她和言昭的差距。他们根本不是一个世界的人，他们各自有着不同的人生轨迹，最终会往不同的方向走，如果强行融合在一起，总会有人面临抉择，受到伤害。她并不希望言昭因为自己而放弃机会，但她也无法选择让自己舍弃一切。

咖啡在沉默中慢慢冷掉。

沈辞音听见自己的声音格外平静，她甚至还开了一个玩笑："虽然我知道您没有那个意思，但这样的话，我感觉我像是个陪读。从我转来宁川的那一刻起，我就已经有了我的目标，并且一直在努力，现在还有三个月，我就快要实现我的目标了，我不想放弃。"

她将名片递了回去："谢谢您，但我不想接受这个方案。"

言惠站起身："没关系，名片你留着，除了出国这件事，以后遇到任何问题也可以找我。这和言昭无关，纯粹是我个人的举动，我也不会让他知道。"

言惠离开，在她身侧留下一股很浅淡的香味。香味被从窗外照进来的日光反复灼晒，渐渐消失不见。沈辞音拿起书包，一言不发地往学校走去。有一个决定，在她心里逐渐成形。

"辞音，辞音。"

头顶的呼唤声接连不断地响起，在耳边由虚到实，将沈辞音唤回神。她抬头望去："怎么了？"

课代表站在桌边："我来收卷子，你写好了吗？"

沈辞音这才反应过来，有些歉意地将卷子递了过去："抱歉，刚刚在想点儿事情，写好了。"

课代表看了一眼她写得满满的草稿纸："你草稿纸上写了好多哦，不愧是好学生。"

沈辞音也看了一眼草稿纸，客气地笑了笑，不着痕迹地将纸揉成一团，避开他的视线。

草稿纸虽然写满了，但有一半都是她的乱涂乱画。今天的卷子做起来简单，她写得很快，检查完后时间还很充裕，她不由得开始发呆，想到考试后的事情，逐渐走神。她从没在一件事上这么犹豫过。

考试结束，她背着书包走出教室，低头看着脚下的路，机械地往前走。直到书包被拉住，耳畔带着笑意的声音响起："怎么了？我站在这儿都看不见？"

　　她停住，扭头看去，言昭站到她面前："听说你们的数学卷挺简单的，怎么还皱着眉头？"

　　她别过头："因为一点儿别的事情。"

　　察觉到她的情绪，他低声问："你生我气了？"

　　这段时间，他们各自怀揣不能说的心思，加上临近高考，学业压力大，几乎都没怎么见面。

　　两个人站在角落里，远处有学生不断来往，言昭便带着她走进一旁空无一人的教室里，顺手将门关上。他没开灯，室内昏昏沉沉的，窗外夕阳的余晖从窗户里洒进来，在黯淡的教室里无声融化。

　　一阵沉默后，沈辞音开口："言昭，我不想你瞒着我。"

　　听见她的话，言昭顿了一下，说："你想听？"

　　"嗯。"

　　"也不是什么复杂的事。我家里人一定要我出国，但我不想去，我妈就开始束缚我。"

　　沈辞音声音很轻："你为什么不想出国？"

　　言昭说："在国内读不也一样？"

　　他没有正面回答，尽管他们对问题的答案都心知肚明，他不想明晃晃地让她抱有负罪感。他曾经答应过，要和她考同一所学校。

　　沈辞音感觉心口仿佛有火在反复灼烧，越难受却越能使她下定决心。她平静地对上他的眼睛，轻声说："言昭，我们不要再见面了。"

　　话音落地，像是一块石头重重地砸进了沼泽里。空气变得极度沉闷，有一种让人挣脱不开的窒息感。四周寂静无声。

　　言昭从没想过会从她嘴里说出这句话，他静了静，而后笑了一声："什么？"他盯着她，重复问道，"你刚刚说什么？"

　　"我说，我们别再见面了。"沈辞音的语气难得坚决，她缓缓地深呼吸，说，"朋友也别做了。"

　　"为什么？"他反问，"就因为这种事？"

　　"你觉得这不是一件大事是吗？"

"这是我自己的决定，我不需要你为我承担什么。"

"言昭……"沈辞音闭了闭眼，"就因为这样，我才更不想再和你有往来。"

当他们之间的关系已经成为两个人前进的阻碍，不论如何，她都必须狠下心来舍弃。

教室外的吵闹声悠远又模糊，天光一寸寸地阴沉下来，两个人的影子慢慢被淹没在黑暗里。沈辞音看着他："我不想你为我做出任何牺牲，言昭。那么好的学校，你怎么能说放弃就放弃？"

"那我呢？"言昭对上她的眼神，声音很轻，"所以连我这个朋友都能被你轻易放弃是吗？"

胸口被酸涩击中，沈辞音的手在桌上一点点蜷紧，她反复沉重地呼吸着。言昭垂眸，问她："我答应过，我会和你考同一所学校，其他的事情你不需要考虑。"

沈辞音深呼吸："你知道吗？这就是我们之间最大的差别。在我看来遥不可及的东西，你却能轻易地丢掉。全国每年能拿到这所学校的 offer 的才多少人？你要为了我们这种过家家一样的玩笑话就这么放弃吗？"

"过家家？玩笑话？"言昭被她气笑，"你这话是什么意思？"

"就是你听到的意思，拿自己的前途不当回事的人，我觉得也没有再往来的必要。"

言昭的语气在这时反而冷静了："这件事与你无关，除了这个，我什么都答应你。"

沈辞音闷着一口气，心口堵得慌，仍旧是冷漠的语气："该说的我都说完了，我先走了。"

她扭头就走，言昭试图抓住她的衣袖，被她无情地甩开，一声不吭地消失在了门口。

自从那天他们在教室里不欢而散之后，言昭整整三天没来学校。沈辞音没问，也没有立场去问，就当作什么事都没发生过一样，正常上学、放学。

这天放学，沈辞音走出校门，在门口乌泱泱的人群中，一眼就看见了几天没见的言昭。他站在那儿，没穿校服，而是穿着白色卫衣和牛仔裤，冷着一张脸，在人群中十分显眼。

她脚步顿住，很快他也注意到了她，两个人的目光在空中交会一瞬。这一刻，她脑海里闪过了很多问题。比如，这几天他为什么没来学校？他是不是真的生病了？他的妈妈明明约束了他的行动，他又为什么会在这个时候出现在校门口？但这些问题终究与她无关，既然说好不再见面，就应该干净利落点儿。

沈辞音收回目光，转身，一言不发地往公交车站走，没一会儿，身侧响起熟悉的脚步声，不紧不慢地跟着她，就如同往日他们一起放学那样，只是今天，一道裂缝悄然滋长，将他们往相反的方向推远。

沈辞音抿唇，没说话。她有预感，这会是言昭最后一次陪她回家。

天色乌沉沉的，公交车从远处缓慢驶进站，人潮往车门方向涌，她落在后面，拉紧了书包带子，上车刷卡。

言昭跟着她上了车，在又闷又挤的车厢里找到扶手握住，始终站在她身侧的位置。两个人并肩站着，公交车的玻璃窗户映出他们的脸，混在窗外斑斓的灯光之中，模糊得看不清表情。

晚高峰，路上车况不好，司机咒骂一声。公交车突然刹车，整个车厢里站着的人往一边栽倒。沈辞音措手不及，被身边人挤得失衡，言昭反应快，伸手扶住她，帮她站稳了身体。身旁抱怨声纷纷响起，沈辞音低声客气地说了一句"谢谢"，重新站好。

言昭低头看着她，没说什么，将手收了回去。

他们下了公交车，走过熟悉的天桥，月亮被隐在云层之后，什么也看不见。两个人一前一后走着，直到小区楼下，沈辞音终于停下脚步："你还要跟着我到什么时候？"

"我送你上楼。"

"不用，不太合适。"

她往前走，被言昭伸手拦住。沈辞音抬头看向他，压抑着情绪：

"言昭，你能不能别这样？"

他语气平淡："我怎么样？"

沈辞音从没见过他这种状态，说话的语气和平时不同。她仰头，近距离之下，才看清他眼下淡淡的乌青，还有眼里疲惫的血丝。

沈辞音试图讲道理："我们能不能好聚好散？"

"为什么要散？"

"我已经和你说过了，我不想再重复一遍。"

口袋里手机铃声响起，言昭拿出手机看也不看来电显示，直接挂掉。过了一会儿，铃声再响，不依不饶，沈辞音冷声道："你忙你的，我先走了。"

他干脆关机，将手机随手丢在地上，上前一步，用力抓住她的手臂。她挣扎："你放开！"

言昭看着她的眼睛，第一次从里面感受不到一丝温度。

为什么？明明他费尽心思，好不容易才打开她防备的外壳，走进她的内心，现在却又要重新面对她冷漠的眼神。为什么？

"你别来找我了。"她认认真真地看着他，"还有三个月不到就要高考，你知道高考对我的重要性，能不能别让我分心？"

言昭低头看着她，试图在她眼里寻找一丁点儿的情谊："你一定要这样对我？"

沈辞音从未这样冷静过："如果你爽快点儿，我也不想这样对你。"

楼栋单元门里有人进出，发出脚步声，走出来的人看见两个人站在这儿对峙，频频回头，投来好奇的目光。

言昭的注意力被打乱，他下意识往声源处看去，沈辞音趁机甩开他的手。他大概是真的疲惫，精神稍微松懈，她就轻易挣脱，头也不回地跑回了家。

沈辞音回家后关了门，靠在门边无力地滑落，大口喘息，头埋进臂弯，陷入一片黑暗里。她真的很累了，再多待一会儿，她都怕会被他动摇。

就到这儿吧。

从决裂的那段回忆里挣脱出来，沈辞音定了定神，跟着言昭往酒吧门口走去。越往外走，气氛就越冷清，酒吧的迷离喧闹被甩在身后，夜色之中，他们只看见一个男人站在路边，背影高大。言昭叫了他一声，陈淮序回头，目光极快地从沈辞音身上扫过，又看了一眼言昭，片刻之间，就猜到了七八分。

言昭说："应该不用我介绍？"

陈淮序客气地伸出手："沈小姐，好久不见。"

沈辞音连忙回握他的手："好久不见，陈先生。"

性格使然，两个人的问候正式又礼貌，言昭在一旁看着，挑了挑眉："不知道的还以为你们在外交。"他往旁边看了看，"言蓁呢？"

"开车去了，今晚我喝了不少酒，她开车。"

"真少见，你会主动喝这么多。"

陈淮序面上不显露，语气却轻松："心情好。"

"什么时候的飞机？"

"这周末。"

他们正闲聊着，路敬宣风风火火地从酒吧里冲出来，大吼："言昭！你在这儿呢？！这么大的事你都不告诉我，你们俩联合起来把我当小丑耍是吧？"

言昭的语调漫不经心："你也没问我啊？"

路敬宣要被他气死了，三两步跳过来勾住他的脖子。言昭松开沈辞音的手，眼神示意她站远一点儿，别被没头没脑的路敬宣撞到，沈辞音听话地退开。

路敬宣质问："你这个哥哥怎么当的？让兄弟和妹妹在一起？还有你——"

他指责陈淮序："兄弟的妹妹你也能下得去手？"

"好问题。"言昭祸水东引，看向陈淮序，"那你们分手？"

陈淮序从容接话："行啊，你先分手让我学习一下。"

言昭说："哪儿轮得到我？这不是有人刚分手？"

路敬宣愣了一会儿，这才反应过来言昭说的刚分手的那个人正是他自己，这两个人一唱一和的，故意戳他痛点呢。他咬牙切齿："你……言昭，你给我等着！"

路敬宣喝了不少酒，醉醺醺地冲着沈辞音喊："美女，别让言昭这小子太好过！多折磨一下他，我告诉你啊，他……他……"他冥思苦想半天，没找出言昭什么感情方面的毛病，憋了半天说了一句，"他妈这两年经常给他安排相亲！"

空气静了静。

陈淮序笑了一声："他这是真喝多了。"

那杯鸡尾酒还在沈辞音肚子里，她这会儿有点儿蒙，没想太多，直接答道："相亲挺正常的，我之前也被家人要求相亲过。"

只是这话一出，好像不仅没解围，反而让气氛更诡异了。她犯了难，好像说了不该说的话。

言昭盯着她，似笑非笑地问道："什么时候？"

那表情看起来不太妙，沈辞音往后退了一步，越答越迟疑："呃……就是……"

路敬宣意识到不对劲，抓住言昭："行了，行了，待会儿你们回去慢慢聊，你先进去露个面。"

言昭被他拉着却没动，耐心地问沈辞音："和我一起？"

陈淮序善意提醒："蓁蓁马上到。"

沈辞音说："你进去吧，我在这儿等会儿。"

言昭问："待会儿来找我，认识路吗？"

路敬宣哎哟一声："这么大个人在我酒吧，我还能给你弄丢不成？"

这人谈起恋爱来真黏糊得要死。

言昭被路敬宣扯走了，门口只剩沈辞音和陈淮序两个人。

安静片刻，陈淮序觉得还是要替言昭说点儿什么："刚刚路敬宣说的话你别往心里去，你有什么问题，就直接问言昭。"

沈辞音也明白："嗯，我知道。"

路边传来车喇叭的声响，一辆浅蓝色的跑车停在那儿。陈淮序招了招手，言蓁从车里下来，跑到了他的身边，挽住他的手臂，目光一直往沈辞音这边瞥。陈淮序介绍说："这位是沈辞音，我和你哥的高中同学，你们应该是第一次见？"

"姐姐好。"言蓁嘴甜，回答得很快，"不是第一次，之前在宠物医院，我们见过一面。"

沈辞音有些惊讶："你居然记得。"

"因为我对你有印象。"言蓁眨了眨眼睛，"更早之前，在我哥的手机里见过你。"

沈辞音一愣。

言蓁继续说："而且去宠物医院那天，我哥本来是不打算下车的，后来透过车窗玻璃看见了什么，才临时改变主意说要陪我进医院的。"

沈辞音回想起那天，她正好坐在窗户边，可能就是那时候被言昭看见了。

言蓁问："姐姐，你是和我哥一起来的吗？"

沈辞音点头："嗯，他被路敬宣叫进去了，需要叫他出来吗？"话说出口，她转念一想，人家是亲兄妹，关系那么亲近，好像也不需要她来联系。

"不用，不用。"言蓁本意也不是这个，还是回到自己关心的话题上，"你们既然是高中同学，那为什么我这些年都没见过你？"

沈辞音诚实回答："因为我们之前有很久没联系了。"

急促的车喇叭声响起，言蓁回头看了一眼："这里不能停太久的车，挡别人路了，我们得走了，姐姐，等我们从国外回来的时候，我们一起出去吃饭。"

沈辞音微笑着目送言蓁和陈淮序离开。

两个人的背影越来越远，对话声隐隐约约传来。

言蓁说："你今天喝多了，也不能拿我怎么样。"

陈淮序说："喝没喝多，回去试试。"

言蓁说："你自己回去吧，我不开车载你了。"

沈辞音在门口站了一会儿，回到酒吧里去找言昭。灯光影影绰绰，言昭靠在一边，没什么兴趣地看他们摇骰子。

有人注意到沈辞音，喊道："嫂子来啦。"

一群人站起来，呼啦啦地给沈辞音让路。

沈辞音走到言昭身边，不习惯被这么多人带着目的性地打量，找了一个借口："想回去了，头有点儿晕。"

言昭点头："好，回家。"

夜色如墨，车驶进沈辞音家小区，在楼下停住。

沈辞音解开安全带，正准备下车，言昭却将车熄了火，发动机的噪声一瞬平息，车厢里安安静静的。他这是有话要和她说。

窗外一阵风吹过，将树叶吹得沙沙作响。随后在一片寂静里，言昭清晰地说："怕你胡思乱想，有些话我还是要说清楚。我妈确实给我安排了相亲，但我一次都没去过，我连她们的名字是什么都不知道。"

沈辞音轻声答："嗯。"

他转头，垂眸看着她的侧脸，眼神专注："还有，这九年，我没有过别人，一个都没有。"

她没想到他会突然说这个，一怔，心跳不受控地加快。

言昭伸手，掌心覆上她搭在膝盖上的手，将其完全裹住，他道："我知道这段时间我太强势，一直在逼你，让你感觉到不受控，你没有安全感，好像一切都是在跟着我的节奏走。但起码，我们的关系更进一步了。"他将她搂进怀里，"我不着急，我们慢慢来。"

他知道她还有很多不安，关于他家里对她的态度，还有两个人九年间的空白。没关系，反正感情可以慢慢培养回来。

这些年，家庭的原因让沈辞音总觉得世间的爱没有长久的，身边的那些情侣分分合合，仿佛也验证了这个观点。可她发现，这套理论在言昭身上似乎不适用。这个世界上，好像真的有人会这样一直热烈地爱着她。

重逢以来，面对言昭的主动，她表现出抗拒，是怕交出自己的心后，他们真正走到一起，但最终又会因为什么不可抗力再度分开。她不想再一次经历九年前那样的分别了。她不想再伤害他，再伤害了自己。

但是现在，她感觉到自己再一次不受控制地向他靠近，就仿佛在应对小时候的那个炸鸡店，她为了克制欲望试图避开。可是不管她选择什么路线，他都会一次又一次地主动出现在她的面前，不允许她逃避。

她抵抗不了，最终选择投降。

沈辞音攥紧了他的衣服："我们会不会重蹈覆辙？"

言昭可能永远也无法想象，当初做出这个决定，耗费了她多大的意志力，她真的没办法再来一次。

"不会。"他回答得十分干脆，"我已经不是九年前的我了。"

她浅浅应声，将他抱紧了些。

沈辞音扭头，目光瞥到他中控台上的烟盒，里面只剩两三支烟了。"最近抽烟抽得很凶？"

"还好，烦的时候抽。"

"少抽点儿。"

言昭嗯了一声，手指捏了捏她的指尖："现在我们该聊聊你了，相亲是什么时候的事？"

就知道他还惦记着这件事。

"就……南城婚礼那次……"沈辞音解释，"我大舅妈给我安排的，我事先不知情，拒掉了，后来觉得不是什么大事，就没和你说。"

而且以他们当时的关系，说了也很奇怪。

他哦了一声，尾音上扬："原来我在酒店等着你的时候，你在和另一个男人相亲？"

她有点儿无奈："都说了我事先不知情。"

"要是知情的话，还去吗？"

"不去了。"

两个人无声地抱了会儿，沈辞音推他："时间不早了，你快回去吧，路上小心。"

言昭回："嗯。"

他看着她，像是在等待着什么。

沈辞音看着他的眼睛，仰头，在他唇上亲了一下："晚安。"

他回了她一个吻："晚安。"

回到家，沈辞音看着言昭的车离开，然后拉上窗帘，转身去洗漱。

从浴室出来时已近十二点，她爬上床，盖好被子，却不太想睡，于是靠在床边刷手机。她点开微信，有一条未读消息，是来自方芮珈的。她那时在酒吧，没注意到。

rika：我是不是有条丝巾上次落你家了？你帮我找找。

沈辞音看了消息，从床上翻身下来，一路找到客厅，终于在沙发的抱枕后找到了那条丝巾。她给方芮珈回了消息，没想到对方立刻打了电话过来。

对面背景音嘈杂，一听就是在外面。

方芮珈的声音时远时近："丝巾放你那儿，我有空去拿。"

沈辞音答："好。"

方芮珈又说："我在喝酒，你猜是和谁？"

沈辞音哪里猜得到，胡乱说了一个："你的邻居弟弟？"

方芮珈语塞了片刻，像被踩了尾巴一样："怎么可能？我绝对不会在他面前喝酒了！"她急忙揭露真相，"是我的一个学姐，之前我给你推过她的微信，你去 N 市的时候帮忙给你租房的那个，她这两天回国，组了个局。"

沈辞音想起来了。当时她在上大学，要去 N 市当交换生，但从没出过国，对一切都未知，人生地不熟。方芮珈便给她介绍了一个高中学姐，那个学姐当时正好就在沈辞音要去的学校读书。沈辞音向那个学姐咨询了不少事情，包括租房、交通、课程，省了很多的麻烦。

"她也还记得你，要聊聊吗？"

"好。"

对方接过电话，笑吟吟的："好久不见。"

"好久不见。"沈辞音说，"你在 M 国还好吗？当初谢谢你帮忙。"

"小事。"

"当时一直想请你和那位同学一起吃个饭的，不过没找到机会。"

沈辞音去 M 国第一件事就是解决住宿问题，当初她考了状元，给沈江涨了面子，沈江就奖励了她一笔不少的零花钱，因此她在租房上有点儿预算。学姐给她推荐的是学校附近的公寓，各方面都很好，缺点是一租就是一年，而沈辞音只住半年不到，完全不符合要求。

她本来都快放弃了，开始看其他房子的时候，学姐告诉她，有个同学可以和她拼租房的时长，时间恰好对得上。对方打来这一年里后面几个月的钱时很爽快，沈辞音也顺利签订了一年的租房合约。她一直想请这个素未谋面的同学吃个饭，可是直到她离开 M 国，她也没能知道对方是谁。

"这件事啊——"学姐若有所思地拉长语调，"反正也过去很久了，我还是告诉你吧。"

"什么？"

"你只住了五个多月，其实后半年那房子是空的。"

沈辞音一愣："那个人没来住吗？"

"不，因为根本就没人要租，是有人替你付了剩下的租金，但没让我告诉你。"

她的呼吸变沉，逐渐想到一种可能。还能有谁？

"为什么？他怎么知道我——"

学姐说："我本来给你找的不是那个公寓，是后来有人联系到我当时的男友，让我给你推荐这个，说租期什么都不用担心，全都安排好了，还拜托我多照顾你。我前男友也算个有钱人，听说那人和他是一个圈子里的。

"我当时也比较好奇，你别介意，我就去问了一下，才知道他是你高中同学，但你们高考前闹得很不愉快。当时他不让我说，因为一旦说了你肯定不会接受，现在这么多年过去了，我觉得应该没事了吧。"

挂了电话后，沈辞音还陷在惊讶的情绪里。她根本不知道这些事情。

言昭知道她要去 M 国时，心底有没有一丝期待她会去找他呢？

沈辞音自己都说不清，当初选交换学校时，她没去 Y 国，而是选了 M 国，是不是也有一种期待在里面。但等真到了 N 市之后，她反而退缩了，越来越无法迈出那一步，最终去旅游时还刻意避开了 B 市。

只是她没想过，原来她在 N 市这半年，在她不知道的时间里，言昭仍然关注着她，为她做了这么多。他到底还有多少事没有告诉她？

新的一周，沈辞音照常上班。

晨会结束后，Freda 将她单独叫到办公室里："你来这边也有一段时间了，感觉怎么样？"

沈辞音答道："公司氛围很好，工作节奏很快。"

Freda 说："总部就是会比分部竞争压力大一些，不过我看你心理素质很好，抗压能力强，应付起来应该没问题。"

沈辞音将心底里的疑惑问了出来："我听说……我的调动，是您向人事要求的？"

Freda 笑："是，之前去分部开会的时候，我看过你的一次季度汇报，当时就觉得你做事很有条理、逻辑很清晰，在分部那个部门，上升空间不大，最终 VH 可能会流失你这个人才，太可惜了。"

沈辞音回："谢谢您。"

"不必谢我，应该感谢你自己的优秀。"她抽出一份文件，"叫你来，是有个市场合作项目快要开始了，你跟进一下。"

沈辞音接过文件，翻了翻，看到合作方时有些意外："这名字好像有点儿眼熟。"

"对，是之前的 VH 同事，后来跳槽走了。他是你们部门的？"

"是之前带我的一个同事。"

"那更好了，交流起来应该不会有什么困难。有问题你再问我。"

沈辞音合上文件，回复道："明白。"

临近中午，言昭发来消息：中午正好有事去你们公司附近，一起吃个饭？

沈辞音犹豫了一下，回：几点？

言昭答：还有二十分钟到。

沈辞音回复：**我过会儿下楼。**

午休时间有限，两个人没去太远的地方，就在附近找了一家饭店，简单吃了点儿东西。

沈辞音看了一眼手机："我还要回去休息一会儿。"

"午睡？"

"嗯。"

"在公司？"

"公司有休息间，但床位很少，我一般在工位上趴一会儿。"

她如果中午不休息，下午会一直犯困。

言昭慢条斯理地说："去我办公室睡。VH 一直给我留了一间空办公室，我让庄凌打个招呼，你随时去就行。"

沈辞音沉默了一会儿，说："该不会是在 Jeffery 办公室旁边吧？"

言昭问："有问题？"

沈辞音在心里叹了一口气："太明目张胆了，我才不去，你还是送我回去吧。"

两个人上了车，窗外阳光正好，沈辞音吃饱了有点儿犯困，靠在椅背上眯着眼睛，昏沉着，直到车停在公司楼下。

言昭没解车门锁，说道："继续睡吧，时间到了我叫你。"

距离午休时间结束还剩短短半个小时，哪儿也去不了，在车上睡总归比在办公室桌子上趴着睡舒服点儿。沈辞音没多挣扎，又靠了回去。

言昭将车开到了地下车库，找了一个空车位停了进去。

沈辞音将座椅调平，拿出手机设了一个闹钟，然后往后躺下。闭眼不过片刻，她身上就被盖了一件衣服，她睁开眼，是言昭的西装外套搭在她的身上。他头也不回地拿出平板，低头处理着工作。

她问："你午休时还要工作？"

他笑："心疼我？"

又是这种不着调的回答，沈辞音选择重新闭上眼睛。车内很安静，弥漫着淡淡的香水味，她迷迷糊糊的，就这么睡了过去。

半个小时一晃而过，午睡特别容易睡沉，她被闹钟叫醒时还有些蒙，坐在那儿，耷拉着眼皮挣扎，长发发尾被压得乱糟糟的。

言昭停了手上的工作，侧头，看她垂着头，慢吞吞地捋着头发。他扬起嘴角，将平板放下，伸手过去，腕上的手表表带压在她的后颈处，冰凉的表带磨蹭着肌肤，按着她的后脑勺往他的方向压。

在她毫无还手之力的时候，他向她侵入了一个深而短暂的吻。最后结束的时候，他略微恶劣地咬了咬她的舌尖："醒了吗？"

这下她彻底醒了。

沈辞音将外套还给言昭："我得上去了。"

他接过外套："今晚我有个会，不知道什么时候结束，下班让庄凌先来接你。"

"我今天可能得加班。"

"前段时间不是才加了不少班？"

"又有新的工作了。"

"这么拼命？"

沈辞音想了想："你不应该高兴？我这可是在给你打工。"

言昭语气悠闲地说："谁让我是有良心的资本家。"

沈辞音："……"

周末，上次众人投票的团建，最后是定在去山上露营看日出。

晚上大家在山脚下吃完烧烤，开车上了山。众人在露营区域里搭了一个帐篷，迟晓莹颇有情调地带来了一个造型奇特的小夜灯，架在桌子中间，大家围着桌子打牌聊天，想着熬过这个晚上，明早直接看日出。

始料未及的是，今天夜晚山上异常地降温了，帐篷抵不过凉意侵袭，有几个人直接跑回车上，开着空调取暖。

帐篷里闹哄哄的，到了凌晨，零食和饮料的垃圾堆得乱七八糟，大家困意袭来，在折叠椅上歪歪地睡倒一片。

晨光熹微，不知道是谁的手机闹钟响了，帐篷里的人被惊醒，手忙脚乱地开始找自己的手机。有人往帐篷外探头，大喊："太阳出来了！"

大家顾不上收拾，一齐往外跑，在山顶一字排开，顶着凉风往远处眺望。天气不是很好，太阳朦朦胧胧的，沈辞音拿出手机，对着拍了很久，也就拍到一点儿浅浅的橘黄色。

她想起来，她和言昭曾经也一起看过日出，不过不是早起，而是通宵后。那时候她喝了咖啡，困但又睡不着，言昭比她精神很多，按着她的头靠在自己肩膀上，两个人谁也没说话，风缓缓地吹过脸颊，心却比其他任一时刻都要宁静。

沈辞音低头看着手机里的照片，犹豫了很久，将它分享给了言昭。

山顶的早晨实在太冷，给言昭发完消息，沈辞音紧裹着薄外套，仍感觉到凉意，头重脚轻，连着打了几个喷嚏，吸了吸鼻子，觉得有点儿不对劲。她好像感冒了，还挺严重。她摸了摸额头，万幸，没发烧。

大家看完日出，就收拾东西往山下走，还讨论着要不要一起去吃个早餐。下山途中，言昭大概是起床了，打来电话，沈辞音这时连声音都变了，带着浓重的鼻音："喂？"

他听出她声音里的不对劲，问道："你怎么了？"

沈辞音回答："感冒了。"

言昭问："不是去团建？"

"可能是昨晚睡觉的时候着凉了。"沈辞音吸了吸鼻子，拿开手机咳了两声，再拿回来，"好多同事也和我一样，差不多快全军覆没了。"

言昭语调轻飘飘的："知道的清楚你们是去山顶，不知道的还以为你们集体去了南极。"

沈辞音："……"

由于感冒头晕，沈辞音没去和同事们一起吃早餐，而是在小区门口买了一杯豆浆外加一个包子，提着回了家。

她刚坐下不久，门就被敲响。她走过去从猫眼里看了一眼，没想到会是言昭，她愣了一下，没急着开门，先跑回去拿了一个东西。

门被打开，言昭一眼就看见面前的人老老实实地戴着口罩，遮住了大半张脸。沈辞音迎上他的目光，解释："怕传染。"

言昭笑着扯掉她的口罩，顺带捏了捏她的脸颊："我都不怕，你怕什么？"

门框是一条分界线，言昭站在楼道里，沈辞音站在门内，将区域明确地分割开。上一次他来她家，还是她喝多了那次，之后，言昭再没踏入过这里。沈辞音的个人领域，如同她的心一样充满防备，想要进入，必须得到她的许可。

言昭问她："能不能进？"

她站在那儿，没说话，过了一会儿慢慢地侧身，为他空出进门的通道。

他迈步踏入，沈辞音想从柜子里给他拿拖鞋，但她这儿也没有男款的，就拿了一双淡粉色的给他，上面还有花纹。

言昭低头看了一眼。沈辞音解释："没有别的了，鞋有点儿小，但能挤一挤，不然你就光脚。"

"行。"他选择光脚，走进客厅，"药吃了？"

沈辞音答："家里有，但还没来得及。"

言昭将袋子扔到茶几上，里面装的都是药："现在吃，有水吗？"

"有。"沈辞音转身往厨房走，倒了两杯水，拿一杯递给言昭。

言昭看着她吞了药，转头看过去，茶几上还摆着电脑。

"还在工作？"

"回家的时候突然想到一个材料的错误，赶紧核一下。"

言昭差点儿被气笑："生病还想这些，沈辞音你真把自己当超人？"

"感冒而已，又不是什么大毛病。"她将双脚抬起，踩在沙发上。

"要是你们领导有问题，你可以随时告诉我。"

"她挺好的……现在的工作强度真可以了，还是我当初实习的时候比较痛苦。"沈辞音抱着膝盖，难得地和言昭说起自己这九年里发生的事，"当时要一边上课，一边工作，有时候加班晚了回宿舍，阿姨都关门睡觉了，还得麻烦她起床开门。"

沈辞音做第一份实习工作时，进了一家大公司，在竞争压力很大的一个组，上司是个不近人情的工作狂，并不会因为她是实习生就手软几分。实习生干着和正式工一样的活，却因为不熟练而要花更多的时间去学习和适应。那时候熬夜是常事，工作不能怠慢，学业也不能丢，她那时压力很大，瘦了不少，抵抗力急剧下降。

她有一次生病住了几天院，晚上，她一个人在病床上打着点滴，一边回工作群里的消息，一边复习课件。隔壁床上的小女孩感觉不舒服，哭着喊妈妈，小女孩的妈妈本来躺着，听到声音立刻坐起来，跑到床边抱着小女孩哄。

隔着薄薄的帘子，轻声细语的安慰声缓缓传过来。

沈辞音一直觉得自己挺坚强的，可就在那一刻，她突然心生一种迷茫感，也不知道自己这样都是为了什么。情绪本就因生病难受而低落，她强撑着的精神在此刻好像被击溃，她眼眶发热，拿起手机想分散点儿注意力，可在手机屏幕上翻来翻去，心底里那股酸涩反而更加浓重。

她没有任何人能依靠，她只剩她自己了。

"行了。"言昭强行拿走了她的电脑，命令道，"去休息。"

沈辞音从膝盖里抬头看着他，鼻尖红红的："你……留在这儿吗？"

他一副理所当然的语气："不然？"

她低下头，因为回忆而低落的心情突然好了很多。她昨晚在山上吹了冷风，没睡好，确实有点儿困了。她站起身，看着言昭接手她的电脑，帮她改材料。她问："你帮我改，不太好吧？"

言昭靠在沙发里，将电脑搭在腿上，语气懒洋洋的："我帮你看看有没有其他错误。"

这种报告言昭看得比她多，从他手上过一遍，应该不会再出问题。

沈辞音走进卧室，往床上躺，一沾枕头就打哈欠。

言昭替她掖好被子，看她还在吸鼻子，便问道："要给你拿一盒纸巾进来吗？"

她迷迷糊糊地说："好像床头柜的抽屉里就有。"

他蹲下身，拉开抽屉。

沈辞音闭着眼，听到声音，心里突然咯噔了一下。

等等！差点儿忘了，她的小玩具就摆在床头柜的抽屉里，要是被他看见怎么办？不过用盒子装着，应该不会被他轻易认出来？

她立刻翻身坐起来，急忙道："我还是自己来——"

言昭慢悠悠地将抽屉合上，扬了扬纸巾："没事，我拿到了。"

他见她表情紧张，挑了挑眉，问道："怎么？"

她有点儿想问他有没有看见什么，可又觉得这样会欲盖弥彰，万一他没看见呢？她纠结半天，干脆躺平，扯过被子盖住自己，转过身去，重新闭上眼睛。他应该……没注意到吧？

沈辞音直接睡到了下午。

她吃了药踏实地睡了一觉，感冒好转了一些，整个人轻松了很多，精神十足地下了床。她打开卧室门，客厅的光顺着空隙洒进来，她一眼就看到坐在沙发里的男人，对方正盯着膝盖上的笔记本电脑的屏幕。她每天都会看见的、十分平常的场景，却在今天，因为多了言昭而不同寻常起来。

言昭听见动静，抬头看过来："醒了？"

"嗯。"沈辞音走到厨房，给自己倒了一杯水，然后往沙发边走，坐下，双手捧着杯子，低头先用唇瓣试了试水温。

言昭合上电脑，侧头看她喝水："好点儿了？"

沈辞音答："嗯，本来就是普通感冒，你不用特意过来的。"

言昭扳过她的脸颊，看了看，她早上还恹恹的，这会儿气色好了很多。他垂眸盯了一会儿，贴过去在她唇上亲了一下。

沈辞音立刻往后仰，试图避开他："我还没好呢，你不怕被传染？"

他漫不经心道："要是真传染了，你得补偿我。"

她觉得这个人很不讲理："你自己主动凑上来，还要我负责？"

"当然。"他将她往自己腿上搂，理所当然地说，"你必须得对我负责。"

沈辞音突然不合时宜地感觉到一阵饥饿，她抿唇，说："我饿了。"

从早上到现在，她就吃了一个包子，喝了一杯豆浆，此刻胃开始抗议。

言昭问道："想吃什么？"

沈辞音穿着睡衣，有点儿懒得换衣服出门："就在家里吃吧。"

她从沙发上爬起来，打开冰箱巡视一圈。水饺倒是还有点儿，但不够两个人吃了，她将袋子放回去，拿了点儿蔬菜，放到水池边备着，准备煮点儿面条。

言昭悠闲地抱着手臂靠在一旁看，一副甩手掌柜的姿态。沈辞音说："帮个忙？"

于是他被指使去洗菜，沈辞音往锅里加了水，合上锅盖等水煮开。她在一旁看着言昭，不得不说，言昭虽然一副十指不沾阳春水的少爷做派，但人确实是养眼，往那儿一站，动作不紧不慢，只是在洗菜，也挺赏心悦目的。

沈辞音好奇地问："你在家洗过菜吗？"

"一年到头可能就过年帮个忙。"言昭答。

"那我还挺荣幸？"她能使唤得动他。

言昭甩了甩手上的水，挑眉应："你知道就好。"

等两个人吃完面，收拾好碗筷，窗外天色渐暗，言昭却没有离开的意思。沈辞音心里捉摸不定，先开了口："你今晚有什么安排吗？"

言昭笑："怎么？"

她答："没……就随便问问。"

他抽过纸巾，擦了擦手："想赶我走啊？"

她否认："当然不是。"

他语气含笑："哦，那就是想留我？"

言昭太了解沈辞音了，所以他会主动出现，却并不主动到底，而是留个钩子放在她的眼前馋着她，要她自己忍不住将他往她的方向拉。他耐心地等着她的答案。

沈辞音缓慢答道："你要留的话……也可以，就是……"

就是我这儿有点儿小，而且也没来得及给你准备洗漱用品。

话还没说完，大门突然被敲响。她顿住，言昭说了一句"稍等"，走过去开门。他从门外的外卖小哥手里接过袋子，道了谢，随手将门关上。

沈辞音看着袋子，问道："买了什么？"

言昭一样一样地往外拿，牙刷、毛巾等各种洗漱用品，最后是——一盒计生用品。

原来他早有准备，但是——沈辞音看着那个盒子："你买这个干什么？"

言昭笑："你说用来干什么？"

沈辞音留他住这儿，本来没往那方面想，这会儿被提醒了，后知后觉地想起一些旖旎画面，耳朵微微发热。

他接着问："你刚刚没说完的话，是什么？"

她抿唇，补上："你今晚睡沙发。"

言昭："……"

沈辞音家只有一个房间一张床，虽说客厅沙发能睡人，但她租的这个房子本来就小，沙发也很小，两三个人挤一挤坐着还行，言昭这种身高的人根本躺不下。反正她也就随便说说。

晚上，沈辞音吹完头发走出卧室，恰好迎面撞上从浴室出来的言昭。他的换洗衣服是下午庄凌送过来的，沈辞音那时候还睡着，完全不知情。

两个人对视半晌，她先退一步，给他让了路。言昭没走，反而紧跟着往前，轻松地将她逼到了墙边。两个人离得近，身上都是相同的沐浴露香味，淡淡的，互相缠绕在一起。他仰了仰下巴示意："我没有被子。"

沈辞音说："家里只有一床被子。"

"想让我陪你一起感冒？"言昭笑，"也不是不行……但不如换个方式？"

他低头，看着她的眼睛，碰了碰她的鼻尖，随后慢慢地往下，亲住她的唇。

言昭身上满是沐浴后的湿漉气息，无孔不入地充盈着她。沈辞音被抵在墙边，仰着头，呼吸渐渐地随着他的节奏一同起伏。

直到凌晨，沈辞音趴在床上，飘忽的意识才慢慢归位。她自认平时经常运动，体力还不错，但完全招架不住言昭。

言昭抚着她的后背，两个人温存了一会儿。沈辞音吸了吸鼻子，这才想起一件事，睁开眼问他：“你感冒了吗？”

言昭回：“好像没有。”

“怎么听你的语气还有点儿遗憾？”

“错过了一个找你要补偿的机会。”

沈辞音：“⋯⋯”

言昭抱着她去了浴室。

沈辞音家的浴室很小，两个人站在一起有点儿局促，转身都很不方便。言昭打开淋浴，取下花洒帮她洗澡。水流冲刷，热气氤氲，沈辞音被蒸得有点儿晕乎，她问他：“你会不会不习惯这儿？”

言昭闻言应了声：“嗯？”

她说：“我家有点儿小，和你家没法比。”

言昭这种出身的人，大概率没住过这种老旧的小房子。

“还好。”他不以为意，“有你在，我都行。”

沈辞音在水流声中看着他，突然发现自己似乎很少去深究言昭这一面。比如他虽然含着金汤匙出生，性格无拘无束，看起来高高在上，但很少看见他有什么看不起人的举动。他对谁都是一副散漫的样子，除了某些他很厌恶的人。

高中时那家普通的小面馆，她常去吃，他就真的陪她吃了快一个学期，也没听他抱怨过一句话。按照沈辞音对他的了解，他平时一顿饭的花销大概会是在面馆吃面花费的几十甚至百倍以上。

就连今晚，她家这种很朴素的环境，言昭待了一天，也没说什么。

哦，除了抱怨了一句她家的洗澡水热得太慢。

她生活中很习以为常的事情，言昭也习以为常地陪着她做，但按照他的出身和经历来说，他完全可以嫌弃，或者拒绝，但他没有。

他很骄傲，但从不傲慢。

察觉到她出神的视线，言昭笑了一声："怎么了？一直盯着我看。"

沈辞音轻声说："言昭，我现在觉得，我好像并没有那么了解你。"

她总是试图用自己的方式去解构言昭，认定他这九年离开她会过得很好，将她抛在脑后，想起她时顶多会愤恨一下，毕竟被她那么无情地断绝往来。按常理该是这样的，她从没怀疑过。

但言昭是言昭，他和别人从来都不一样。

沈辞音的声音混在水声里，带着潮热："当初的事，我总以为你会恨我，所以很不甘心，重逢后，你追我，不过是想逼我证明我当初的决定是错误的。"

所以她犹豫、谨慎、抗拒，不愿再和言昭有过多的牵扯。差距巨大、泾渭分明的两个人就该各自走各自的路，有各自的生活。当初受的伤，证明了他们不是一条路上的人，他们就不该再重新纠缠。

她觉得自己已经足够冷漠理智，可面对他的攻势，却仍旧变得游移不定，做不到完全抗拒。

言昭问："你就是不肯相信我还想着你？"

沈辞音摇头："概率太小了，我不敢幻想。"

其实她的想法一点儿错都没有，可她忘了，时间带给人的不只有记忆，还有成长。他们都不再是曾经的样子，都更成熟了，经历了这么多年，也更坚定自己最终想要什么。

"你呢，沈辞音，你了解过自己吗？"

言昭关了水，怕她着凉，拿毛巾裹上，将她抱到洗手台上，仔细地看着她："你想要什么，你自己知道吗？"

她垂下头，略带潮湿的发尾滴落下水珠，晶莹剔透的水珠落在他的手臂上。

"你不知道，因为你不敢知道。"言昭清晰地说，"你从来都是压抑自己的欲望，想要什么都不敢开口说，久而久之，心里就开始说服自己，其实不要也可以。”

他轻声问：“我说的对吗？”

沈辞音抿着唇不吭声，抹掉眼睫上沾着的湿意。

言昭抱住她，将她的脸颊按在自己的颈侧：“想要就告诉我，我一直在这儿。”

她抵着他的肩膀，声音轻颤着嗯了一声。

两个人回到卧室。窗外淅淅沥沥地下起了雨，风从未关严实的卧室窗户里飘进来，将窗帘吹得起起伏伏。

言昭走过去将窗户拉上，轻啧了一声：“锈了。”

窗户是老式的推拉型窗户，他握着把手拧转窗锁，发现有明显的阻力，连接处上锈了，需要用点儿力气才能拧紧。

沈辞音窝在被子里，迷糊地应了一声：“没办法，租的老房子。”

言昭走回床边：“给你换一套？”

沈辞音打了个哈欠，困倦地说：“也行，要是附近有更好的房源可以介绍给我，不过我预算不高，可能比较难找。”

言昭问：“浮景苑怎么样？”

沈辞音一怔，反应过来他话里的意思，想了想答道：“太贵了，我住不起。”

同居意味着两个人的关系往一个新的阶段发展，她暂时还没做好搬过去的准备，还要再过段时间。

她扯他的衣服：“关灯，我真的要睡了，困死了。”

言昭笑，伸手关了灯，躺下。床有点儿窄，他靠过去，在一片黑暗里将她抱住，亲了亲她的发顶：“今晚辛苦了。”

Chapter 09

续写

时间进入六月，天气逐渐变热。

沈辞音趁着午休，出公司办了点儿事，在奶茶店里买了一杯冰果茶，准备带回去喝。她低头看手机软件里的打车订单，眼看车还有几分钟就到，于是走出奶茶店，在路边的树荫下等着。

她的目光简单地扫了一圈周围，她想起刚刚在要打车定位时看到的附近的地名，隐隐有种熟悉的感觉。

一道语气不确定的声音在她身后响起："沈辞音，是你吗？"

沈辞音循声回过头去，看见一个四十岁左右的女人，牵着一个小男孩，一脸犹豫地看着她。

九年过去，沈辞音尽管没有刻意去关注过，可一旦看见，她仍记起了这张脸，这是那个曾经让她和她妈妈经历过最黑暗一天的女人。

她想起来了，沈江的家就在这附近。她的心口仿佛和天气一样变得沉闷不已，她没吭声，面无表情地转过身去。

女人看见她的反应，更加确信自己的判断，向前一步："你回宁川了，什么时候回来的？你不是一直都待在京市吗？"

沈辞音压着情绪，礼貌地问："您有什么事吗？"

"我们一直打你电话但打不通，你爸最近身体不太好，在医院里，你有空可以去看看他，照顾一下他。"女人说，"不管怎么说他也是你爸，一直惦念着你呢。"

沈辞音的声音一如既往地平静："他需要人照顾的时候想起我了，他健康的时候怎么没想起还有我这个女儿？"

在沈辞音高二下学期的时候，沈江和这个女人的孩子出生，几乎是立刻就抢走了沈江所有的注意力和心血。在沈辞音最关键的高三，沈江对她的关注越来越少，直到最后她高考那两天，他才主动提出接送她，在高考结束后，甚至奖励了她一笔钱。这让人很难不认为，这是沈江在意识到自己作为一个父亲的失职后，花钱给自己买的赎罪券。

女人一脸尴尬："你这话说的，你这么大了，他也不好干涉你的生活，对不对？"

手机上显示司机正在不远处的路口等红灯，沈辞音看了一眼，又抬起头，没有接话。

"妈妈，我热。"一直旁观的小男孩不明白她们在说什么，扯了扯女人的衣角，指着沈辞音手上的袋子，"我想喝这个，你能不能给我买？"

女人拽掉他的手，急匆匆地低声斥道："马上回家了，渴就回家喝水。"

他的目光仍盯着沈辞音手上的东西，垂头丧气、恋恋不舍地"哦"了一声。沈辞音垂眸望着，在那一瞬间，她仿佛想起了曾经想要点儿什么但又得不到的自己。

女人没有结束话题的意思："对了，前段时间听你爸提过，你是不是回南城参加婚礼？你大舅妈给你介绍了一个相亲对象你也没同意，后来又听说，你是有男朋友了，你男朋友是不是还挺有钱的？"

差点儿忘了，沈江虽然在宁川，但毕竟也是南城人，家族什么的都在那儿，加上他和靳文素曾经又是一家人，亲戚之间茶余饭后，谈论点儿沈辞音回南城的情况也不例外。

女人试探着开口："你爸的意思是，父女一场，你看看能不能多少帮衬一下他的公司，最近他们有点儿——"

果然，兜兜转转到最后还是为了那点儿利益。

"不要打他的主意。"沈辞音一字一句地说，"我和谁在一起，和你们没有关系，我们各过各的生活。"

车缓缓驶来，停在路边。沈辞音说："我没什么好讲的，您可以替我转告他，我和我妈不会原谅你们，就这样吧，再见。"

沈辞音上前一步，将手上的袋子递给小男孩，在他愣怔的眼神里，打开车门钻了进去。

车辆起步，身后的人影被越甩越小，沈辞音坐在后座窗边，心情居然没有想象中那么复杂。她也成长了，学会不再被这些不值得的人消耗自己的情绪。

脑海里回荡着那个女人的话，沈辞音想了想，低头拨了言昭的号码。她把手机贴在耳边，几秒钟后，熟悉的声音从话筒钻进耳朵里："怎么了？"

"有件事要和你说。"沈辞音对着电话开口，"你现在方便吗？"

"你说。"

"嗯……也不一定会发生，就是给你打个预防针，我也不知道他们有没有这个本事找到你。如果，我是说如果，以后，有人用我爸爸的名义来找你，你千万不要看在我的面子上答应他的任何要求，千万不要。"她语气郑重地说完，如释重负般松了一口气。

言昭说："就这个？"

"就这个。"

他笑了一声："语气这么严肃，我还以为是什么大事。发生什么了？"

沈辞音也觉得自己打这通心血来潮的电话有点儿突兀，但告诉他总归放心点儿："也没什么，见到一些不想见到的人……你不要不当回事，这很重要。"

"嗯。"言昭说，"沈辞音小姐的指示一级重要。"

"你正经点儿。"

沈辞音回到公司，在楼下买了一杯咖啡，调整了一下情绪，把咖啡拎上了楼。

228

盛倩正抱着材料往会议室走，看见她，立刻说："会议材料都准备好了，对方大概十分钟后到。"

沈辞音点头："我马上来。"

下午三点，合作方的市场团队出现在 VH 大厦里，由 Freda 带着他们迎接。对方团队为首的是一个年轻男人，看起来三十岁左右，鼻梁上架着一副眼镜，十分斯文的精英做派。

"秦理总监，您好。"

"Freda，久仰大名，您好。"

两个人握了手，Freda 脸上是十分官方的笑容："之前通过 Peter 和 Edward 的共同努力，才促成了这次交流，我相信通过我们双方公司这次的合作，可以达成一加一大于二的宣传效果，实现共赢。"

秦理笑："非常期待。"

Freda 说："会议室已经准备好了，我们就先进去吧。"

两个人率先往会议室走，盛倩落在后面，扭头和沈辞音低声议论："对方这个总监，看起来脾气还不错，应该挺好讲话？"

沈辞音摇头："恰恰相反，他是一个非常理性且实际的人，一向高标准高要求。"

盛倩一愣："姐，你认识他？"

"是我学长，以前也是 VH 的，当初我刚入职京市分部的时候他就在，后来他跳槽走了，被挖去当了总监。"她想了一下，"也就过了两年左右。"

沈辞音大学在公司实习时秦理就在，刚入职场的她从他身上学了不少，后来他走得干脆，没想到她还能在这种情况下再见到他。

盛倩哇了一声："我现在算是知道人脉是个什么东西了。"

"是，这个行业流动性也挺大的，说不定几年以后，现在的同事都在不同的公司有更好的职务了。"

众人在会议室落座，Freda 并不细致参与本次业务，而是由沈辞音来做。沈辞音站在屏幕前，条理清晰地向双方团队展示了本次合作的主要内容以及商谈细节。

Freda 听着，脸上不动声色，但明显是满意的，她时不时扭头征询秦理的意见。秦理用笔在纸上画着做笔记，扭头看了一眼沈辞音，微笑评价道："准备得非常充分。"

经过一番讨论，双方确定了合作的主体方向和框架，冗长的会议终于结束，大家起身互相告别，Freda 将人送到电梯口。

沈辞音把空了的咖啡杯扔进垃圾桶里，正收拾着会议材料，手机上传来微信消息：**好久不见，想不到你被调到了宁川总部，老同事一场，机会难得，一起喝杯咖啡？**

秦理接着发来下一条：**不要见怪，刚刚是正式的场合，不太方便叙旧，毕竟我们暂时有工作往来，利益相关，要是表现得私交甚好，可能会给你带来不必要的麻烦。**

秦理人如其名，做任何事都会深思熟虑，不折不扣的理性派。

沈辞音不好意思拒绝，给他发了一个公司楼下咖啡厅的定位。

日暮时分，咖啡厅里的人稀稀疏疏。

秦理坐在靠窗的位子上，将菜单递给沈辞音："喝点儿什么？"

"下午开会的时候喝过咖啡了。"沈辞音看了一眼菜单，"来杯巧克力吧。"

秦理对服务员说："一杯巧克力，一杯冰美式，谢谢。"

服务员拿着菜单走了，秦理双手交叉放在桌前，朝她微笑着："真的好久不见，没想到你会转到宁川总部来，什么时候的事？"

"不是很久，几个月前。"

"总部确实比分部的发展前景更好些。"秦理说，"你的能力很强，调到总部是应该的。"

沈辞音客气地回敬了一句："你的发展也很好，现在都做到总监了。"

算起来，比她的职位还要高。

秦理摇了摇头，失笑："机会比较好而已。"

两个都不是很健谈的人，有一搭没一搭地闲聊着，服务员端来饮品，放在桌上。沈辞音道了谢，看见秦理用纸巾仔细地擦了擦勺子，随后才把勺子放进杯子里慢慢地搅。

他还是和之前一样，对这些细节有着近乎执着的要求。

秦理看着咖啡，想起了一些什么："还记得你当初刚进公司实习的时候，他们打发你去买咖啡，因为没提前告诉你人数，你少买了一杯，后来重新跑了一趟，但回来时会议已经开始了，你被拦着没法进去。我当时从会议室门口路过，看到你站在那儿，大夏天的跑得特别累，但没说一句抱怨的话，一声不吭，转头就回工位继续看材料了。"

他缓缓地说："当时我就觉得，如果你不辞职，一定不会继续当一个小实习生，现在看到你，也算是验证了我的眼光。"

沈辞音刚进 VH 实习的时候，干的全是脏活、累活，复印、打印、拿快递、核对数据……她在无意义的事情里耗了一个多月，后来才被允许跟了一个项目，但也是打下手。正因为如此，后来她自己带实习生时，才会将心比心，尽量让他们跟项目、学东西。

被秦理一提，她也不免想起那些日子："都已经过去了，其实我也学到很多，总要有所经历才能成长。"

秦理点头："这次，我是带着 Peter 的期望从京市过来的，促成这次合作不容易，希望我们都能交出百分百的答卷。"

他伸出手，沈辞音回握："合作愉快。"

他们走出咖啡厅，夕阳渐渐落在远处大厦的顶上。

秦理绅士地问："我叫了车，要不要顺路送你？"

沈辞音摆了摆手："不用，地铁站就在旁边，很方便。"

他也不勉强："很可惜，今晚我有个提前约好的饭局，不然我该请你吃饭的，我们改日再约。"

沈辞音朝他微笑："不用这么客气。"

秦理朝她挥手："我走了，你路上小心。"

沈辞音和秦理道了别，看着他的车离开后，开始往地铁站的方向走。这一片园区全是高档写字楼，虽然还没到下班高峰期，但已经有人成群结队地离开。她拿出手机看了一下时间，决定待会儿先去超市一趟，买点儿东西再回家。夕阳将她的影子拉得很长，她继续往前走，口袋里响起消息提示声，言昭发来了消息，只有两个字：回头。

沈辞音停下来转身看去，一辆黑色的轿车正在不远处停着，不知道是什么时候来的。她看见熟悉的车牌，愣了一下，有点儿怀疑自己的眼睛，又低头看了一眼消息。言昭怎么会出现在这儿？他不是今晚有事要忙？

黑色轿车停在那里，里面的人见她发着呆，按了两下喇叭，沈辞音这下确定了是言昭来找她，于是走了过去，站在副驾驶位的车窗边。车窗降下来，她还没来得及问他怎么突然出现在这里，也没提前和她说一声，就听见一道散漫的声音传来："聊得挺开心？"

沈辞音站在路边，微微弯着腰，有些惊讶地问："你怎么来了，在这儿等了多久？"

言昭穿着一身西装，轻轻叩了叩方向盘："先上车。"

她拉开车门，坐上车，边扣安全带边解释道："哦，刚刚那个人叫秦理，是我们新合作方的对接人，正好也是以前的同事，所以一起喝了杯咖啡。"

"以前的同事？"

"嗯，我刚进 VH 实习时他就在了，后来他跳槽走了。"沈辞音说，"今天下午才重新遇见。"

见言昭不吭声，她转过头问："你等了多久？"

他语气闲适："从你们一起出咖啡厅的时候开始。"

沈辞音："……"

"聊了些什么？"

"一点儿过去工作上的事。当初我实习的时候，因为他是我的学长，给了我很多意见……"

当时，言昭在车里远远地看着，秦理看她的眼神，同样身为男人，他只一眼就能看穿。说实话，秦理这人怎么样，言昭没兴趣了解。倒不如说，秦理更像是一个符号，就算没有秦理，也会有张理、王理，总会有那么些人来提醒他，在他们分别的那些年里，他缺失过她的生活，他不是一直在她身边。一想到这儿，言昭就很不愉快。

"他向你表过白吗？"

"没有。"

他嗤了一声："挺有自知之明。"

沈辞音："……"

沈辞音疑惑："你为什么会这么想？"

"你看不出来？"言昭扬眉，"他对你有意思。"

"我们有很久没见了，怎么可能？"

"怎么不可能？"

沈辞音对周围人的情感感知太淡薄了，对什么都不关心，这既造成了她的漠然，也给周围人接近她增加了难度。很难说这是好事还是坏事。

"你呢？"沈辞音反问，"你也有没告诉我的事情。"她终于找到机会问出口，"我在 N 市当交换生的时候，房子的事是不是你帮的忙？"

言昭笑："这你也知道了。"

"为什么不告诉我？"

"如果那个时候我告诉你是我在帮你，你会接受吗？"

沈辞音被问住了，顿了一会儿，诚实答道："不会。"

言昭用手指探进她的袖口边缘，指腹缓慢地抚着她脉搏的位置："你让我别再去找你，我还凑上去帮你忙，如果告诉你，你不觉得我会很没面子吗？"

"你可以不帮我的。"

"是啊，我当然可以。"他的语气听起来轻描淡写的，"可谁让我就是忘不了你呢。"

沈辞音的心里像是有酸涩的泡沫一点点升起，她忍不住翻转手腕，覆住他的掌心，往前靠在他的肩膀上。她轻声说："言昭，谢谢你。"

谢谢你帮我。谢谢你爱我。

车里陷入静谧，沈辞音想起了正事，将话题转回来："所以，你晚上不是有事吗？为什么突然过来？"

言昭没答，只是扳过她的脸颊，让她正对着自己，仔细看她的眼睛："我看看。"

沈辞音对上他的眼神，意识到他在检查什么，轻声道："我哪儿有那么容易哭？"

言昭的手指从她的眼角滑过，托住她的脸颊："毕竟你上一次在我面前哭，就是因为家人。"

下午他接到沈辞音的电话以后，立刻就让庄凌去查了沈江。庄凌动作也快，一个下午就把资料搜集完整了。言昭掌握了事情的来龙去脉，也大概猜到了她下午遇见的人是谁。尽管沈辞音在电话里表现正常，可她向来是那种不爱诉苦的倔骨头，他不放心，还是抽了个时间过来看看。

沈辞音摇头："我不会为不值得的人掉眼泪的。"

"他们有没有找你麻烦？"

她再次摇了摇头。

"行。"言昭坐直身体，发动车，"我送你回去。"

"不一起去吃饭吗？"

"今晚不行，送完你，我还得回公司。"

"我可以自己坐地铁回去，不耽误你时间。"

言昭说："来得及。"

沈辞音让言昭把她放在了她家附近的超市门口，家里的一些生活用品快用完了，她推着购物车在货架前挑选，路过居家用品区时，脚步停住。

她的目光落在下方的一排拖鞋处，她突然想起上次言昭来她家没有拖鞋可穿的情形。她站在原地想了想，弯腰拿了一双男士拖鞋，放进车里。

就像言昭曾经说的，她也开始让他彻底侵入她的私人领域了。

过了几天，方芮珈将沈辞音约出来逛街，沈辞音顺带将丝巾还给了她。

两个人走在商场里，沈辞音接了言昭打来的一个电话，挂掉之后，方芮珈的眼神带着探究的意味。沈辞音无奈："你问吧。"

方芮珈说："老实交代，是谁？"

"你知道的那个。"

"在一起了？"

"算是吧。"

"什么叫算是？"

沈辞音握着手机，想了想："因为我突然发现，我们好像也没人正式提过'我们在一起吧'这种话，就这么自然地在一起了。"

没有走一种正式的流程，感觉总差了点儿什么。

方芮珈吐槽："那他也不怎么样嘛，钓着你？"

"不是。"沈辞音摇头，"我觉得他可能是在等我的答案。"

方芮珈似懂非懂："那你想好了？"

"嗯。"沈辞音下了决心，"我不想再错过了。"

商场里人来人往，沈辞音看着橱窗里眼花缭乱的女装，对方芮珈说："对了，陪我挑一条裙子，正式一点儿的。"

方芮珈问："什么场合穿？"

"酒会。"她解释道，"最近合作的那个项目，过几天有个 VH 赞助的慈善酒会，我们老板不去，让我代替她露个面。"

"可以啊，沈辞音，现在混得越来越好了，马上要成为 VH 的中流砥柱了，以后要是被猎头挖走，你们老板得痛哭流涕。"

"不对。"方芮珈意识到什么，改口说，"不是中流砥柱，你这不是马上就要成为 VH 的老板娘了？"

好像，是这么个道理。

方芮珈朝她眨了眨眼睛："我晚上把我的简历发你，给我安排个好岗位，我马上就辞职过来，闺密下半辈子就靠你了。"

沈辞音："……"

她们在商场内逛了一圈，试了好几家，最终在两条裙子之间犹豫。它们都挺好看的，各有各的优势，沈辞音做不了决定，给两条裙子都拍了照片，询问言昭的意见。

言昭回复得倒是很快，就是不怎么正经：穿给我看的？

沈辞音打字回：正式场合。

言昭评价：从老板的角度，建议你穿第一条出席，从男朋友的角度，建议你两条都选。

沈辞音没想到是这个答案，有点儿意外：两条都选？

言昭那边似乎是在忙，过了会儿，将理由慢悠悠地回了过来：想要就买，有我，你永远不需要做选择。

一连几天，沈辞音都在忙项目合作的事。

她要调控整个流程，在设计部门和运营部门之间来回沟通需求，时不时还要反馈进度，询问合作方的意见，几乎每天都泡在工作软件上，忙得午饭都是在工位上点了外卖来吃，吃完草草休息一会儿。

午休时，办公室里空了一片。沈辞音拆开外卖包装，香味飘出来，身后也坚守工位的胡立大叫："饿死我了，你点的什么这么香？"

沈辞音问他："你没和他们去食堂？"

"这不活没干完嘛。"胡立念叨，"不行了，我也点一份。"

桌上的手机振动了一下，沈辞音拿起来看了一眼，迟晓莹在部门群火急火燎地发了一条消息：公司食堂做活动，集赞送礼品，大家给我朋友圈点个赞，谢谢各位！

沈辞音打开朋友圈，给迟晓莹点了赞，点完顺手往下滑了几下，简单地扫了一眼，看见一个新鲜的头像，是言蓁的微信头像。

沈辞音上次加了言蓁的微信，两个人还没聊过天，但言蓁的朋友圈对她开放着，她可以从言蓁活跃的动态里窥见对方丰富多彩的生活。

言蓁结束了国外的旅行，坐了十几个小时的航班刚落地宁川，定位在机场，发了个很可爱的犯困表情包。

沈辞音回想起在酒吧外和言蓁的交谈，感觉到很新奇。

言蓁发朋友圈发得勤快，而言昭和沈辞音差不多，几乎不发朋友圈，两个人的朋友圈动态空荡得会让微信好友以为自己被屏蔽了。言昭和言蓁的性格完全不一样，一个随心所欲，一个娇纵可爱，很像是完全被放养着长大，但又有强力的规则去约束他们的核心，让他们不会走歪路。出生在他们这样的家庭的人，生活一定是幸福的。

沈辞音吃完外卖后，正收拾着，工作软件上 Jeffery 的秘书 Amy 突然发来消息，让她把一份文件送到顶楼，老板急需。

沈辞音有点儿困惑，老板大中午的还工作吗？而且，还需要她去送？但到底是领导指示，她不敢怠慢，起身扔掉外卖盒，简单漱了个口，拿起文件坐电梯上楼。

顶楼是领导层办公室和大会议室，不像他们楼层有那么多办公区域，座位也大多是空的，现在这个时间点，人全去吃饭了。

沈辞音没找到 Amy，给她发了消息，问她要把文件放在哪儿。

Amy 很快回：*不好意思，我去吃饭了，忘了说了，文件是言总要，不知道他在不在，你放他办公室就行。*

言总？VH 集团还能有几个言总？沈辞音抬头，看见走廊最里面的地方，办公室门紧闭着，旁边名牌上"言昭"两个字十分清晰显眼。

言昭作为 VH 的幕后大老板，一般都待在言氏，很少来这边，而今天也不是有重要会议的日子，他没有过来的理由。最重要的是，他也没和她说过他要来。

沈辞音将信将疑，敲了敲门，里面传来一声平淡的"进"。

她推开门，一眼就看见空旷整洁的办公室内，一个男人背对着她，朝着落地窗的方向懒散地倚着办公桌，看着窗外的景色。

沈辞音看见言昭，心里立刻明白了，送文件就是个幌子。她叹气说："你这算不算滥用职权？"

"啊。"言昭一点儿愧疚的意思都没有，按着按钮折腾电动窗帘，懒洋洋地说，"有人最近忙得连饭都不和我一起吃，那我不得滥用职权一次？"

他们也就三天没见，他话里都弥漫着一股不爽的味道。而且不仅仅是她忙，言昭比她更忙，两个人的时间很难凑得上。最重要的是，他们不住一起，如果不是谁刻意地去找对方，两个人根本没有相处的机会。

窗帘缓缓合上，室内亮度一下子降低，沈辞音转身要去开灯，言昭却在这时叫她："过来。"

她的手指快触到按钮又停住。

言昭声音含着笑："记得把门锁好。"

十分简单的几个字，但听起来暗示意味很重。

沈辞音没动："大白天的锁什么门？"

她身后脚步声渐近，熟悉的气息将她全部裹住，一只修长的手探过来，利落地在她眼皮子底下将门锁拧上，随后他向前一步，将她困在了门板和他的怀抱之间。他低头，她的耳畔传来温热的气息："你说呢？"

怀中的文件被抽走，扔在一边，她被他转过身体，不得不仰着头看他。

昏暗的室内，言昭的面容掩在迷离的光线里。沈辞音还没来得及说话，下一秒，他的唇压了上来。

初夏天气炎热，沈辞音穿的是短袖，办公室内冷气源源不断，她的手臂蹭在他冰凉的衣服上，有种又冷又滑的舒适感。

言昭结束了这个吻，牵着她往休息室走。

这个办公室是公司为言昭预留的，尽管他不常来，但还是有人每天打扫，就连休息室也一样。他还记得上次她说过的午休的事，今天特意让她过来休息。休息室里，床铺干净整齐，角落里还放着盆栽，绿莹莹的一片。

沈辞音往床上倒，打了个哈欠，迷迷糊糊地想闭眼，言昭又亲她："什么时候有空？"

沈辞音问："要做什么？"

言昭回："约会。"

她睁开眼睛看他："我们现在不算吗？"

他挑眉："你见过在办公室约会的？"

"你想去哪儿？"

"反正不是办公室。"

她算了下日期："这周六有个酒会，周日或者下周？"

"什么酒会？"

"VH 赞助的一个慈善酒会，Freda 去不了，我代替她出席一下。"

"裙子也是为这个酒会挑的？"

"嗯。"

言昭看了一眼手机上的时间，摸了摸她的头发："行，睡吧。"

她问："你不休息会儿吗？"

"我不怎么睡午觉。"他起身，走到休息室门口，将灯关上，房间内瞬间陷入一片黑暗。

沈辞音是真困了，下意识脱口而出："晚安。"说完她发现不对，立马改口，"说错了……午安。"

他不着调地笑："你想睡到晚上也可以。"

门被轻轻合上，言昭出去了，沈辞音的意识逐渐模糊，很快陷入一片混沌。

晚上，言昭开车回言家吃晚饭。言蓁趴在沙发上，一见他回来，立刻拖长语调："爸——妈——你们的好儿子回来了！"

言昭从沙发后面经过，手指屈起在她额头上敲了一下。

言蓁捂着头哼哼了两下，看他在沙发另一端坐下，向后舒适地靠着。原本趴在言蓁腿边的巧克力察觉动静，跑过去，头蹭着他的膝盖热切地想要他摸。

言蓁吃着薯片，伸腿过去，轻轻踢了踢他："从哪儿来的？"

"公司。"

"哦。"言蓁眨了眨眼睛，装模作样地说，"今天叫你回来吃饭，不会影响你约会吧？"

言昭摸着巧克力的手停住，他掀起眼皮看了她一眼："没事，我这儿不是还有你陪着？"潜台词是你也无会可约。

言蓁把这话在脑袋里转了半天，才醒悟过来他说的什么意思，拿起抱枕砸了过去："真不巧，我们今天刚约过会。"虽然是在机场。

言昭单手挡下抱枕，顺势将抱枕塞在腰后，换了个更舒服的姿势靠着："巧了，我们也刚约过会。"虽然是在办公室。

言蓁讲不过他，气得牙痒痒，突然间想起了什么，神秘兮兮地凑过来："我都知道了。"

言昭说："嗯？"

她有点儿幸灾乐祸的模样："原来是你追别人，还追得很艰难。"

言昭头也不抬："你很闲吗？"

言蓁看他这反应，更开心了，用指尖戳了戳他的手臂："你也有这一天，看来你魅力不够啊，言昭。"

言昭不爱听这话，懒得理她。

言蓁从身后拿出一个袋子："给辞音姐姐带的礼物，你帮我给她吧。"

言昭问："这是什么？"

"化妆品。"

"挺有心，我的呢？"

"没有。"

言昭挑眉："没有？有了男朋友之后对哥哥就这个态度？"

言蓁撒娇："行李箱放不下了嘛，就只能带这点儿东西回来，反正我送给她就是送给你，对吧？"

言昭没说什么。

没一会儿，崔姨说可以开饭了。言惠从楼上走下来，看见言昭，说："回来了。"

言昭答："嗯。"

言惠没再说什么。一家人吃完饭，崔姨收拾桌子，言昭点了一支烟，言蓁鼻子灵，一闻到烟味就皱眉："不许在家里抽烟！"

言昭瞥了她一眼，没把烟按灭，起身往外走。他打开连着院子的侧门，站在门口，对着院子抽烟。夜风一缕缕地往屋子里灌，身后客厅内灯火明亮，院子里一片寂静，只有风偶尔吹过绿叶的沙沙声。

一点儿火星燃着，言昭咬着烟，正准备从口袋里拿手机，肩膀被人从后面拍了一下。段征走出来了，将门轻轻带上。

"爸。"言昭将烟拿下来。

段征摆了摆手："继续抽吧。"

段征走到言昭身边，和他并肩而立，望着寂静的庭院："最近怎么样？"

"挺不错。"

"我是问你感情方面。"

言昭的手顿了一下，笑了一声："爸，你也开始好奇了？"

段征看着自己的儿子："我和你妈见过陈淮序了，你妹妹的事算是定了，现在反而是你这个做哥哥的更让我们操心。"

言昭笑："我这么大的人，哪儿还需要你们操心？你不会被我妈收买，也来劝我去相亲吧？"

段征摇了摇头："你妈回国之后，你看她再提过这事吗？"

言惠之前殷勤地劝言昭相亲，不久前回国，之后就再不提这事。算算时间，言昭估摸着她应该是知道了沈辞音的事。不过没关系，他也没想遮掩。

段征叹息："其实这么多年，你妈妈也在反思当时她是不是做错了。如果不是她硬要你出国，会不会有不一样的结果。"

言昭沉默不语。

"那时候你躺在医院里，你妈妈表面上在生气骂你，其实从病房出来就在偷偷抹眼泪。"段征拍了拍他的背，掌心覆在言昭身上那个疤的位置，"她的性格你也知道，这些话她说不出口，所以我得让你明白，别记恨你妈妈。"

言昭感叹地笑着："爸，你的性格和妈的性格真是绝配。"

段征又甩在他背上一巴掌。

"我没怪过她，她的做法其实没错。"言昭把目光投向夜色里，缓缓地说，"要怪就怪我自己太年轻气盛，总觉得自己能决定一切，是我考虑得太少。"

段征看着自己的儿子，心中百感交集："你长大了。"

言昭无奈："我二十七岁了，爸。"

段征笑，手搭在他的肩膀上："不过你自己一定要搞清楚，你到底是真的放不下，还是想圆了那份不甘心。"

言昭将烟碾灭："你放心，我清楚得不能再清楚了。"

段征放心下来："那就好。"

周六傍晚，沈辞音打车来到举办酒会的酒店。

门口的接待人员登记了她的邀请函，领着她往宴会厅里走。沈辞音身着一袭礼裙，明艳漂亮，一路上吸引了不少目光。

拒绝了几位男士的搭讪后，她拿出手机，拍了几张现场的照片，反馈给 Freda。她正摆弄着手机，身后传来一个声音："你来了。"

沈辞音回头，秦理正端着酒杯站在她身后，朝她举杯示意了一下。

沈辞音将手机收进小包里："Freda 应该和你说过，今晚她不方便，我替她过来看一下。"

秦理点了点头，目光落在她身上，笑着说："你今晚很漂亮。"

沈辞音礼貌地笑："谢谢。"

两个人站在长桌边，全场灯光慢慢黯淡，宴会厅的大门在此时突然被打开，一个人被簇拥着走了进来。

沈辞音看了一会儿，觉得那个遥遥的轮廓有点儿熟悉。

言昭？她有点儿意外，转而又觉得不那么意外。

他肯来，大概是卖主办集团一个人情，但估计也不会待太久。

他们的关系还没公开，他们在这种场合打招呼好像有点儿不合适，而且他一直被人围着。沈辞音想了想，还是没上前。

耳畔响起舒缓的音乐，水流一样漫进耳朵里。沈辞音扭头，看见一个人在小提琴独奏，有些出神。那是很高的演奏水平，是她曾经的向往。秦理顺着她的视线看过去："今晚的慈善酒会，主办方特意邀请了一位知名小提琴家演奏。怎么，感兴趣？"

沈辞音不想多提关于小提琴的话题，摇了摇头："拉得很好，所以多听了一会儿。"

秦理看着她白皙的侧脸，手指悄悄捏紧了杯子，笑着说："这么问可能有点儿突兀，但我还记得你之前说过，短期内不想谈恋爱。现在有新的想法了吗？"

他不可否认，再次遇见，沈辞音的美仍旧对他有强烈的吸引力。

沈辞音回答："嗯，我已经有男朋友了。"

面对这个预料外的答案，秦理先是一愣，顿了半晌，才答道："是吗？真令人意外。"他笑了一声，"我一直觉得我们很相似，面对情感会保持绝对的理性，会在衡量利弊后选择最佳的方案。"

爱情于他而言不是什么稀奇的东西，在一段关系里，荷尔蒙的吸引到最后一定会转化成单纯的责任感来维持。他对自己很了解，他完全可以做到。沈辞音就像是另一个他，聪明又理智，两个人相处起来都不会因为所谓的情爱而烦恼万分。

秦理有这个自信，他会是她客观条件上的最优解。

"如果是以前，我可能会这么想，但有一个人彻彻底底改变了我的想法。"她轻声说，"他让我觉得，爱情是真实存在于我身上的。"

不远处，言昭被众人围着，目光往后方的角落偏去。今天这个酒会，他完全可以不用来，只是恰好有时间，又因为沈辞音要来，他就顺便卖对方老总一个人情，准备应付一下就走。

沈辞音正低着头和秦理说着话，用叉子将蛋糕上的杧果块一粒粒地挑开，又起奶油放进嘴里。她的目光在场内乱转，不经意碰上言昭的目光，她愣了一下，随后快速移开视线。很显然，在这种场合不太适合公开他们的关系。虽然言昭有准备，但看到这一幕还是有点儿碍眼。沈辞音穿着他亲自挑的裙子，本该是站在他身边的。

他的目光停留在那儿过久，身旁的人也一齐看过去，议论道："那边那位是谁？女伴很漂亮啊。"

"哦，是达安新的市场总监，很年轻又优秀，听说是从 VH 挖过去的。"

提到 VH，大家不由自主地看了言昭一眼，想从他这儿得到评价。

言昭置若罔闻，没什么温度地笑了一声："谁说那是他的女伴？"

众人鸦雀无声，面面相觑，不知道是哪句话触了言昭的逆鳞。

言昭将杯子放下，边朝宴会厅门外走边对庄凌说："让司机先走，今晚我自己开车回去。"

庄凌应下："好的。"

"哦，对了。"言昭顿住脚步，慢条斯理地说，"顺便通知一下沈辞音小姐，我在车上等她。"

庄凌："好的。"

酒会持续的时间不长，沈辞音在宴会厅内又待了一会儿，眼看没什么事，便提前走了。秦理仍绅士地坚持送她到门口。夜色很沉，灯光辉煌的酒店外车水马龙，秦理扭头问她："怎么回去，有车吗？"

沈辞音看了一眼手机，正要回答，前方走来一个人，西装革履的，他踏上台阶，迎着她的目光在她面前站定。

言昭仿佛没看见秦理，手指勾着车钥匙，侧头向沈辞音示意了一下身后的车："走？"

沈辞音不自觉地往前迈出脚步，又觉得自己还是得和秦理打个招呼以示礼貌，于是转头朝他说："我先走了。"

秦理见她有人来接，心里猜到了大概的情况，虽有失落，但还是识趣地点了点头，朝她微笑着："注意安全，一路顺风。"

沈辞音送别了秦理，跟在言昭身后走到车边。黑色的车低调地停在路边，完美地融入昏暗的夜色里。她拉了拉车门，车子还没解锁，她有些疑惑地转头，言昭在这时贴近将她抵在车边。

"言……"她话音未落，剩下的话语全被他吞没。

吻来得猛烈，她的脊背贴在车门上，她仰起头喘息，双手不得不抵着他的肩膀，一边沉沦，一边又担心这里会不会有人经过。结果因为不太专心，被他咬了一口。

言昭垂眼看着她，指腹抹过她的唇，按了一下："还挺不舍？"

她无奈："正常的同事打招呼而已。"

"你都走了，他还看着你。"他的语气听起来不怎么高兴。

她解释："我已经和他说清楚了。"

贴身的礼裙勾勒出她曼妙的曲线，他用手指掐住她的腰，感受到布料下她肌肤的温热。

本该是庄凌等她，但言昭想了想，还是让庄凌先走，自己留在这儿，省得秦理一直不死心。言昭看着她，心里的念头越发深刻——对她里里外外都打上他的标记才好，省得让别人惦记。

站在路边终归不合适，言昭松开她，将车解了锁，打开车门："上车。"

沈辞音抹了抹嘴角，坐进车里，看他绕过车头，坐进驾驶座里，启动车。新买的高跟鞋有些磨脚，她今晚强忍了很久，这会儿终于有空，拿出他车内的拖鞋换上。

她弯腰揉了揉脚后跟，借着窗外闪烁飞逝的灯光看了一眼，皮肤上有一片红艳的痕迹，有些许血丝渗出，脚后跟被磨破皮了。

言昭注意到她的动作，握着方向盘瞥了一眼："怎么了？"

"没事，就是鞋有点儿磨脚，破皮了。"

言昭没说话，开了一会儿车，在一个药店门口停下，丢下一句："在车上等着。"

她从车窗玻璃看出去，街边霓虹灯招牌闪烁，言昭很快走进一个药店，几分钟后拎着袋子回到车上。

她伸手朝他要药："谢谢，我自己来吧。"

"你方便吗？"

"脚后跟破皮，有什么不方便的？"

言昭笑了一声，将袋子扔在中控台上："等车停了再说。"

车一路开进言昭的私人车库，四周由闹变静，车轮摩擦地面的声音清晰刺耳地响起，缓慢地渗上一股清幽的凉意。

言昭将车停进车位，熄了火，解开安全带，伸出掌心："脚给我。"

沈辞音没扭捏，坐在副驾驶位上，抬起腿，将脚搭了过去，踩在他的大腿上。礼服裙摆随着她的动作往旁边滑落，露出白腻的腿根，她连忙扯着裙摆固定住，顺道将朝向他的腿心处也用裙子挡了挡，防止走光。

言昭抓着她的脚踝，抬头扫了一眼："防我？"

"没有。"她抿唇，"这样做礼貌点儿。"

言昭拿了一根棉签，哦了一声："那我们平时都是不礼貌？"

沈辞音耳朵发热，耐着性子说："你能不能好好涂药？"

言昭握着她的脚踝不松手，掌心按压着她清瘦的踝骨，不肯动作："我有什么不能看的？"

她催促道："行了，你快点儿。"

言昭不紧不慢地点亮车顶的灯，像是为了更好地看伤口。

他将脚踝处的血迹擦掉，往她的伤口抹了点儿药，随后用棉签轻轻涂开。冰凉的药膏刺激着肌肤，流血的地方传来轻微的刺热，沈辞音扶着腿，呼吸沉了点儿，被他捕捉到了。他问："疼？"

她摇了摇头："破皮而已，不疼。"

他垂着头替她涂药，目光不经意在她身体上掠过。

涂完药后，言昭扔了棉签，替她贴好创可贴。沈辞音将脚缩回去，正准备穿鞋，他在一旁问："磨着不疼吗？"

她还没来得及回答，言昭已经下车，从车头绕过来，打开副驾驶位的门，拎起她的鞋，将人抱了起来。

"你要抱我回去？"

"不可以？"

沈辞音搂住他的脖子："当然可以。"

沈辞音的脚磨破了，言昭贴心地服务她，最后当然是"不小心"地擦枪走火。一切结束后，沈辞音犯懒地垂着眼皮，指尖无意识地在他胸口画圈。言昭捏住她作乱的手指，声音低哑："在写什么？"

她蜷起手指，缩回手："乱写。"

言昭不以为意，埋头下去，贴着她的肩颈，这里亲一口，那里咬一下，直到沈辞音推他的头："你干什么？"

他从她颈间抬头，慢悠悠地说："乱咬。"

沈辞音："……"

这人好小气。

空调冷飕飕的，言昭将温度调高了些，将她抱紧。沈辞音和他相贴，冷却下来的身体感受到另一种温度。不止是外在的，还有从心底里升起的将荒芜烧尽的那种热。

她靠在他的怀里，感受到前所未有的安心。

沈辞音抱着他，将手圈紧了些。她越过他的肩，瞥见床头熟悉的台灯，想起了什么："言昭，这是哪里？"

这里不是言昭在浮景苑的那个家。

他捏着她的耳垂，指腹微微用力碾了一下："忘了？"

沈辞音那句话更像是一种确认。此刻他的回答证实了她心里的答案，她闭上眼睛，头埋进他怀里，小声回答："没有。"

很难忘得掉，这里是九年前她和言昭一起待过的地方。言昭今晚居然带她回了这儿。无数回忆在脑海里一帧帧地掠过，她想起他们曾经在客厅一起写作业、吃饭、看电影。

她轻声问："你为什么带我来这儿？"

他抱着她，手指将着她柔软的发丝，从后脑勺滑到发尾，又轻触她光滑的脊背，语气很随意："离得近。"

他话是这样说，但沈辞音知道，原因肯定不是这么简单。

言昭带她回来，无非是想和她一起重温。

沈辞音没再说话，贴着他的胸口，感受着彼此的心跳声。

好在，九年前两个人戛然而止的故事，九年后，他们还有继续书写的机会。

第二天，沈辞音一觉睡到了自然醒。她洗漱完，走出卧室，仔细打量了一番客厅，看到一切都还保持着九年前的原样，每个家具的摆放位置都原封不动，和记忆里的完美重合。地板干净得一尘不染，阳台上的绿植颜色鲜翠，明显是有人照料，不像是闲置许久。

言昭正好从卧室换完衣服走出来，沈辞音问他："你偶尔住这儿吗？"

他低头理着袖口："不住，但每周都会有人来打扫。"

她心头微动："从什么时候开始？"

他淡淡答道："从我出国开始。"随后，他的目光巡视一圈，他接了一句，"这也是我第一次回来。"

整整九年，这个盛放着他们记忆的住所，始终被他精心维持着原样。沈辞音心里感到一阵难以言喻的情绪起伏。

见她目光还流连于周围，言昭拿起车钥匙："不急，晚上回来慢慢看，我们先走。"

沈辞音问他："去哪儿？"

言昭坦然答道："去约会。"

他们挑了一圈约会的地点，最终选择一起去游乐园。

今天天气特别好，太阳高高地悬着，阳光将地面铺得金灿灿的，翠绿的树叶静静地待在平静无波的夏日空气里，往地上投下一片深色的阴影。正值夏日，游乐园内人很多，沈辞音捧着一杯冰饮料，边走边问："你来过这儿吗？"

言昭看她的手心被冰镇的杯壁打湿，递出纸巾："宁川的这个主题乐园是才建的，我没来过，不过其他国家的我基本都去过。"

"哪个好玩点儿？"

"我也不知道。"

"你玩过，你不知道？"

"是啊，记不太清了。"他的语气理所当然，"你要是好奇，不如和我一起再去一遍？"

沈辞音咬着吸管："那也得等我有空才行。"

天热，她出了不少汗，言昭为了让她更轻松点儿，拿过她的小包往自己肩上挂。

沈辞音翻开地图搜寻，言昭抓着伞把，把伞往她那侧倾斜，替她挡住阳光。她指着地图问："先玩哪个？"

"随便。"

"我们还没吃东西，不然先去买点儿吃的？"

"随便。"

沈辞音："……"

言昭总给人一种难伺候又不难伺候的感觉。

他们玩了几个项目，沈辞音想去上厕所，于是把手上的东西往言昭手里塞，让他帮忙拿着。

言昭两只手全被填满，冲她仰了仰下巴："去吧。"

沈辞音转身，走到一半，她又想起什么，跑回来，将头上的帽子也摘了下来，踮起脚，戴在了言昭的头上。这顶帽子是他们刚刚在园区的主题商店买的，造型很可爱，唯一独特的地方就是……有两只耳朵，反正是言昭这种人死也不会戴的类型。

言昭说："你觉得合适吗？"

言昭又说："拿下来，我给你拿着。"

沈辞音一本正经："这个男生戴也很可爱啊。"

见他还要反抗，她模仿他的语气，哄道："听话。"

言昭："……"

他认输："行。"

她开始反向拿捏他了。

厕所里的人很多，沈辞音花了好一会儿才出来，远远地在人潮中看见站在那儿的言昭。他在人群中高得很显眼，手中抓满了东西，肩上挂着她的包，让人一看就知道在等女朋友。他头上仍旧顶着那顶卡通的帽子，轮廓线条好看的侧脸隐入帽檐之下，面上没什么表情，低着头，不给任何人眼神，但足够帅，惹得周围人不断地回头打量。

沈辞音走过去，踮脚捏了捏帽子上的耳朵："你真的一直戴着呀。"

言昭："……"

她取下帽子戴回自己头上，摸了摸他的脸颊，亲昵地夸奖道："好乖。"

言昭："……"

他一字一句地说："沈辞音。"

她装没听见。她今天说了"听话"，又说了"好乖"，全是他爱对她说的话，如今被她用到他的身上。

　　沈辞音接过他手里的东西，他突然笑了一声，低下头，声音不紧不慢的："既然夸我乖了，奖励就这点儿，够吗？"

　　他握着她的手腕，脸颊主动贴在她的手心，他盯着她，用只有两个人能听见的音量低声对她说："我还可以更乖。"

　　周围游客来来回回，沈辞音脸颊微热，抽回手，低低咳了一声，提醒道："正经点儿。"

　　言昭直起身体："还想玩什么？走吧。"

　　一下午，他们将园区逛了个遍，玩了不少项目，沈辞音从过山车上下来的时候，心脏还在怦怦跳。

　　言昭却像个没事人似的，她怀疑地摸他的胸口："你不怕吗？"

　　"还行，滑雪也刺激，而且这个过山车也不是很可怕。"

　　她差点儿忘了，滑雪也是极限运动。

　　天色昏沉时，到了晚饭点，沈辞音觉得园区内的饭菜口味一般，想出去吃。言昭没意见，正要带她出园，沈辞音却说："等等，晚上八点城堡那儿有烟花。"

　　言昭问："你要等？"

　　她点点头："想看。"

　　言昭又问："饿着肚子等？"

　　沈辞音说："我倒是没关系，你要是饿，我陪你先吃点儿东西？"

　　"我不饿。"

　　"真的？"

　　"真的。"

　　"那好吧，待会儿出去吃，今晚我请客。"

Chapter 10

再也不分开

两个人又去纪念品商店逛了一圈，随后早早来到广场等候。

天色逐渐变暗，直至完全漆黑，远处的城堡亮起灯光，在夜色里迷幻又绚彩。

游客陆陆续续地往前方涌动，有人拿出手机等着。沈辞音和言昭并肩站着，不约而同地望向前方。指针指向八点，城堡的灯光开始变幻。

啪！一道烟花冲上去，在天空里炸开。

耳畔响起欢呼声，声音嘈杂，四周拥挤喧闹，沈辞音在这样的气氛里转头，无声地看着言昭的侧脸。他面色沉静地仰头，插着口袋，看着远处城堡上空的烟花。

她想起很多——

她想起他们在小卖部第一次见面；想起每天放学后两个人一起坐公交回家；想起圣诞节时他们去公园，言昭告诉她让她打个响指，随后公园里的圣诞树真的就全部为她亮起；想起他们一起做过的很多事情。

她又想起九年后——

他们重逢时在酒吧冷漠地对视，医院里无声的点滴，南城喷泉下的合照……

一幕幕，如同变幻的光影在他侧脸上流淌而过。

啪！啪！连续的烟花绽放，声音震耳欲聋。

沈辞音的心在很剧烈地跳，仿佛也随着这烟花一起高高地升起，她察觉到一股前所未有的冲动。一直以来，她习惯于压抑自我，压抑欲望，凡事依靠理性选择，很正确地做了很多事，但也同时失去了很多体验。她始终将自己的内心封闭在一堵墙后，不愿踏出去，也不想别人踏进来。

可言昭是不同的。只有这一次，她想明白了，他们既然是爱着的，那就真正在一起，不要分开。言昭要她直面自己的欲望，此刻，她决定说出来，她应该说出来。

察觉到她久久凝望的视线，言昭侧过脸，低头看向她："怎么了？"

沈辞音张了张唇，轻声问："言昭，你要和我在一起吗？"

片刻的宁静后，烟花轰然升起，在空中划出一道彩色的弧线，然后剧烈地破裂开来，盛得热烈。

这毫无征兆的发言，让言昭顿在原地，低头看着她。

沈辞音的侧脸映着烟花的光亮，她看着他，认真地说："我的意思是，我们再也不分开了。"

他们身侧人群拥挤，游客忙碌地拍照，和他们擦肩而过，唯有他们两个人定在原地，看着彼此，仿佛与其他人隔出另一个世界。

她说，他们再也不分开了。

再也不。

言昭盯着她许久，转回头去，仰头看着天空，半晌才说："你喜欢我啊？"

沈辞音没来由地觉得心头发热："嗯。"

"行。"他在这时候摆起架子了，酷得很，"我考虑一下。"

她忍不住笑："好，那你想好了，打电话给我。"

烟花仍在继续绽放，言昭站了一会儿，一言不发地转身，将她拽进怀里，很用力地抱住了她。

沈辞音侧过脸，听到他很轻的吸气声，闷闷的。

"言昭，你哭了。"

他按着她的后颈，不让她看自己的脸，声音凉凉的："我没有。"

"嗯，没哭。"沈辞音伸手抱住他的脊背，声音很轻，"不管怎么样，这一次，我可以抱住你了。"

当初在那个她说"不要再见面了"的教室里，他试图抓住她的手腕，她只能故作冷漠地甩开。现如今，她可以毫无顾忌地拥抱他了。

他们不会再分开了。

烟花秀结束，游客如潮水一样往园区外涌，沈辞音被言昭牵着，十指紧扣，跟着他往前走。彼此的掌心很热，交叠在一起，成倍的温度仿佛顺着手心的纹路蔓延开，一路流淌进身体里。

明明是燥热的夏夜。可是他们谁都没有放开手，反而越攥越紧。他们走到停车场的时候，沈辞音的手心里已经闷出了不少汗。

一路上言昭都没怎么说话，他松开她的手，将车解了锁，替她拉开副驾驶位的车门。

沈辞音坐了进去，刚想探身去关门，却发现言昭仍旧站在门边，手搭在车门框上。她抬眸看他，下一秒，他弯腰，探身进来，将她按在座椅上，亲了下来。

在公众场合不得不克制的情绪在此刻得到了充分的释放，亲吻深入缠绵，持续燥热，直到远处其他车的发动机声回响在空荡的停车场内打破寂静，言昭才放开了她。

沈辞音没去看他勾人的视线，小声说："饿了。"

她是真的饿了，本来这一天玩下来就消耗体力，她还硬是空着肚子等烟花等到晚上八点，这会儿那股兴奋劲散掉，胃里后知后觉地泛上饥饿感。

"嗯。"言昭贴了贴她的鼻尖，替她将安全带扣好，弯腰退了出去，将车门关上。

他们从饭店出来的时候，时间已经不早。服务员微笑着送他们离店，沈辞音有点儿吃撑了，两个人边走边消食，她挽着他。言昭拿出手机看了一眼，转头问她："今晚要不要继续回那儿？"

他指的是两个人昨晚待的地方，他高中时住的小区。

沈辞音摇了摇头："明早周一，要上班，今晚我得回家。"

意料之外的答案，言昭挑眉："不管我死活？今天都这样了，你不在我旁边，你觉得我睡得着？"

这语气，说得好像她干了什么罪大恶极的事似的……

"如果你……"沈辞音顿了顿，说，"反正我给你准备拖鞋了。"

言下之意是他可以去她家。

言昭挑剔道："你那个床——"

沈辞音面无表情地打断他："今晚不行。"

言昭说："嗯？"

她用很正经的语气叫他："言总，现在几点了？明早我还要上班，请体恤员工。"

"什么叫我体恤你？"他不是很满意这个说法，"难道我压榨你了吗？"

沈辞音："……"

她说的又不是这个，她的意思明明是她的体力跟不上他的需求。

"不过。"他慢悠悠地继续，"其实我不介意你——"

沈辞音听不下去了，撕开刚刚饭店给的糖的包装，将薄荷糖塞进了他的嘴里："停。"

她顺便给自己也喂了一颗糖。凛冽的味道在舌尖弥漫开，呼吸之间，夏夜燥热的空气也变得冰凉。

言昭还是把她送回了家。他来过几次，车一如既往地停在楼下那个位置。沈辞音在座椅上等了会儿，见他似乎没有和自己一起下车的打算，于是解开安全带："那我走了？"

言昭轻轻嗯了一声："晚安。"

沈辞音下车，关上车门，刚走到楼下，包里的手机突然响起来。她低头拿出来，看到屏幕上的来电人，转身向后看去。言昭也下了车，正靠在不远处的车边，握着手机贴在耳畔，唇边的笑意若有似无。

他们的距离明明很近，他却采用这种方式。

沈辞音有点儿疑惑，但还是接起电话，同样将手机贴在耳边，等待他接下来要说的话。

言昭的目光一动不动地看着她，对着手机开口："我想好了。"

她问："想好什么？"

他啧了一声，对她这转头就忘的记性很不满意："你今晚向我表白，我说要考虑一下，你忘了？"

"哦。"沈辞音这会儿想起来了，"我也就随口一说，你不用真的打电话给我的。"

言昭没接话，电话两端的人就此沉默，只能听见彼此的呼吸声混在轻微的电流声里，十分安静地蔓延。

他们看着对方，无声的状态持续。恰巧小区里有人骑着车从远处经过，刹车声在寂静的夜里响起，声音从手机里和现场共同传来，让人分不清哪个更真实。

那人又骑着自行车缓缓远去，言昭慢慢开口，声音在静谧的夜里很低沉："还记得吗？之前我来过你家，在楼下，我们也是这样打电话。"

那个时候他们重逢不久，她对他仍有防备，站在楼上朝下望，没有将心对他打开，拒绝他更近一步地侵探。

而现在，他们已经是完全不一样的心境了。

沈辞音说："记得。"

言昭抬头看了一眼她家的方向，继续说："那个时候你知道我在想什么吗？"

她缓缓摇头。

"我在想，如果沈辞音能多爱我一点儿，就好了。"

她一怔，呼吸仿佛凝滞，握着手机的手指渐渐收紧。她在黑夜里看着他的眼睛，言昭回望她，对着电话轻声说："今天我很开心，我等到了这一天。"

他真的等了很久，等她愿意爱他，等她朝他迈出这最后一步。幸好，他等到了。

沈辞音站在原地，贴在耳边的手机逐渐发烫，好像灼得她心口都是热的。

　　言昭笑了一声，挂掉了电话，把手机塞进口袋里，站直身体，语气又恢复了往常那股懒洋洋的劲："过来吧，把你男朋友带回家。"

　　客厅的灯亮起，沈辞音从柜子里拿出拖鞋，放在言昭面前："你的。"

　　由于在外面玩了一天，这会儿精神和身体早就疲惫，她站直身体，将头发往耳后挽："太热了，你等等我，我先去洗个澡。"

　　言昭不怎么正经地提议："一起？"

　　她装作没听见，去卧室拿了衣服，匆匆关上浴室的门，水声很快响起。

　　言昭缓步走进卧室，关上窗户，将空调打开。冷气缓缓渗出，他把遥控器扔回床头，抱着手臂，仔细环视她这间小小的卧室。这里虽然不大，但被她打理得井井有条，到处充斥着她的生活气息。

　　以后，这里也属于他了。

　　言昭心情好得不得了，从口袋里拿出手机，靠在墙边，在各个群里发红包刷屏。

　　路敬宣发了个问号。

　　路敬宣：被盗号了？

　　言昭慢条斯理地回复：不好意思，我一直很大方。

　　路敬宣：发生什么好事了？股票涨了？

　　言昭：我女朋友喜欢我，我心情好，随便发，有钱你都不领？

　　路敬宣：@陈淮序 @陈淮序 @陈淮序 这儿有人不正常，我害怕，他是不是喝多了？你鉴定一下。

　　过了半天，群里没动静。

　　路敬宣：@陈淮序 @陈淮序 @陈淮序 人呢？！

　　陈淮序：忙。

　　路敬宣：大半夜的你忙什么？！

陈淮序：你也知道这是大半夜？

陈淮序：放心，他喝多了不这样。

陈淮序：不回了。

五分钟后。

陈淮序：@路敬宣 你找言蓁干什么？

路敬宣：言昭不正常，我问你问不出来，不就去问他妹妹？

路敬宣：你怎么知道我找她？

路敬宣：服了！你们俩在一块儿是吧？

路敬宣：@言昭 管管你妹妹，都被陈淮序骗他家去了。

路敬宣：@陈淮序 人呢？

路敬宣：你们俩都不回我了是吧？！

路敬宣接着发了一个愤怒的表情包，最后群里显示出数条路敬宣已领取言昭的红包的最新提示。

沈辞音走进卧室，言昭收起手机："洗好了？"

她点头："嗯，到你了。"

言昭说："好。"

沈辞音爬上床，在一边躺下，盖好被子，室内一片凉爽。

挂钟的指针快指向十二点，这一天下来就没有歇息的时候，她这会儿沾了床，不免开始犯困，打了个哈欠，眼眶泛上湿意。

言昭很快洗完澡出来，在她身边躺下，沐浴的清香裹住了她。

关了灯，卧室陷入一片黑暗之中，只有空调运转的簌簌声响。

床头的手机消息提示声一声接着一声，沈辞音提醒："你手机一直在响。"

言昭拿过手机来看了一眼，懒得理，将消息提醒都设置成静音，又扔了回去，收回手继续抱着她。

"没什么。"他闭着眼睛说，"刚刚心情好，给他们每个人都发了一个大红包。"

"多大的？"

"视他们嘴甜程度而定。"言昭在这方面一向随心所欲。

"那我要是嘴甜一点儿，你不是会被我坑破产？"

"理论上是这样。"言昭笑着，"先嘴甜两句给我听听？"

沈辞音岔开话题："睡了。"

过了一会儿。言昭冷不丁出声："你睡得着？"

沈辞音的声音已经困得有点儿含糊："都快十二点了，你明早不也要上班？"

言昭叹了一口气，低声说："沈辞音，你怎么这么可恶？"

她抿了抿唇说："我没有。"

他摩挲着她的腰，声音慢慢变得低："真不想？"

沈辞音被他撩拨得有点儿游移不定，努力坚持着："明天周一。"

"明早我开车送你。"

"那也要早起。"

"你可以多睡二十分钟。"

"你……"

沈辞音最终还是没能抵抗得住诱惑。两个人一顿胡闹，她累得要死，抬头看见言昭坐在床边，正背对着她。此刻他的后肩处有些红色的印记，恰好覆在那块很浅的疤上。

他关了灯躺回来，沈辞音攀着他的肩膀，手指绕到那个位置，指腹缓缓抚摸，疲倦地问他："为什么受伤？"

言昭的面容在黑暗里看不清楚："不是说了？打球伤的。"

沈辞音嗯了一声："我想知道的更多一点儿。"她顿了会儿，说，"我们……分开太久了。"

分开的这些年，他们都对彼此的生活一无所知，这何尝不是一种缺憾。

他答非所问："你会生气吗？最后我还是选择出国，一直都没回来找你。"

沈辞音一愣："你怎么会这么想？那时候我们……"

他拍了拍她的头："那就好，睡吧。"

他怀里的人呼吸声渐渐沉缓，她攀着他肩头的手渐渐滑落下来。

他将她裸露的手臂塞进被子里，感受到怀里熟睡的人真实的体温，低头亲了亲她的额头。他再度回想起今晚的一切，反而有点儿睡不着了。

他在拥挤的小床上慢慢侧过身，点亮手机屏幕看了一眼。

消息提示栏被各类祝福的消息塞满，他粗略翻了两下，混杂其中的还有言蓁发过来的消息：怎么我没有红包？！

言蓁：红包呢？！

过了一会儿。

言蓁：陈淮序都告诉我了，原来辞音姐姐在京市念的大学，所以你当年飞回来就是找她对吧？！

言蓁：那她知道吗？

言蓁：你之前出车祸这事？

言昭看见"车祸"这两个字，将手机按灭，放回床头柜上。

如果可以，他不是很想告诉沈辞音这些。他的疤根本不是打球受伤才有的，而是曾经出车祸留下的。

那是大一上学期末，一个记忆里很冷的冬天。

那天晚上，言昭正在沙发上喝酒，陈淮序推门回家，带着一身冷意。言昭听见响动，侧头望了望："这么早？"

"早吗？"陈淮序说，"如果不是托你的福，帮你喝掉你的那份酒，我能回来得更早。"

陈淮序看了一眼桌上东倒西歪地堆了好几个空的酒瓶，而沙发上的人手里还抓着一个，言昭还在继续仰着头喝酒。

陈淮序问："聚会有酒不喝，在家喝闷酒？"

言昭笑："你都说是闷酒了。无聊，随便喝喝。"

屏幕上放着不知道哪部电影，言昭静静看着，思绪却早已不在那儿。他一只手垂在沙发边，突然问："你说，我和她是不是真的就这么算了？"

开学至今，他人已经在 B 市，却发现自己完全迈不过这个坎。起初他还很恨她，但沈辞音的心远比他想的还要狠。说断就断，连电话号码都换了，不给他留一点儿念想。他无数次按下她的新电话号码，那串数字他背得滚瓜烂熟，可没有一次是按下拨出键的。他好像什么都抓不住。

不用他明说，陈淮序也知道这个"她"是谁。

陈淮序将外套挂起来，回答他："我只相信事在人为。"

言昭在沙发上沉默了片刻，笑了起来："你说得对，事在人为。"

他丢掉酒瓶，坐起身拿过手机，开始订机票。

陈淮序问："你要去哪儿？"

"飞京市。"

"你要去找她？"

"嗯。"

陈淮序说："你喝多了。"

言昭笑："也许。"

酒精是冲动最好的借口。

睡了一觉后，言昭出现在了机场。他从联系人里翻到一个号码，打过去："帮我订一个行程，近期从京市出发，去 I 国，两个人。"

"好的，请问有什么要求吗？"

"要看极光，其他无所谓，你看着安排。"

"是和言蓁小姐一起吗？"

"不。"言昭仰头，看着登机口的数字，平静地开口，"和未来的女朋友。"

对方办事速度很快，言昭这边飞机刚落地京市，手机里就已经收到好几条不同行程的定制旅游方案供他挑选。

京市的天气没比 B 市的好到哪儿去，这座北方城市正经历着寒潮的侵袭，从机场往外看去，雪下得稠密，白茫茫一片。言昭在机场打了一辆车，拍掉肩头细碎的落雪，坐进后座："去京大。"

司机看了一眼后视镜，热络攀谈道："你是京大的学生啊？我侄女也是。"

"不是，我去找人。"

其实言昭也不确定沈辞音现在在不在学校，但他既然来京市了，总能见到她。由于航班飞得太久，他时差还没倒过来，他疲倦地靠在后座，活动了一下在飞机上睡僵的肩颈。

司机开得很慢，频频注意着周围的车："不着急吧？雪天路况不好，开快了怕出事。"

"不急。"言昭低头，手指缓慢地滑动着手机屏幕，挑着旅游方案。

"后面这车怎么开的？"司机握着方向盘，皱着眉头骂道，"这种路况开这么快，怎么刹得住？"

后面车的司机似乎也意识到了，开始减速，没想到车头突然歪扭，像是被什么外力冲撞，直直向前，言昭乘坐的出租车毫无防备地被后面的车撞了个正着。

嘭！巨大的碰撞声和轰鸣声一同响起，车厢被挤压，金属扭曲，玻璃碎裂，言昭的身体跟随着一同侧翻。天地倾转，肩膀猛烈地感觉到一阵刺痛，有什么东西很深地刺入皮肉，同时头被撞击，耳畔一片嗡鸣声——

而后，万籁俱寂。

"据报道，今日下午二时十五分，我市××路段发生一起车辆连环追尾事故，共造成六人受伤……天气恶劣，雪天路滑，请广大市民出行注意安全……"

新闻里冷静的女声回荡在静默的病房里，言惠关掉视频，踱步两下，鞋跟在地面上敲出清脆的声响。

四周墙壁泛着明晃晃的白，泛起另一种渗入骨头的冰凉。

医生站在床头，弯下腰仔仔细细地检查了一遍言昭的身体，起身朝言惠说："醒了就没事了，头部没有受到很严重的撞击，他只是暂时晕厥，之后因为太累睡过去了，肩膀上的伤口也处理好了，观察几天没什么事就可以出院了。"

言惠说："谢谢医生。"

医生又向护士嘱咐了些什么，随后走出病房，将门关上，给一家人留出空间。

言昭无声地扫视一圈病房，感觉到肩膀处的伤口疼痛，放弃了起身的想法。

"这个时候你不是应该在 B 市吗？"床边的言惠抱着手臂，居高临下地看着自己的儿子，第一句就发难，"告诉我，你为什么会出现在京市？"

言昭闭上眼睛，神情恹恹，摆明了不想回答，言惠注视着他，冷笑一声。

眼看矛盾一触即发，言蓁连忙上前，怕言昭挨骂，扯了扯言惠的袖子，替他开脱道："那个……哥哥他……他回国是来找我的！我们约好来京市玩！"

言惠毫无所动："蓁蓁，别替他说话。"

言蓁不情愿地撇了撇嘴。

言惠看向病床上的人："你不说我就不知道了？"

言昭语气散漫："既然都知道，那为什么还要问？"

言惠被他的态度刺激了，深吸了一口气，对一旁的段征说："你先带蓁蓁出去。"

段征劝说："孩子受伤刚醒，有什么事等出院再说。"

言惠说："这不是好得很吗？还有力气和我顶嘴。"

段征叹了一口气，将言蓁带出门。

病房里只剩母子两个人，空气里是凝固的沉静。

言惠问："你是回来找她的对不对？"

言昭不想让母亲把原因归结于这个："今天是意外。"

"我当然知道是意外，但是，你为什么会跑回来？"言惠说，"你不该在这里。"

"妈。"

"你还知道叫我妈？你但凡体谅一下我的心情呢？你一厢情愿地回来，考虑过人家的感受吗？她愿意见到你吗？男子汉大丈夫能不能干脆利落点儿？"

言昭闭眼听着，不说话。

言惠说："不要再去找她，为了你，也是为了她。"

窗外的雪仍在无声地落。他不知道言惠什么时候走的，言蓁跑进来趴在床边，伸手戳了戳他没受伤的那边的肩膀。

言昭掀起眼皮，垂眸看向她。

"接到电话的时候，我都快吓死了。"言蓁心情难得低落，她不像以往那样和他打打闹闹，"当时情况被描述得好夸张，我还以为我要没哥哥了。"

言昭伸手给她看："我这不是没事？"

她闷闷地嗯了一声，脸颊埋进被子里，再抬头时，鼻尖渐渐发红。

言昭看言蓁快哭出来，忽然说："言蓁，你是不是胖了？"

言蓁快要溢出来的难过情绪被这一句话硬生生逼退了回去，她难以置信地瞪大眼睛："你才胖呢！我体重上涨是因为长高了！"

她跳起来，比画着："你看！我长高了这么多，有本事你站起来比一比，我能到你肩膀了！"

"挺有精神，不错。"言昭笑了一声，仰了仰下巴，"把手机拿给我。"

言蓁哼了一声，替他将手机拿过来。

虽然车被追尾，但比较幸运的是，手机没摔坏。言昭开机，翻了翻消息，简单处理了几条同学、朋友的问候，然后点进一个才发不久的视频。

言蓁见他看得认真，探头过去："你在看什么？"

"你怎么什么都要好奇？"言昭将手机扣在被子上，伸手抵住她的头，"小学生写作业去。"

言蓁抓着他的手："你好烦！言昭，我已经上初中了！"她笃定道，"我知道了，你肯定是在看那些少儿不宜的视频！"

言昭嗤笑："小小年纪思想怎么这么龌龊？"

言蓁不依不饶："除非你让我看看，不然我告诉妈妈你偷看不良视频。"

言昭拗不过她，将手机侧过去，分一角给她看。

言蓁头凑过来，眼睛一亮："看美女啊？"

"是啊。"言昭懒洋洋地应，"漂亮吗？"

"好漂亮！小提琴也拉得好。是明星吗？"

"当然不是。"

视频里播放的是京大的院庆晚会，沈辞音穿着礼服站在台上表演小提琴，这段节目被单独截成了一段视频，在经管学院公众号上发了，标题带了"小提琴女神"几个字。

"好了，你就看到这儿。"言昭按了暂停键，"你哥我饿了，给我拿点儿水果来。"

"好啊！你还敢使唤我。"

"快去。"

言蓁冲他跺了跺脚，看他是个伤员，乖乖给他洗苹果去了。

言昭靠回床上，继续将视频仔仔细细地看着，又拉回进度条重看了一遍，这才放下手机。他仰头，看向天花板，低声自言自语："什么小提琴女神，谁起的外号？土死了。"

而后，病房内陷入良久的沉默。

没过几天，言昭出院了。

离开京市之前，他还是躲开言惠，去了一趟京大。京市这场雪仿佛下不到尽头，静谧无声，轻飘飘地盈满空中，却又重重地压坠在地上。

他在图书馆附近看见了她，自他们分别后，这是他第一次真真切切地看到她。

沈辞音穿着白色的羽绒服，一只手撑着伞，另一只手抱着一个袋子，低头小心翼翼地避开不好走的路段。她背对着他的方向，又有伞遮挡，没有看见远处的他。

天气不好，校园里走动的人很少，言昭静静地看着她，脚步停在了原地，仿佛被这积雪困住。他当然希望她过得好，可是，如果她过得很好，那是不是证明，他的离开对她而言根本无关紧要？

有雪花落在他的眼睫上，他轻轻眨了眨，雪簌簌地掉落、融化。

电话铃声响起，他接听电话，看着那个白色的身影离他越来越远。

"您身体恢复得怎么样了？去 I 国的旅行要给您取消吗？"

"不取消。"

他口中呼出的热气在冰冷的空气里凝成一团白雾。

雪再次落满了他的肩头，他转过身，将帽子拉起戴上，朝来时的方向回去，和她互相背离，两个人渐行渐远。

"我一个人去。"

周一早晨，沈辞音在办公室里坐下没多久，就接到了二舅妈的电话。

"喂，辞音，你还记得你妈妈以前待过的那个 D 国乐团吗？"

"记得，怎么了？"

"他们最近在办世界巡回演出，国内的地点定在了京市，有一个特殊环节，是想纪念你的妈妈。他们联系了家里，希望能邀请你去听一听。"

沈辞音已经很久没有听人提起过靳文素了。

小时候她努力学小提琴，为的不过就是追上妈妈的脚步，不想让妈妈失望，可天赋始终是一道鸿沟，她做尽尝试，都跨不过去，直到成为一个负担，沉沉地压在她的心头。这些年，尽管她不再练习小提琴，人在往前走，却好像没有完全丢掉心里的这块石头。

心头思绪涌起，她应声道："我知道了，谢谢舅妈。"

晚上吃饭的时候，沈辞音和言昭说了这件事。

言昭问她："你想去吗？"

她用筷子戳着碗里的米饭，点了点头："想去。"

虽然她没有走上音乐这条道路，但到底是母亲曾经为之奉献的人生。如果说靳文素和这个世界的联系还剩下些什么，那可能就是她了。无论如何，她都该去看看。

沈辞音放下筷子："我和乐团沟通了一下，他们给了我两张票，你要和我一起去吗？"没等他回复，她接着补充，"就当是约会？"

言昭欣然应允："行啊，但我有个要求。"

"你说。"

"我们是不是该讨论一下，你什么时候搬过来，难道今晚我们还要挤你那张小床？"

沈辞音说："我们可以各自回家，不用天天都住一起。"

言昭说得冠冕堂皇："我们正在热恋呢，沈辞音，你离得开我？"

这话是不是说反了？

沈辞音对上他的视线，笑了："好，我考虑一下。"

几天后，他们一同来到了京市。

沈辞音上一次来这里，还是因为参加导师的生日宴，没想到时隔不久后再来，已经是和言昭一起。为了方便，他们订了音乐厅附近的酒店，两个人先去放了行李，之后吃了晚饭，再往音乐厅的方向走。

夏夜炎热，有热意渐渐爬上背脊，但沈辞音的心是凉的，她越走近，越生出点儿近乡情怯的不安。

思绪在脑海里翻来覆去许久，沈辞音决定向言昭坦白："我之前没有和任何人说过，其实我一点儿都不喜欢小提琴。"

言昭侧头看向她。

"我学小提琴是因为我妈妈，她当时因为意外有了我，放弃了自己的事业，之后就将希望全部寄托在我身上。但是很可惜，我没有继承她的音乐天赋，努力了很久，也没有办法达到她的水平。我总觉得我是一个失败的人，我没有办法满足她的期望。我甚至想过很多次，如果不是我的出现，她是不是就能继续追逐她的梦想？"

音乐厅建筑的轮廓渐渐出现在眼前，人也多了起来，沈辞音压下情绪，低头在包里翻找，试图转移自己的注意力："我找找身份证在哪儿。"

手腕被捉住，她顿了一下，抬头看着言昭。

他抬手，指腹贴在她的眼角，他看到了一丝让她显得脆弱的红，轻轻叹息："你不用满足任何人的期望，不是所有人都是天才，你已经在你的能力范围内做到最好了，这就足够了。"

她摇了摇头："我也明白这个道理，但是……"

但是真正想开又谈何容易。

他说："你的存在是有意义的，尤其是对我来说。"

她无声地望着他，感觉到自己因为紧张而发凉的手心在一点点变暖，忍不住回握抓紧他的手。

"所以，"他抹掉她眼角的一点儿潮湿，"相信自己，沈辞音，你就是最好的。"

她垂下头去，最终，很轻地点了一下头。

晚上七点半，演出开始。沈辞音望向舞台，首席小提琴家正在演奏，她的姿态优雅，乐曲悠扬，让沈辞音开始想象靳文素曾经站在那个位置的模样。一定也是这样，自信的、光彩夺目的。

演奏了一段时间之后，有短暂的停顿。

大家等待之时，后方的屏幕上突然浮现"纪念小提琴家靳文素女士"的字样，沈辞音看着那个名字，心里一阵酸涩，眼眶发热，忍不住低下头去。身旁言昭的手及时地探过来，握住了她放在膝上的手，用着十分坚定的力道。他在安抚她。

沈辞音吸了吸鼻子，掐着自己手心，没让眼泪落下来。

散场的时候，乐团的人专门过来同她打招呼。

女人见到她，热情地给了她一个拥抱："你太像她了，Su 如果能看到你长这么大了一定会很开心的。"

沈辞音笑着道谢："演出很精彩，感谢你们邀请我，谢谢你们还记得我妈妈。"

"她那么有天赋，没继续走这条路确实很遗憾。但当时退团时，她和我们说过，她得到了上天赐予她的另一个礼物，就是你。现在你站在这里，我好像也看到了她。"

沈辞音怔住。靳文素在怀她的时候，其实是开心的吗？原来，她也会成为让妈妈高兴的礼物吗？

女人关切地问："怎么样，你现在还在拉小提琴吗？之前她向我们发过邮件，说希望能送你过来学习，但后来她又改变了主意，说想让你自己选择。"

沈辞音摇了摇头："可能是看我没天赋吧。"

"哦，不，亲爱的，你千万不要这么想。"女人拿出手机，在邮箱里翻找邮件，"这是她曾经的邮件，我想你应该看看。"

沈辞音看着那个手机，慢慢地伸出手去，接过。

手机屏幕上是密密麻麻的文字，她要鼓起十足的勇气，才能开始阅读。

这封长邮件的发送时间是在靳文素车祸前不久。正文是她对乐团的同伴们致以问候，询问最近的演出动态，随后她分享了自己的生活，说要和丈夫分开，聊到了家庭，以及自己心态在这个过程中的变化。

邮件的最后，是靳文素的自嘲：

> 上次说的送她去 D 国的事，暂且搁置。我的女儿在学习方面明显更出色，她很聪明优秀，我想让她进好的大学。
>
> 我是不是太过分了？逼着女儿完成自己的梦想，但她应该有自己的人生。或许我应该好好思考这个问题。

强忍一晚上的眼泪终于在此刻啪地落下，沈辞音深吸了一口气，偏过脸去，不想让人看见自己的失态。言昭微微侧身将她揽在怀里，拿出一张纸巾递给她。

她长久以来的埋怨和自责随着眼泪汹涌而出，灼烫的眼泪顺着脸颊滚落，将那些尘封已久的压抑情绪全部带了出来。

原来妈妈终于明白了，妈妈也觉得她是优秀的。如果……如果能再给她们一点儿时间就好了。

但在这一刻，沈辞音终于可以放下心里的那把小提琴，不用再反复挣扎着拉扯出难听的音调。

告别一切后，他们走出音乐厅，热意拂面而来，她脸上的泪痕也被蒸干。

言昭手里提着几个袋子，是乐团送的礼物，沈辞音的声音还带着哭后的浓重鼻音："他们送了这么多。"

言昭说："她起码夸了三次，说你男朋友很帅。"

沈辞音回："人家那是客套。"

他漫不经心："言昭的帅是客观事实，谢谢。"

沈辞音破涕为笑，吐槽他："我以前怎么没发现你这么自恋？"

言昭挑眉："你男朋友有自恋的资本。"

她承认道："嗯……是挺帅的。"

"帅就多看看。"他低头，站在台阶上，脸靠过来，问她，"还有没有别的优点？"

她想了想："身材……也不错。"

"只是还不错？"他略有不满，"还有呢？"

她故意说："性格……勉勉强强吧，太挑剔了，我挺喜欢我的小床的。"

言昭："……"

她双手捧住他的脸颊："最重要的一点，你很喜欢我。"她继续说，"我也喜欢你。"

言昭握住她的手："我全记住了，今晚你要一句句地再说一遍给我听。"

她仰头，从湿润模糊的视线里看见他，忍不住扑了上去，抱紧了他："言昭，幸好有你陪着我。"

她上大学的时候是一个人，毕业工作的时候也是一个人，这些年，她早已学会了如何在没有依赖的情况下独自成长，学会将所有情绪藏起来，逼迫自己坚强。她一个人走过很多路，从早到晚，从春到冬，见过山顶孤独的日出，也看过海边沉默的夕阳。

她总是用理性的视角去看待一切，试图将自己剥离出来，对爱情这种感性的、会将人灼伤的东西，她一再躲避、不愿面对。

但现在她不会了，因为始终有人坚定地选择她，给她热烈的爱意。

她终于看清了自己。

他们回到酒店，言昭先去洗澡，沈辞音靠在沙发上用毛巾敷着眼睛，听见他的手机突然响动。她走过去，是一条视频请求，来自言蓁。

沈辞音拿着手机，敲了敲浴室门，水声停住，言昭问她："怎么了？"

"蓁蓁打来视频了。"

"你接吧。"

"可以吗？"

他笑："你是她嫂子，有什么不可以的？我快好了。"

水声再次响起，沈辞音走回床边坐下，手指在屏幕上滑动，接听了视频电话。

言蓁有点儿意外是她，沈辞音先解释了："他在洗澡。"

"那不用了，不找他了。"言蓁控诉，"姐姐，他好小气，前几天给好多人发了红包，就是不给我发。"

沈辞音笑，拿起自己的手机："没关系，我替他给你发。"

言昭恰好打开浴室门，光着上半身走出来，正准备弯腰拿衣服穿，听见言蓁的话，提醒道："言蓁，注意称呼。"

言蓁喊："言昭，你可真不要脸，你们还没结婚呢！"

言昭抓着衣服套上，慢悠悠地走回浴室，丢下一句："快了。"

言蓁一愣，问沈辞音："真的吗？你们要结婚了吗？！"

沈辞音头顶好似冒出一个问号，怎么没有人通知她这件事？

她和言蓁又聊了几句，两个人道别，视频电话关闭。沈辞音正准备退出去，目光不经意停留在页面上，扫到了之前言蓁和言昭的聊天记录，"车祸"两个字猛然映入眼帘，她一愣，将那几句话反反复复看了许多遍，确认不是自己看错了。

言蓁：陈淮序都告诉我了，原来辞音姐姐在京市念的大学，所以你当年飞回来就是找她对吧？！

言蓁：那她知道吗？

言蓁：你之前出车祸这事？

言昭曾经来找过她，还出了车祸？什么时候的事？他为什么不告诉她？难道……他一直避而不谈的那个伤疤，其实是车祸留下的？

言昭擦着头发走过来，见她低头握着手机发怔，伸出手指在她脸颊上点了两下，留下几滴水珠，他又坏心眼地用指腹抹开，将她的肌肤蹭得湿漉漉的。

沈辞音无暇顾及，抬头，先解释道："我不是故意看你手机的，因为视频电话关了以后就会返回聊天界面，我不小心……"她的声音有点儿发涩，"言昭，车祸是什么时候的事？"

他的动作停住。

她一动不动地望着他，眼神执着，言昭知道，今晚他是糊弄不过去了。

他丢了毛巾，在她身边坐下，将她抱过来坐在自己的腿上："也不是什么大事，你确定要听？"

她语气生硬："你都出车祸了，还不是大事？"

他笑了一声："行，你坐上来点儿，我抱着你。"

他的身上有沐浴后的清爽气息，半干的发尾坠着水珠，将她的脸颊蹭得潮湿。沈辞音跨坐在他的腿上，抱着他，静静地听着。

故事从毕业后开始。沈辞音埋在他颈间，一声不吭，但肩膀在很轻地抖动。言昭感受到她呼吸的剧烈起伏，觉得差不多就够了："行了，我不说了。"

"说完。"她固执地要求道，声音有点儿涩哑，"我要听。"

故事的最后，是他只身一人前往 I 国，在冰天雪地的昏暗天色里，拍下了那张照片，设置成了微信头像。他看到了她很想看到的极光，却不是和她一起。

房间内只有她很低的抽泣声。

言昭的发尾差不多干了。

沈辞音紧紧抱着他，手指抚在他伤疤的位置，轻声问他："疼吗？"

她没办法想象，当时是一个什么样的场景。

他答："还行，其实没什么感觉，还没我那次滑雪受伤重。"

她闭上眼睛："你不该来找我的……"

"不是你的问题，其实我妈说得也挺对的，那时候我太年轻气盛，想做什么就去做了，自信心爆棚，觉得反正不论什么情况都一定能解决，很多事情都没有考虑到。"

言昭将她的手握进掌心，沈辞音垂着眼皮，轻声说："言昭，你也是最好的。"

言昭比谁都要了解沈辞音的性格，她从不肯向他人示弱和诉苦，遇到什么问题都自己扛着，这几年一个人走过来，一定付出了很多努力。她惯常用坚硬的外壳去保护自己，看起来冷漠难接近，但其实里面藏着的是一颗柔软的心。

她那一颗包容又柔软的真心，现在被他触碰到了。

他向后倒去，沈辞音趴在他的身上，压着他。

言昭看着她今晚一直在流泪的眼睛，伸手碰了碰："是吗？那你亲我一下。"

"只亲一下就够了吗？"

他难得被她的主动弄愣了会儿，笑着说："你想亲几下？"

沈辞音用一个吻回答了他。

唇瓣碾磨间，沈辞音抓住他的衣服下摆，却被言昭握住手。

"想脱我衣服啊，不行。"他一本正经，"沈小姐，我可是未婚男人，得矜持点儿。"

沈辞音："……"

沈辞音道："那你别脱了。"

言昭说："看不出来，你挺霸道的。"

沈辞音顺着接下去："你不喜欢？"

言昭回："还不错。"

窗外的夜色慢慢变沉。

两个人从京市回来后，沈辞音把搬家的事提上了日程。

她其实比较犹豫，原因是她签了一年的租房合同，现在才住了半年不到，转租出去比较麻烦，涉及宣传、沟通，还有一连串可能发生的后续问题，她没有精力处理，直接毁约不租了又得损失押金。而且，她和言昭从重逢算起到现在也没有很久，就这么直接搬到他家，是不是有点儿太快了？

言昭听她说出疑惑后，似笑非笑："快？我们上高中那几年白认识了？"

沈辞音纠结："好像也是，但是这个房租……"

言昭坐在她的沙发上，放下水杯，大方地说："这样吧，我在这儿再陪你住几天，付你房租，每天一万块，几天你就回本了，这个房子的房租你就可以不管了。"

沈辞音说："这房子哪里值一万块？而且就算我真的找你收房租，也不会要那么多钱。"

言昭指了指她的手机，沈辞音不明所以。

言昭说："房子不贵，我很贵。请查一下我现在的身价，沈小姐。"

沈辞音："……"

言昭的这种做法等于拐弯抹角地替她消除成本，她倒也可以接受，毕竟是他一定要她搬过去的。沈辞音想了想，似乎发现了一个新的发家致富之路："那你……不如在这儿把剩下的几个月住满？"

言昭头顶冒出问号。

搬家那天，沈辞音把大件家具都卖二手处理掉了，浮景苑的东西一应俱全，也没什么需要她操心的。她最后收拾了几个大箱子，全由师傅搬去车上。

她站在门口，望着空荡荡的房子，想起自己第一天搬来时的场景。那时的她完全没有想过，短短几个月后，会这么快地和它告别。

她轻声说了一句"再见"，轻轻退出去，将门关上。

门啪嗒合上，阳光透过楼梯间的窗户洒进来，脚下的路一片光亮。

沈辞音的东西挺多，除了衣服和生活用品，还有一些零零散散的物件。之前她床上有个差不多半人高的抱枕，每晚陪着她睡觉，结果言昭睡在她家的第一天晚上就把抱枕塞回柜子里了，理由是她想抱可以抱着他睡。

她这次也顺便把抱枕带了过来，但注定不会再有放在床上的机会。

她坐在沙发上，将箱子里的东西一件件拿出来，问言昭："这些东西我放在哪儿？"

言昭示意她往书架看："那里。"

沈辞音抬头，看见客厅里的一整面书架，唯独中间空了一排，她之前就对此印象深刻，后来却忘了问他。她转头问："这里为什么空着？"

言昭靠在沙发上："想让它空着。"

她走过去，木质的书架上，孤零零地躺着一个音符挂件，时间久远，亚克力表面的贴纸都已经褪色不少。这是他们曾经一起得的奖品，被她当作礼物送给了他，没想到他居然还留着。

沈辞音摩挲着那个挂件，抬头扫过书架："给我留的？"

"嗯。"他说，"等你把它填满。"

她将挂件放回去，郑重承诺他："好。"

他们之间空荡的那九年，他们会在未来用更多的回忆填满。

落地窗外夕阳渐沉，沈辞音收拾好箱子，走到洗手间洗手，言昭拿着手机倚在墙边，短暂地接了一个电话。他放下手机："收拾一下，我们准备出门了。"

沈辞音有点儿紧张，对着镜子叹气："这就要见你妈妈了？"

言昭答："一起吃个饭而已。"

沈辞音关了水，擦着手问他："你妈妈会反对吗？比如说，她想给你找个更门当户对点儿的？"

她对言惠的记忆还停留在九年前的那一场谈话上，不知道这么多年过去了，她的想法有没有改变。

言昭笑："我是不是没和你说过我爸和我妈的故事？"

沈辞音答："没有。"

他说给她听："当年，我妈继承家业后，忙于事业不谈恋爱，家里长辈为了给她解决终身大事，挑了四五个联姻对象让她选。我妈当时很烦，一个都不想要，但催促的压力实在太大，有一天她去宁川大学的时候，看见了我爸，就想了一个办法把我爸领回去，说要和他结婚，以此来堵家里人的嘴。

"我爸那时候读博，一心搞研究，什么都不管，就要读书，是大公司给超高薪水都打动不了的那种学术派，也没谈过恋爱。我妈要和他协议结婚，反抗家里人。"

沈辞音专注地听着："然后呢？"

言昭说："两年以后，他们不仅没离婚，反而还有了我。"

她好奇："她为什么会选择你爸爸？"

言昭说："我妈说我爸长得还不错，拿得出手，还有一点，就是看起来挺'傻'的。"

沈辞音忍不住笑出声。

言昭看见她笑，问道："你现在还担心吗？"

她摇了摇头。

言昭说："她知道我很喜欢你，她也很喜欢你，所以，放心。"

九年没见，言惠和记忆中相比没怎么变，仍旧优雅，带着天生的强势，只不过在看见沈辞音时，唇边多了点儿柔和的笑意。

尽管言昭一再强调不用买东西，但出于礼貌，沈辞音还是带了礼物过来，递到言惠手里。言惠收下礼物，从段征手里拿过一个盒子，塞到沈辞音手里："一个小小的见面礼，回家再打开。"

沈辞音不太确定能不能收，扭头用目光征询言昭的意见，他一副事不关己的样子在旁边看，笑着说："给你就收着。"

沈辞音道谢："谢谢阿姨，谢谢叔叔。"

她虽然没打开，但可以预想到里面的东西绝对价值连城。

言惠微笑着问沈辞音："还记得我？"

沈辞音点了点头："记得，高中的时候。"

"说实话，因为你，我才发现我并不完全了解我的儿子。"言惠目光沉静，轻轻叹气，"你也知道他的性格，他对很多东西很容易丧失兴趣，我唯独没想过，他会在喜欢你这件事上坚持这么久。"

沈辞音听着，胸口轻轻起伏。

"这么多年，辛苦你们了。"

两个人曾经分离那么久，幸好，他们回到了彼此身边。

言惠抚了抚沈辞音的肩膀："我也和言昭他爸商量过了，改天去趟南城，去拜访一下你的亲戚，还有，要看看你的妈妈，感谢她培养了一个这么好的女儿。"

沈辞音没想到他们还打算去祭拜靳文素，心头颤动："谢谢。"

言惠笑："以后，我们就是你的爸爸妈妈了。"

晚饭结束，言惠和段征被司机送回了半山，沈辞音和言昭开车回浮景苑。返程的路上，周围的景色逐渐熟悉起来，沈辞音望着远方的建筑，突然开口："逛一逛？"

言昭笑，应声："好。"

他们找了一个地方停好车后，下车并肩往前走，夜色里，"宁川中学"四个漆金的字映入眼帘。

学校大门紧闭，教学楼也一片黑暗，门口花坛的花换了不知道多少次，在夏天里热烈地盛放着。公交站台的位置一直没有变化，仍旧在那个地方，他们曾在放学后走过无数次，闭着眼都能摸清方向。

沈辞音凝望着："真的好久了。"

言昭也看着："是。"

"学校都没怎么变。"

"前段时间听说体育馆重新装修了。"

"不知道小卖部还在不在。"

"在，应该在，但老板可能不一样了。"

沈辞音扭头看了一圈，没找到那个小摊贩："你还记得吗？我刚来宁川，肠胃炎那次，就是在这儿买了吃的，现在他家小摊不在了，不然我要提醒你别吃他家的东西。"

言昭笑："优胜劣汰，还是在学校门口，这种无良商家肯定不敢在这儿做生意了。"

沈辞音看着对面，提议道："去买冰激凌？"

言昭答："好。"

他们走过马路，买了两个冰激凌，坐在对面公交站台的椅子上，看着学校的方向。沈辞音突然说："言昭，我想滑雪了。"

言昭侧头看了她一眼，微微挑眉："现在？"

要安排的话，也不是不行，就是滑雪场很远，真正要滑得等到明天。

"改天吧，我只是刚刚突然想到了。"

"行，先记下来。"

"记什么？"

他说："言昭和沈辞音的 to do list（待办事项清单）。"

"那挺多的，比如，我们还要一起去看极光，还有，再去一次 N 市和 B 市。"

"嗯，反正你又不会跑。"

他们有的是时间慢慢完成。

"说得也是。"

冰激凌渐渐被吃完，沈辞音从包里拿出纸巾，递给言昭一张，把手擦拭完后，扔进一旁的垃圾桶里。

夜风缓慢拂着。言昭站起身，朝她伸手："回家？"

她笑："嗯，回家。"

沈辞音还记得几个月前，自己从京市飞到宁川的那个夜晚。

初春的天气冷涩，天空还下着小雨，她一只手撑着伞，一只手拖着行李，一个人走在雨幕里，凉意侵袭，鞋面被细密的雨点打湿。

而现在，燥热的夏夜里，光彩的霓虹灯之下，她牵住了言昭伸过来的手。

（正文完）

滑雪

在沈辞音提过之后，滑雪这件事，很快就被安排进日程之中。

她以为不过是在周末去附近的哪个室内滑雪场，可没想到言昭要了她的护照，要带她去国外滑雪。

盛夏季节，从北半球到南半球，落地时气温骤降，沈辞音穿了外套也不免连打了两个喷嚏。言昭脱了冲锋衣给她套上，把拉链替她拉到顶。沈辞音被裹得严严实实的，只露出一双眼睛。

两个人坐上车，往滑雪场的方向驶去。

当地这几天天气都很好，太阳在头顶悬着，但没有夏天那么有攻击性，沿路的湖泊水波泛着光，天光明亮，吹到脸上的风是冰的，有一种独属于冬日的冷融融的感觉。

车在酒店前停了下来，早就等候的接待人员礼貌地迎上来。沈辞音觉得这一路手心冰凉，于是和言昭打了一声招呼，去一旁买咖啡。

这个小镇因滑雪场出名，四处都是带着装备的滑雪爱好者，夹杂着各种语言的交谈声从他们耳边掠过。车辆碾过路面，喇叭声时不时地响起，小狗趴在咖啡店的墙脚处晒太阳，整个场面显得匆匆又宁静。

沈辞音排队买了两杯热咖啡，回酒店大堂找言昭，看见他正在和一个穿着滑雪服的中年外国男人说话。言昭本来就很高了，那个外国人却比他还要高出几厘米，站在那儿像一堵墙。

她走过去，听见两个人流利又快速的英语对话。言昭接过她手中的咖啡，另一只手揽过她的肩膀，十分自然地向着外国男人介绍："这是我未婚妻。"

沈辞音还是第一次听言昭用"未婚妻"这个词来介绍她。

"这是 Simon 先生，我以前的滑雪教练。"

"哦！"外国男人蓝色的眼瞳朝她望来，沈辞音听到一堆赞美的词汇，回以礼貌的微笑，和他握了握手。

"沈小姐也很擅长滑雪吗？"

"不，只是感兴趣而已。"

沈辞音的英语口语要得益于在 M 国当交换生那半年，那时她毫无征兆地去到一个以英语为母语的语言环境，她的英语口语水平硬生生地从磕磕绊绊到可以和当地人无障碍对话，成长飞速。

等到寒暄结束，外国男人走远，沈辞音扭头说："你的教练对你的评价挺好的。"

言昭喝了一口咖啡，随口说："可能是在记忆里美化了吧，我小时候不怎么听话的。"

她好奇："有多不听话？"

"我有时候睡过头了就干脆不去上滑雪课，还有他和我说滑一遍就可以了的时候，我非要再滑一遍。"

"不去上课，他不会生气吗？"

言昭慢悠悠地说："你会和钱过不去吗？生气的时候，数数课时费，应该就不生气了。"

沈辞音："……"

有这种学生，应该挺头疼的。

沈辞音又问："对了，你刚刚为什么用未婚妻的身份介绍我？"

言昭没想到她会问这个，轻轻挑眉："因为还不是已婚。"

他低头，扫了一眼她空荡荡的手指，用握过咖啡杯的温热手指在她无名指上浅浅画了一道，朝她微笑："不过也没关系，很快就要改口了。"

在酒店休整了一晚，第二天，他们出发去滑雪。

滑雪场的人稀稀疏疏，言昭蹲下身，单膝跪地替沈辞音穿滑雪板。他的护目镜被推到头顶，黑色的滑雪服拉链被拉到顶，领口抵在他下巴的位置，露出他清晰的眉眼，从她这个角度看，他隐隐有几分少年气。

相似的场景，突然让她想起他们在高中第一次一起去滑雪的时候。

时间过得太久，但好在他仍旧在她眼前。

沈辞音这些年只和方芮珈他们去滑过一两次雪，不过时间都挺久远了，滑雪技巧她都忘得七七八八了。一上雪道，什么都要从头开始复习，她干脆换了和言昭一样的单板，把这次当作是全新的体验。

单板入门并不轻松，保持平衡、掌握重心、控制身体……尽管昨晚在酒店言昭教了她一点儿，可真正实操的时候又是另一种级别的难度。

在摔了很多次之后，她好像找到一点儿感觉，松开了言昭的手："你不用拉着我，我自己试试。"

"好。"

她顺利地滑了出去，全神贯注地盯着前方，尽管速度并不快，她却能感受到滑雪板擦过雪面越来越自如，仿佛有风在身后推着她往前，只要不停，她就可以这么一直自由下去。

沈辞音好像明白言昭为什么会喜欢滑雪了，滑雪的时候什么也不用考虑，能纯粹地感受速度和自然。

滑雪场白色绵延，一眼望去看不见尽头，这一趟磕磕绊绊地滑下来，沈辞音感觉有点儿累，出了不少汗。坐缆车回到山顶之后，她拆掉滑雪板，放在一旁："先休息一下。"

言昭踩着板，游刃有余地在她身边刹车。

沈辞音看他仍旧精力充沛的模样，说："不然你自己去滑一趟？我就在这儿等你。"

言昭刚刚因为带着她，还时不时摔跤，两个人的速度都挺慢的，他肯定没滑过瘾。沈辞音没那个水平和他一起，不如在上面等着他。

他没应，目光从四周扫过，转而问她："单板好玩吗？"

她拍了拍裤脚的雪碎："挺好玩的，如果能滑得更快点儿，应该会很刺激。"

言昭笑了："你想体验吗？"

沈辞音心想，你未免对我太过有信心。她叹气："我才学呢，不摔就已经不错了，起码得再练一段时间吧。"

他看着她，突然弯腰，将她打横抱起来。

厚重的滑雪服相互摩擦，沈辞音措手不及，只记得被丢在一边的滑雪板："滑雪板！"

"抱紧。"言昭的声音在她头顶响起，"出发了。"

也就是一瞬间的事，风声在耳边呼啸，滑雪板摩擦的沙沙声密集又激烈。沈辞音的心也随着攀升的速度陡然提了起来，她不得不紧紧抱住言昭的脖子，提高声音："言昭！"

他的声音在风里十分平稳："别动，摔了可不怪我。"

滑雪场上，言昭才是专家，沈辞音不敢多动，她能感觉到言昭熟练流畅地换刃，在雪上自由又随意，即使抱着她也没有任何负担。

言昭说："不太行，再抱紧点儿。"

沈辞音搂着他的脖子，另一只手攀住他的肩膀，更用力地贴住他，手指拽住他衣服的后领："这样呢？"

"嗯。"他满意了，说，"转头。"

沈辞音顺着他的话转头，迎着风往前看，前方漫无边际的蓝天垂落，和遥遥的雪相连，四周植被交错，鼻尖是很凉的风，从脸颊边快速又凛冽地掠过去，耳边风声呼啸，让人不禁把所有的烦恼全抛到耳后。

眼前纯粹又极致的景色，在速度的加持下让人心跳加速，如水沸腾。

"漂亮吗？"

沈辞音认真盯着，回答："很漂亮。"

滑了一会儿，言昭慢悠悠地降速，原地转了一个圈，刹车停了下来。

沈辞音松开手，才看见他脖颈处白皙的肌肤上被勒出一条很淡的红印，是刚刚她用力扯出来的。

这个人，居然还让她抱更紧点儿。

她叹气："你先放我下来吧，手酸了。"

"真的？"言昭故意说，"那我松手了。"

他托着她身体的手突然卸了力气，沈辞音没有准备好，被吓了一跳，下意识用力地抱紧他。可言昭不过是虚晃一枪，手掌很快贴上来，仍旧稳稳地将她抱住。

她像是坐了一趟过山车一样，差点儿以为自己要被扔在雪面上。

等回过神来，沈辞音看他被裹得严严实实的，无处下手，只能扯他滑雪服的拉链，聊胜于无地报复："无聊。"

言昭心情很好，笑声带来的震动从胸腔传递出来。他低下头，轻轻扬起眉看着她："走吗？"

沈辞音将他的拉链拉回去，发号施令："走吧。"

耳旁的风声重新响起来，空气里弥漫着雪的冷冷的味道。沈辞音这回没再那么用力地紧攀着他，身体更加放松，仔细感受着滑雪场之上的自在，以及肌肤之下她心里的雀跃跳动。

言昭由于抱着人，还是没敢滑得太快，两个人平平稳稳地抵达。远处的太阳陷入云层，晕染开一片淡淡的光，灰蒙蒙的天色也被照亮半分。

沈辞音搂着言昭的脖子，靠在他的肩膀上，在移动停止的瞬间，在他的脸颊上落下一个蜻蜓点水般的吻。

他低头，恰巧有日光落在眼前。

毕业快乐

周末，沈辞音陪着言昭回了言家的半山别墅。

言惠和段征出门了，言蓁也不在家，别墅里空荡荡的，只有巧克力热情地摇着尾巴迎接他们。

外面下着大雨，言昭从花园进来时衣服湿了一角，崔姨催促着他上楼换一件，省得感冒。言昭应着，握着沈辞音的手腕，将她也带了上去。巧克力甩着毛茸茸的尾巴跟在他们身后。

走到二楼，言昭停在一道门前，说："我房间。"

沈辞音望着那扇门，问道："邀请我？"

他侧身，将开门权交给她："当然。"

沈辞音按下把手，缓慢地推开门，房间的全貌逐渐展现在眼前。

这里与浮景苑相比，有着更多言昭学生时代的痕迹，游戏机、书柜里的教科书、柜子上的各种照片……沈辞音一样样地扫过，好像都能与高中时期的他一一对应上。沈辞音手指流连，停顿在一张言昭穿着西服的相片上，背景阳光明媚，将他的眉眼照得清晰无比。

"在 M 国，毕业那天，我妈妈拍的。"

沈辞音评价道："穿得很正式，是要去参加毕业舞会？"

"懒得去，公司有个会，没空换衣服了。"

他在 M 国读书期间，就已经开始在公司实习，言惠给他安排的任务并不轻松，他所做的一切，都是为了更早地回国。

回国，然后他才有机会去找她。

沈辞音说："我好像还没见过你跳舞的样子。"

言昭似笑非笑地看着她："是啊，我一直都缺个舞伴。"

毕业，算得上一件人生大事，然而事实上，他们高中时的分别都不算体面，最后没有好好地互相道别和祝福，只有那句隔着马路的"恭喜"，更别提那个更遥远的、同去一所大学一起毕业的不切实际的幻想。不过好在，兜兜转转，他们还有机会一起弥补。

言昭转身去衣柜拿衣服换，沈辞音蹲在地上，陪着巧克力玩了一会儿，才想起一件事："我听说，陈淮序还没通过你爸妈那关，还在'考察期'？"

他脱了衣服扔在一边，光着上半身，不轻不重地嗯了一声。

沈辞音疑惑："为什么我不用？"

在她眼里，陈淮序已经足够优秀，连这样的人都会被言惠为难，反观自己这种家庭条件，她怎么会被轻易地同意？

言昭将衣服套上，慢悠悠地揶揄："可能是因为我妹妹比较笨，我妈妈怕她被骗。"

沈辞音的手指慢慢捋着巧克力的毛，她对这个理由不是很认可："难道你妈妈就不怕你被女人骗？"

言昭听了这话，停下动作，扬眉望向她："当然不怕，因为只有我骗别人的份。"

好自信的男人，仿佛她就被他吃定了一样。

沈辞音侧头看他，故作思索："是吗，你就不担心我是来骗你的？"

"骗我可以啊。"言昭走过来，在她身边蹲下，语气十分慷慨，"我还可以给你支个招，教你怎么更好地骗我。"

还有人教别人骗自己的？沈辞音扭头看他："什么招？"

"要收咨询费的，沈小姐。"

他这么一说，沈辞音有点儿不想接话了，反正肯定不会是很轻易的代价，但她确实好奇，拿出手机："你报个数。"

言昭扫了一眼她的手机，挑眉："我身价多少，你银行卡那点儿余额够吗？"

沈辞音："……"

这是炫耀财富还是故意来趁火打劫了？

她收起手机，决定不纵容他的狮子大开口："你很会做生意，但是，我也有拒绝成交的权利。"

反正她向来擅长控制自己的好奇心。

言昭见她不上钩，伸手搂住她的腰，将她压倒在地毯上。沈辞音身体倾倒的同时，他的吻也一并覆上来，湿漉漉的，带着夏日雨后的气息。

她就这样被压在地毯上亲了许久，交缠的气息分开的时刻，她有些气喘，听见他低声说："和我结婚，这样可以分走我更多的财产。"

沈辞音一怔，许久才反应过来他说了什么，抬起头看着他。

结婚——好像很遥远的词，她从没有离它这么近过。

被冷落的巧克力在两个人周围转来转去，毛茸茸的头试图挤进两个人身体的缝隙里，没成功，就转头去拱言昭的腿，成为这场静止的对视里不安分的搅局者。

"好了，给你支过招了。"他的手臂撑在地上，垂着眼，看着她水润的唇瓣，有点儿意犹未尽，"骗人的第一步，是不是该先给我点儿甜头？"

沈辞音刚刚酝酿起的情绪就这么被打断。说演就演，他入戏怎么这么快？眼看他要再度吻下来，她将他的胸膛推开些许，仰头认真地望着他的眼睛："我没有骗你。"

"嗯？"

见他仍旧漫不经心的，好像没当回事，沈辞音用手捂住他的唇，重复一遍，强调道："我认真的。"

玩笑归玩笑，也许言昭不当真，但这点她要说清楚，她和他在一起，不夹杂任何所谓的算计。

言昭看见她漂亮的眉都蹙了起来，将她的手拿下来，笑着说："我当然知道。"他捏了捏她的耳朵，在她的唇上亲了亲，"我也很认真。"

很认真地爱你，想和你结婚。

半夜，沈辞音躺在床上翻来覆去睡不着，频繁的动作吵醒了言昭，他将不安分的人抱回怀里搂着，贴了贴她的颈侧，哑声问："怎么了，睡不习惯？"

她低声叹气："晚上不应该喝那么多茶的，有点儿睡不着，你睡吧，我去坐一会儿。"

沈辞音起身走到窗边，将窗帘拉开一条缝，月光顷刻洒进，在地板上铺成一道细线。没一会儿，言昭打着哈欠，拖着步子走了过来。

沈辞音问："你怎么不睡了？"

言昭答："你不在，我也睡不着。"

沈辞音借着光去看他的脸，心下从没有这样柔软的时刻。

言昭说："睡不着的话，找点儿事情做？"

她理所当然地想歪了，拒绝道："刚刚已经……"

言昭笑："跳支舞吧。"

"跳舞？"

"下午的时候，你不是说想看我跳舞？"

"随口一说而已，我又不会跳。"

"我教你，来。"

沈辞音就这样被他搂进怀里，光着的脚踩在他的脚上，手臂攀附着他，整个人重心依附在他身上，被他带着在窗前跳舞。

没有音乐，没有礼服，甚至没有正式的舞步，深夜，两个人就这么抱在一起，慢悠悠地晃着。月光从窗外洒进来，落在他们的脚边，交织的身影映在窗前。

这是惬意的、独属于他们两个人的一支舞。

悠缓的节奏中，沈辞音渐渐察觉到些许困意，眨了眨眼睛，伏在言昭的肩头，轻声说："毕业快乐。"

言昭低头，慢慢地笑了，同样轻声回她："毕业快乐。"

公开

最近，VH里和市场部稍微走得近的人都知道，大美女沈辞音有男朋友了。起因是他们邀请她去参加单身派对，结果被她以"有男朋友"为由而婉拒，部门同事惊呼她"背叛组织"，顺便敲诈了她一顿饭，而后便对沈辞音这个传闻中的男朋友产生了极大的好奇心理。

这个人真的存在吗？不会是她用来挡桃花的借口吧？

但说到底，他们虽然好奇，也不会去干扰别人的正常生活，而是把猜测埋藏在心里，只是一日得不到证实，就总觉得还差那么一点儿。

直到有一天傍晚，胡立和沈辞音一起下班，沈辞音说今晚男朋友来接她，于是两个人在门口道别。他远远地看见沈辞音走到路边一辆黑色迈巴赫旁边，驾驶座上西装革履的男人下来替她拉开车门，两个人交谈了几句什么，随后一起上车离开。

胡立当下就认定这个男人是沈辞音的男朋友，回公司替沈辞音坐实了这件事，也掐灭了一群不死心的男同事最后的期望。

但当天言昭确实是要来接沈辞音的，只不过临时有事，改成庄凌来接，庄凌习惯了替她开车门，没想到恰巧就被胡立看见了。

"所以，"听完了来龙去脉的言昭慢条斯理地说，"他们看庄凌的背影就把他认成你的男朋友了？"

沈辞音点头："嗯。我和庄凌说了这事，他吓得差点儿要写辞职信了。但那天是晚上，胡立隔得很远，只看见有个男人，没看清庄凌的脸，我觉得以后说那个人是你，好像也没什么问题。"

言昭挑眉："我已经丧失在你同事面前露脸的权利了？"

"当然不是。"对于他们的关系，沈辞音没想过要隐瞒，只是怎么公开确实是一个难题，"这怎么官宣？难道你要去公司，当着所有同事的面公布我们的关系？怎么看都不合适吧？"

所以沈辞音思来想去，决定还是顺其自然。不刻意藏着，也不主动公开，真被人发现了就大方承认，也没什么不好的。

她很坦然地补充："谁让你是公司大老板？大家都认识你，所以更难办。"

言昭支着脑袋，手肘撑在沙发上，侧头看着她，一言不发。

沈辞音伸手去掐他的脸颊："生气了？"

他任她捏着："不至于，我只是觉得，我需要捍卫一下我作为男朋友的身份。"

又过了一些时日，沈辞音逐渐将这件事抛在脑后，默认言昭同意了她的提议，所以在言昭说让她请几天年假带她出国玩玩时，她没想太多，没留任何心眼地就跟着去了。

落地的第一站，言昭带她来看赛车比赛。她以前从没关注过这方面，在看台上翻着资料临时恶补规则，身边的言昭悠闲地坐着，时不时地有人前来和他打招呼，聊上两句，态度毕恭毕敬。

耳边英文不断，她从他们的对话里敏锐地捕捉到了一些关键词，她转头问他："这个车队……你投资了？"

怪不得亲自来看比赛。

言昭将墨镜戴上："投着玩。"

十分随心所欲的回答。

现场人山人海，观众的热情几乎能把场子掀翻。沈辞音坐在言昭身边，望着赛场上的赛车一圈又一圈地跑，发动机的轰鸣声震得耳朵发烫。

沈辞音想起靳源很喜欢赛车，拍了几张现场照片发送给他。发送键刚刚按下，密密麻麻的回复就跳了出来，铺天盖地的感叹号夹杂着语音淹没了她的微信，她点开之前就知道会是什么撕心裂肺的吼叫。

靳源："你居然在现场？！"

靳源："你和言哥在国外看赛车，而我只能可怜兮兮地在小房间里看直播吃泡面……姐，你这个位置特别好，多给我拍几张！"

言昭在一旁听见了，让沈辞音问靳源喜欢哪个赛车手，回头送一顶签名头盔给他。于是，沈辞音的手机被靳源的消息轰炸得更加不能看了。

比赛途中，电视直播的镜头偶尔给到观众席，有看台玩起了人浪，一阵接一阵。

靳源发来一条新消息：天！姐，你和言哥上电视了！我看见你们了！

上电视？沈辞音愣了一下，点开他发来的图片，这才发现，原来她和言昭在刚刚观赛的时候入镜了好几秒，很像是特意为之，而她当时浑然不觉。镜头扫过来时，他们的手还牵在一起，镜头甚至给了一个特写。

她告诉言昭这个消息，他却好像完全不意外，凑过来在她耳边轻声说："这场比赛是全球直播。"

沈辞音嗯了一声，不明白他为什么强调这个："我知道。"

见她没反应过来，他举起他们相牵的手扬了扬，心情很好地补充道："意思是，该知道的和不该知道的人，现在都知道我们的关系了。"

他选择在电视镜头面前高调地公开，就是要所有人都看见。短短几秒看似不经意地入镜，明天就能成为行业里的头条新闻。

沈辞音对上他的目光，这会儿才明白他一定要带自己来看比赛的用意，有点儿哭笑不得："原来你一直惦记着这件事。"

言昭挑眉："当然。"

"那也不至于这么大排场吧？"

"这算什么排场？"

"周一我要怎么去上班？"

他善意提醒："周一你的假期还没结束。"

"哦……对。"

赛场上微风阵阵，耳畔是冲入云霄的轰鸣声和呐喊声，沈辞音感觉到和他相握的掌心很热，却不想放开。

他们看完比赛后，没过多停留，坐飞机向北，到达 I 国。

天气渐冷，头顶的天空灰蒙蒙的一片，在接近世界尽头的地方，有着沈辞音很久以前就很想去看的景色。

从机场出来的时候，沈辞音一路上回复着消息栏里新消息的狂轰滥炸，手指都僵了，到后面回不过来，干脆不管了，把手机塞到言昭口袋里："这事怪你，你负责解决。"

那么大张旗鼓地上了电视，消息简直一传十，十传百。认识的人几乎都要来问一句，就连很久不联系的合作客户都发祝福消息过来套近乎，沈辞音简直疲于应付。

罪魁祸首言昭正在和导游沟通，没听清她说了什么，倒是听出她不满的语气，顺势握着她的手塞进自己的口袋里，捏了捏她的手指。

等到坐上了车，他才知道发生了什么。

言昭问："嫌麻烦？"

沈辞音反问："你说呢？"

他拿起她的手机，简单操作了两下，递还给她。沈辞音接过手机，才发现他把所有消息提醒都关了："你这是逃避，没有从根源上解决问题。"

"这不是一个需要解决的问题。"言昭拿出自己的手机，同样将消息提醒关闭，"不想回就不回，既然来到这里，就不要让无关人员浪费我们的时间。"

他们就像一同逃亡到了这个世界尽头的岛屿，没有任何人能打扰他们。

这个季节的极光不如冬季那么频繁，晚上沈辞音和言昭辗转几个地方，等了好一会儿，才终于从天际看见爆发的绚烂色彩。

一切都是新奇的，肉眼可见的极光所带来的震撼远非照片和视频所能比拟。绿色的光带在天际延展、闪烁。沈辞音仰着头，目不转睛地盯着，很深地吸了一口气，再缓缓吐出，白色的雾气消散在冰冷的夜色之中。

她牵着言昭的手，眼瞳里映着琉璃一样的光，轻声感叹："真美啊。"

静谧、无边，白昼无声无息地沉没在天际之下，黑夜笼罩，四周是荒芜的雪，天地茫茫。头顶是极光，四周是无人的雪域，身边站着恋人。沈辞音突然觉得，没有什么比现在更圆满的时刻了。

"言昭你……"她刚想分享心情，就发现言昭今晚反常地话少。她一转头，发现他正静静地看着她，眼神和往常不太相同。

他问："我怎么？"

"你觉得好看吗？"

"还不错。"

"可你都没有抬头，在想什么？"

他慢悠悠地说："我一直在想，之前看比赛的时候，还是少了点儿什么。"

沈辞音问："少了什么？"

言昭没有回答这个问题，而是说："把地图拿给我。"

"在哪儿？"

"口袋里。"

于是沈辞音伸手去他口袋里摸索，可里面空空荡荡，她又换了另一边，摸来摸去，根本没有什么地图，只有一个小盒子。

沈辞音的动作停顿了一下，心跳开始加快，她不确定地将盒子拿出来，盒子冰凉的棱角硌着她的手心，纯黑的丝绒面光净又漂亮。她隐约猜到了些什么，将盒子递出去："没找到地图，只找到这个。"

"是吗？"言昭明知故问，低头看着她的表情，唇边仍然挂着笑，"既然拿出来了，不打开看看？"

沈辞音握着那个小盒子，方方正正的，结合他的反应，几乎可以确定里面装了什么。她有过预想，却没想过如此之快。

在这个时刻，她却变得紧张，手指触到盖子边缘又收回："这不应该是你来打开？"

言昭笑，从她手里接过，规规矩矩地在她面前单膝跪地。

盒盖被他打开，丝绒之上，一枚戒指静静地镶嵌其中，钻石的光泽闪烁，映着天空绚烂的极光色彩。

沈辞音从没想过会是在这样的情境之下发生这件事。

言昭仰头看着她，认真地说："嫁给我。

"我们结婚，好不好？"

记忆的影片此刻在沈辞音的脑海里一帧帧地滑过，从远到近，从她初到宁川的那个晴天，到她多年后再回来的那场雨。校园里的小卖部、放学后的教室、一同等车的公交站台、重逢的酒吧……

那些脑海里交错的线，在此刻，全部有了落点。

沈辞音深吸了一口气，将手递了出去。

冰凉的戒指从指尖套入，一寸寸地掠过她无名指的肌肤，慢慢被推到了指根处，严丝合缝地吻合她的尺寸。

言昭捧着她的手，认真地看着她戴上的戒指，玩笑般地说："真的想好了？我的戒指，戴上去就摘不下来了。"

沈辞音低头："你是不是说得有点儿迟？你都戴上去了。"

"嗯，故意的，就是不给你反悔的机会。"

他站起身，将她紧紧搂进怀里，低头吻住她。辗转间，有冰凉的水珠从脸颊滑落到唇畔，被彼此温热的舌尖碾碎吞没。

四周雪花纷飞，相拥的人却是始终温暖的。

在雪地里站久了，沈辞音猝不及防地打了一个喷嚏，言昭将她的围巾拉紧了点儿，说："换个地方？"

她点了点头。

两个人向前走去，在雪地里踩出深深浅浅的印记。

言昭问："接下来还想去哪儿？"

沈辞音想了想："去有日出的地方吧。"

"好。"

雪地里，他们牵着手并肩向前走，共同迎接属于他们的日光到来。

Extra 04
装醉

　　按照习俗，在婚礼前，言昭陪沈辞音回了一趟南城。

　　为了上门拜访沈辞音的亲戚，言昭做了十足的准备，他本人往那儿一站就很抢眼，讨长辈喜欢，更别提出手阔绰，又讲礼貌，舅舅和舅妈对他简直赞不绝口。

　　小小的客厅里挤满了人，亲戚们在感到震惊并一番推辞过后，一堆亲戚热火朝天地围着，给舅妈挑着新楼盘哪层楼更好。轮到靳源，言昭递给他一个小盒子，靳源收下，好奇又小心翼翼地打开，然后看傻了眼，整个人呆在原地。

　　"不是……姐夫……这……这我能收吗？"

　　沈辞往里看了一眼，盒子里面是一把崭新的车钥匙。

　　言昭说："不喜欢？我让人给你换一辆。"

　　"不，不，不，我可太喜欢了！但是姐夫，你送的东西太贵重了吧！"

　　谁家上门拜访出手就送小舅子一辆百万级别的新车的！

　　靳源快被这块"馅饼"砸晕了："姐，你快扇我一巴掌……"

　　言昭笑："拿着吧，你要是觉得太贵重，想一想，里面也有你姐的一份。"

　　沈辞音疑惑："这是你买的，我没出钱啊？"

　　言昭先是挑眉表示不满，而后慢悠悠地说："夫妻共同财产。"

差点儿忘了，他们已经领过证了，理论上确实是这样。

"花我姐的钱啊，那我就不客气了。"靳源嘿嘿地将钥匙收进口袋里，"祝姐姐和姐夫百年好合。"

沈辞音："……"

晚餐，舅舅和舅妈在南城最好的饭店订了包间，大请宾客，把远房亲戚都叫了过来。沈辞音倒觉得可以不用那么夸张，舅妈却红了眼眶："你不知道，你妈妈那个心高气傲的性格不讨好，你爸爸出了那事以后很多亲戚都看她笑话，今天我要把他们都叫过来，看看她女儿过的生活有多幸福。"

沈辞音轻叹了一口气，不再劝阻。

吃到最后，老人们撑不住先回去了，几个年轻一辈的亲戚说什么也不肯放过言昭。一大群人端着酒杯排成一列，轮流上场"围剿"言昭，像是非要把他喝倒不可。

为首的年轻人端着酒杯睁眼说瞎话："在我们南城，有一句俗话叫什么来着，叫，叫，酒喝多少，代表你爱老婆有多少。"

言昭在应接不暇的酒杯之间抽空转身，低声问她："你们南城真的有这个习俗？"

沈辞音摇头："我不知道，你别听他们乱讲。"

她虽然出生在南城，但很少参加这种饭局，对这些所谓的习俗一概不知。

言昭故作沉思："那我要是喝少了，他们会不会觉得我不够爱我老婆？"

沈辞音以为他要来真的，急忙阻止他："爱不爱不靠这个体现，你不准喝那么多。"

言昭笑了，不再逗她。

沈辞音看见他们一杯杯地给言昭斟酒，尤其靳源最积极，上蹿下跳地起哄。她走过去揪住这个捣乱的人："你的车钥匙白拿了，胳膊肘往外拐？"

"姐，你别看我们这样，姐夫要是真不想喝谁能逼他喝？他就是陪我们喝着玩的，你放心，我有数，保证把他安安全全地还给你。"靳源连哄带骗地把沈辞音推出门外，"你去隔壁坐坐，待会儿叫你。"

言昭几乎没醉过，所以沈辞音也摸不清他酒量到底有多少，但远远地看见他递给她一个安心的眼神。她给他发了一条消息，让他有事叫自己，又嘱咐了一下靳源，转身走出包间。

过了大约二十分钟，沈辞音终于得到隔壁散场的消息。

包间里的人一个个东倒西歪地走出来，言昭走在最后，看起来神色如常。沈辞音走过去挽住他的手臂，近距离看见他的脸颊浮上了一层浅浅的汗。

言昭没说话，低下头，亲昵地碰了碰她的额头。

沈辞音下意识地觉得他喝醉了，将他抱紧了些，轻声说："不是说不会把自己喝醉吗？"

他闷声笑。

其实言昭很少这样，倒不如说几乎没有酒局敢这样要求他一直喝酒，她不知道为什么今天晚上他会答应得这么痛快。

沈辞音说："不想喝可以不喝，这也不是什么必须的饭局。"

"他们是你的家人。"

"话是这样说，但比起这些不怎么来往的远房亲戚，还是你更重要一点儿。"她看着他，"你更是我的家人啊。"

还是你更重要一点儿。你更是我的家人。

言昭心情极好，扬起嘴角，低头，在她唇上亲了一口："你是不是很爱我？"

沈辞音被他这个突然的问题弄得不明所以："嗯？"

他又问了一遍："你是不是很爱我？"

他执着于问题的答案，且不允许她逃避。

沈辞音觉得他大概是真喝醉了，才会这么不依不饶，于是用手碰了碰他的脸颊，纵容地回答道："嗯。"

"我也很爱你，老婆。"

两个人回了酒店，沈辞音费了好大力气才把言昭扔在沙发上，转身去洗手间用热水打湿毛巾，出来的时候，酒店工作人员已经送了蜂蜜水过来。

言昭躺在沙发上，舒服地枕着她的腿。沈辞音低头，拿热毛巾替他擦脸，怕他不舒服，又将胸口的扣子替他解开两颗。

给他喝完蜂蜜水，沈辞音问他："你想洗澡吗？"

他的语气懒洋洋的："有点儿。"

喝了酒的人好像不能被放任一个人进浴室，万一摔跤就不好了。沈辞音看着他进了浴室，问道："要不然我帮你？"

言昭回头，轻轻挑眉，随后往墙边一靠："来。"

浴室里雾气蒸腾，她低头替他解开裤腰带，神情认真，垂落的长发被沾湿，整个人沾上湿意，体温也在逐渐升高。

"衣服要脱。"

"动作可以再用力一点儿。"

"这样呢？会好一点儿吗？"

他的声音弥漫在水雾里，含着轻微的笑意："我教过你的，老婆。"

沈辞音一步步听从着他的指示，直到动作逐渐有点儿擦枪走火，刹不住车。她察觉到不对，及时停了手，却被言昭握住手腕："衣服湿掉了，穿着不难受吗？"

沈辞音开始怀疑："你真的喝醉了吗？"

言昭慢条斯理地说："我好像也没说我喝醉了。"

沈辞音："……"

最后从浴室出来的时候，沈辞音没了力气。她被言昭抱回床上，终于有空看了一眼床头柜上的手机，发现靳源在两个小时之前发来邀功的短信：*姐，别担心，我给我姐夫倒的都是白开水，怎么样，我演技还不错吧？答应你的事我保证做到！*

沈辞音："……"

这车钥匙，给得到底是值，还是不值呢？

解药

"这办公室真气派啊，比你在 M 国的那个大多了吧？你看这视野，不愧是言总，简直把整个宁川市踩在脚下啊。"

偌大的办公室内，路敬宣围着办公桌打量了一圈，拉过总裁椅，堂而皇之地坐了上去，发出享受的声音："这椅子也舒服，什么时候也搞几份文件给我签一签。"

办公桌的侧边，是一整面巨大的落地窗，阳光透进来，将整个办公室裹在明亮的光里。往外是林立的高楼，此起彼伏地矗立在城市的商业中心。

言昭站在窗前，低头俯瞰着窗外的景色。

见他不说话，路敬宣拿出手机，手指在屏幕上滑了几下，又将手机放在桌面上推过去："你上次和我说想在京市买房，让我帮你留意，正好，我有几个朋友是开发楼盘的，给你挑了几套好的，你来看看。"

言昭转身，接过他的手机，悠闲地翻着上面的房屋信息，顺手拿起一旁的茶杯，轻轻吹开上面的浮叶。

路敬宣看他这模样，凑过来不依不饶地追问："不过说真的，你怎么突然想起来要在京市买房？你才回国多久啊，在宁川的根基站稳了吗，就想另扩市场？还是说……你没服众，被老古板们打趴了，打算转移阵地东山再起？"

言昭看完，将手机甩回给他，轻嗤："我看起来那么没用？"

路敬宣见手机屏幕上停留在某一页的图片，问他："看中了？"

"嗯。"

"行，我和他打个招呼，你什么时候有空，我们去实地考察一下，没问题就签合同。"

言昭的手指摩挲着白瓷的杯壁，他垂眸静静地望着，漂浮的茶叶缓缓沉底。

VH 的收购很快就要完成，这场收购规模大，推进速度不算太快，不过好在没遇到什么困难，没让他烦心很多。

言惠在国外旅游，还不知道这件事，知道了肯定要骂他。不过无所谓，言氏现在归他，他说了算。任性的事情他做得太多了，也不差这一件。

然后呢？

他大张旗鼓地绕了这么大一个弯子，就为了一个名头，一个机会。

然后呢？

他的指尖轻轻敲着杯壁。

他该去找她了。

从公司出来，天色渐晚，路敬宣坐进副驾驶，一边扣安全带一边还惦记着买房的事："言昭，你老实交代，你到底为什么要在京市买房，总不能是搞投资吧？"

言昭回复："我以后会经常去那边，这样方便。"

华灯初上，街边亮起霓虹灯，汽车在辉煌的河流之间穿梭。等红灯的间隙，言昭无意间瞥见对面的一个门店。

那是一家小小的饭馆，但它显然早已与他记忆中的模样大相径庭，它换了门面，换了招牌，从面馆变成小饭馆，除了位置还在那儿，没有其他任何让他感到熟悉的地方。

也是，九年了。

言昭盯着那个地方，直到身后响起催促的喇叭声，他才回过神，掉转车头。

路敬宣感到奇怪："怎么掉头了？不是左转吗？"

车停在饭馆前，言昭下了车。

路敬宣甩上车门，确认了眼前的招牌，跟在言昭身后发泄不满："不是，我帮你忙，你就带兄弟来吃这个啊？我刚刚都打电话让他们把酒拿出来了！"

言昭说："下次。"

他们进门坐下，座椅算不上崭新，好在干净。

老板热情地拿着菜单招呼："请问两位吃什么？"

言昭问："有面吗？"

老板愣住了，显然没料到还有人专程来饭馆里点面吃："面……有。"

"一碗牛肉面，不要香菜。"

言昭抬头看路敬宣："你吃什么？"

路敬宣在心里暗骂一声，心想不知道这人哪根筋搭错了，今天非要吃面。他不情不愿地说："和他一样。"

十分钟后，热气腾腾的面被端了上来。

言昭低头尝了一口，放下筷子："不对。"

路敬宣乐了："你还对面条有研究呢？才一口就能尝出来哪儿不对？"

不对，口味不对，感觉不对，心情不对，哪里都不对。但这样的"不对"，是毫无问题的。店面换了，老板换了，什么都换了，却只有他还在强求曾经的不变。这样的"不对"，在这九年里，几乎每时每刻都在发生。扭曲的、错位的、无处安放的情感，始终在折磨他。

他必须去寻找"解药"，只有她才是解药。

夜在蔓延，窗外一片漆黑，公司里的人也走了大半。沈辞音敲完文件，看了一眼时间，收拾好东西，起身关闭了电脑。

她走到电梯口，隔壁部门的女同事也恰好下班，碰见她，其中一个向她打招呼问她近况："辞音，听说宁川总部想把你调过去，你是不是要走了？"

沈辞音说："嗯，有这个打算。"

"这是一个好机会啊，调到那里肯定比现在这个地方机会多，你能力强，被发掘是应该的。"

另一个女生揶揄："话是这么说，这机会要是给你，你也去不成。"

"是啊，谁让我老公、孩子都在京市，家在这儿，我不想跑远……"

家——这个字听起来好像和她没什么关系了。

按理说，她在京市学习、工作了这么多年，是该产生归属感的，像那个同事一样，舍不得离开才对。可她觉得不对，这里好像还不是她能停留的地方。

对她来说去哪儿都一样，她的落点又在哪里呢？会是宁川吗？

这么多年，兜兜转转，还是要回到那个城市吗？

沈辞音摇了摇头，驱散脑海里发散的思绪，点开租房软件，继续寻找着在宁川合适的房源。不要合租，在公司附近……好像只能租稍微贵一点儿的了。

沈辞音走出公司大楼，抬头看着天上的月亮渐渐地被乌云所笼罩，好像快要下雨了。打的车停在门口，她快步坐进去，车辆起步，很快汇进车海之中，驶向一个注定的未来。

新年

　　新年，过了最初的几天，一家人去外市拜完年回到别墅后，陆陆续续有亲戚上门，言家肉眼可见地热闹。

　　言家今年多了儿媳和女婿，言惠的嘴角就没下来过，招待客人的时候说话都和气了不少，拉着沈辞音到处炫耀。结果就是沈辞音被稀里糊涂地送上麻将桌，陪阿姨们打麻将、唠嗑。

　　打麻将对沈辞音来说不是什么难事，反正是陪玩，把握一个合适的度让长辈们开心才是最重要的，反正输了有言昭报销。只是阿姨们的热爱远超她的想象，打了两局，她有种不好的预感，再不想办法，自己今天一下午的时间估计就得交代在这里了。

　　趁着上厕所的机会，沈辞音给言昭发了消息：**速度来，救我。**

　　言昭：嗯？

　　沈辞音：**在麻将厅这里。**

　　言昭这时候在陪几个小孩打游戏，拿着手机走到墙边，斜斜倚着，心情很好地勾起嘴角，回复她：**那我们交换？**

　　沈辞音：**就不能都不选？**

　　言昭：**可以，但这种服务比较麻烦。**

　　两个人在一起这么久，沈辞音当然知道他葫芦里卖的什么药，甚至用他再接下去。

　　沈辞音：**老公？**

言昭得寸进尺：昨天我说的那件？

沈辞音回了一串省略号。

就知道你想着这个。

沈辞音：成交。

沈辞音收起手机，回到牌桌。几分钟后，言昭出现在偏厅里，慢悠悠地走过来，手臂搭在沈辞音的椅背上，将她虚虚揽住，笑着对其他人说："长辈打牌让一个小辈陪着不太合适，我妈妈马上就来，陪各位阿姨们好好过个瘾。"

有人看出他的小心思，揶揄道："哎哟，这么缠老婆啊，借她过来陪我们打会儿麻将都不行？"

"是啊。"言昭十分坦然，"老婆就这一个，一秒也离不开。"

长辈们没怎么为难，言昭总算将她从牌局中解救出来。

两个人穿过走廊，打算到二楼的小露台避一避。这里空荡寂静，冷空气里弥漫着很清冽的味道，昨晚刚下了一场大雪。

沈辞音离开偏厅的时候顺道拿了两块点心，早上刚蒸出炉的，香气还没散尽。她分给言昭一块："陪小孩打游戏好玩吗？"

"和陪长辈打麻将没什么区别。"

"你是怎么逃出来的？"

言昭吃完，擦了擦手，又拿了一张纸巾替她擦拭手指，开口道："我和他们说，如果哥哥不走，哥哥就没老婆了。"

沈辞音说："哪儿有那么夸张？"

"逗你的。"言昭捏了捏她的脸颊，"我给他们每个人都包了一个大红包让他们回去买游戏机。"

楼下传来阵阵笑声，他们循声望去，花园里落满了雪，白茫茫地覆在草地上，言蓁和陈淮序正带着巧克力玩雪，言蓁想捏一个巧克力模样的雪人，陈淮序陪她鼓捣，最后反正只成功了一半，但两个人腻腻歪歪的，开心得很。

言昭低头看着花园里的两个人和一只狗，挑眉道："我看着他们有点儿不爽。"

沈辞音："……"

他若有所思："我觉得该换人了。你说，让陈淮序去带小孩打游戏怎么样？"

沈辞音："……"

她很难想象那个场景。

言昭说："我们也去过二人世界。"

沈辞音看着他的眼睛："你确定可以？"

言昭笑，牵起她的手往外跑："我们走。"

（全文完）

图书在版编目（CIP）数据

迟音 / 唯雾著 . -- 南京 : 江苏凤凰文艺出版社，

2025. 5. -- ISBN 978-7-5594-9237-1

Ⅰ. I247.5

中国国家版本馆CIP数据核字第2025WA3968号

迟音

唯雾 著

责任编辑	耿少萍	
特约策划	梨 玖	
特约编辑	梨 玖	
封面设计	莫可可	
责任印制	杨 丹	
出版发行	江苏凤凰文艺出版社	
	南京市中央路 165 号，邮编：210009	
网　址	http://www.jswenyi.com	
印　刷	天津中印联印务有限公司	
开　本	880 毫米 × 1230 毫米　1/32	
印　张	9.5	
字　数	278 千字	
版　次	2025 年 5 月第 1 版	
印　次	2025 年 5 月第 1 次印刷	
标准书号	ISBN 978-7-5594-9237-1	
定　价	49.80 元	

江苏凤凰文艺版图书凡印刷、装订错误，可向出版社调换，联系电话 025-83280257